年少友人

Friend of My Youth

艾莉絲・孟若
Alice Munro

林巧棠——譯

紀念我的母親

目次

年少友人

感謝R・J・T・

我從前常夢見我母親，雖然夢裡的細節各有不同，但驚訝總是相同的。後來我再也沒作過同樣的夢，我猜想應是這夢傳達的希冀太明顯，寬恕又太輕易。

在夢裡，我應是我實際上的年紀，過著和我實際上一樣的生活，而我總會很驚訝地發現我母親居然還在世。（事實上她在我二十出頭時就過世了，那時她才五十出頭。）有時我會發現自己在老家的舊廚房，我母親會在餐桌上擀派皮，或是用破舊的奶油色滾紅邊洗碗盆洗碗。但其他時候我總會在街上遇見她，那是我從未預想過會遇見她的地方。她可能正穿過華麗的飯店大廳，或者在機場排隊。她看起來很好——不見得是變年輕了，也不是全然沒有重病感（這病害她臥床十多年才走），但她看上去比我記憶中好太多，好到令我吃驚。噢，我就是手臂有點抖，她會這麼說，還有這半邊臉有點僵硬，是挺麻煩的，不過可以出來走走啦。

夢裡的我重拾了現實生活中早已失去的東西——我母親臉上和聲音中的活力。她患病後喉嚨肌肉僵化，於是一只可悲的、無情的面具就這樣牢牢罩在她的五官上。我會在夢裡想，我怎麼可能忘了——她的幽默如此隨興，不是嘲諷人的那種，而且總是令人愉快；還有她的輕率、急躁和自信？我在夢裡說，抱歉很久都沒去看她了。我不是內疚，而是心裡一直抱著疙瘩；現實生活中卻不然——而我覺得最奇怪也最感激的，是她在夢裡一副就事論事的反應。

噢，這樣啊，她說，晚來總比不來要好。我很確定我們哪天會再見的。

我母親年輕時有張柔嫩的臉蛋，帶點古靈精怪的神情，渾圓的腿上套著光滑的不透明絲襪（我在她和學生的合照上看到的）。她在渥太華河谷的格利弗斯學校教書，那間學校只有一間教室，位於農場轉角，農場是格利弗斯家的。以那一區的標準而言，那間農場相當好。農地排水良好，前寒武紀的岩肩沒有穿過這裡的土壤。農場邊有條小河，河邊種了一小排柳樹，還有產楓糖的樹林，貯存原木的倉庫，以及一棟沒有裝飾的大房子，木頭外牆從未漆過，就這樣任由風吹日曬雨淋。我母親說，也不知為什麼，渥太華河谷的木頭經過風吹日曬雨淋，顏色總不會變灰，而是轉黑。空氣中肯定有什麼物質，她說。她常提起渥太華河谷，那是她老家（她在距離格利弗斯學校大約二十哩遠的地方長大），語氣中有種武斷、固執且神祕的意味，強調這裡有些東西就是和世上其他地方不一樣。這裡的房屋會變黑，楓糖漿的味道是其他地方出產的楓糖漿比不上的，而且從農舍裡就能看見熊在漫步。當然，當我終於看見這塊地方時，心中是很失望的。如果你認為「谷」指的是山丘之間的裂口，那根本不是河谷，只是平坦的田野、低矮的岩石、茂密的樹林和小小的湖泊的組合——雜亂無章的鄉間景物，元素之間絲毫不協調，實在難以找到詞彙形容。

貯木倉和沒油漆的房子在貧窮的農場很常見，但在格利弗斯家，這麼做不是出於貧困，只是原則理當如此。他們家有錢，但是不花用。人們是這麼告訴我母親的。格利弗斯家的人工作勤奮，也都受過教育，生活方式卻開倒車。他們家沒有車或電力，也沒有電話或曳引機。有些人認為這是因為他們是卡梅隆教派（他們是這個學區唯一信仰這個教派的人），但事實上他們的教會（他們自稱改革派長老教會）並未禁止使用機械、電力或任何那一類的發明，只有禁止玩牌、跳舞、看電影，並規定週日只能從事宗教活動或任何必要的活動。

我母親說不出卡梅隆教徒是些什麼人，或這名字的由來。她自己是順服自在的聖公會教徒，說起話來有種高高在上的意味，說那就是蘇格蘭的什麼邪教。格利弗斯學校的老師總是住在格利弗斯家，而我母親一想到要住在發黑的木板房子裡，週日什麼都不能做，燈要燒煤油，還有那些原始的觀念，她就很氣餒。但她那時候已經訂婚了，與其在鄉間晃悠玩耍，她更想好好準備嫁妝，所以她想自己可以每三週挑一個週日回家就好。（格利弗斯家的週日是這樣的，可以生火取暖，但不能煮飯；不能燒熱水泡茶，也不能寫信或打蒼蠅。不過後來我母親取得了豁免權。「不用，不用。」芙蘿拉．格利弗斯笑著對她說。「妳不用守規矩，妳本來是怎麼過就怎麼過啊。」一段日子之後，我母親和芙蘿拉成為了朋友，交情好到連她原本打算回家的週日都放棄了。）

芙蘿拉和艾莉，是格利弗斯家族裡僅存的一對姊妹。艾莉已婚，嫁給名叫羅伯特．迪爾的男人，他住在農場，也在農場工作，卻沒把這裡改名為「迪爾農場」。從人們說話的方式來看，我母親以為格利弗斯姊妹和羅伯特．迪爾至少都已經中年了，但妹妹艾莉才快三十歲，芙蘿拉也才大她七、八歲而已。羅伯特．迪爾的歲數應該介於二人之間。

他們的住家也用很奇異的方式分隔，已婚夫妻沒有和芙蘿拉一起住，他們婚後，芙蘿拉把起居室、飯廳、靠前面的臥房、樓梯間和冬季廚房[1]都給他們用，浴室倒是不用煩惱給哪邊用，因為屋裡根本沒有浴室。芙蘿拉自己用的是夏季廚房（有外露的椽木和無遮蔽的磚牆），狹長飯廳裡的老舊食品貯藏室，起居室，後面兩間臥室，其中一間給我母親使用。老師和芙蘿拉一起，住在屋況比較差的這邊。但我母親不以為意，她立刻就喜歡上芙蘿拉和她開朗的性格。而給艾莉夫婦使用的前屋區域始終寂靜，也等於是病房了。在芙蘿拉這一區，不准玩樂的規定形同虛設，她不但有加拿大彈指棋，還教我母親怎麼玩。

屋子會這樣劃分，當然是因為他們原先預期羅伯特和艾莉會有孩子，所以需要更多房間。但這事一直沒發生，他們結婚十多年了，一直沒能真的有孩子。艾莉反覆懷孕，但生下的兩個孩子是死胎，其他的都流掉了。我母親住進去的第一年，艾莉似乎愈來愈常臥床，我母親覺得她必定又懷孕了，但沒人提起這事。那邊的人不會提這種事。從艾莉每天起床，在家裡晃來晃去的外表看不出什麼。她的胸部鬆鬆垮垮，整個人被折磨得不成人形，身上有臥病已久的異味，而且行為舉止完全像個孩子。是芙蘿拉照顧她，做所有的家事。芙蘿拉洗衣，整理房間，為屋子兩邊煮飯，還要幫忙羅伯特為乳牛擠奶，從中提取奶油。她天沒亮就起床，卻一點也不見疲態。我母親在那裡的第一年春天，剛好遇上他們家大掃除，芙蘿拉自己爬上梯子，拆下防雨雪的外窗，洗好又裝回去。把所有家具都一一從房間搬出來，刷洗屋內木製的窗框、門板和梯子，又幫地板打蠟。碗櫥裡的杯盤明明都很乾淨，她還是每一個都拿出來洗。鍋子湯匙也都一一燙過消毒。她有這麼多事要做，人又活力充沛，根本沒怎麼睡——有時我母親起床，聽見芙蘿拉正在拆爐管，或是拿擦碗巾包住掃把，掃掉屋裡滿布塵埃的蜘蛛網。刺眼的陽光從洗淨、沒掛窗簾的窗戶透進來，無情地照亮屋內，屋裡乾淨到令人髮指。我母親現在睡的床單全都漂白而且漿過，她睡了反而起疹子。病中的艾莉每天都在抱怨上光漆和洗衣粉的氣味，芙蘿拉的雙手已經做到皮開肉綻，但她依然興致高昂。為了方便爬上爬下，她頭上綁著大方巾，穿著圍裙和羅伯特的寬鬆連身褲，看起來有種喜感，矯捷敏銳，難以捉摸。

我母親稱她是轉個不停的苦行僧。

「妳真是個轉不停的苦行僧耶，芙蘿拉。」她說。而芙蘿拉總會停下腳步，她想知道那是什麼意思。我母親解釋給她聽，雖然她有點擔心得罪了虔誠的教徒（說虔誠也不夠精確——話不能這樣說，應該說謹遵教義吧）。結果當然什麼事也沒有，芙蘿拉遵守教規的方式一點也不討厭，也沒有自鳴得意到凡事皆警戒，與她同住的人信仰總是和她不同，所以她一點也不怕異教徒。她很喜歡苦行僧這個想法，還跑去告訴妹妹。

1 【譯註】當外面天氣寒冷時，冬季廚房裡的火和爐子產生的熱量，有助於溫暖房屋的其他部分。

「妳知道那個老師怎麼說我嗎？」

芙蘿拉和艾莉都是黑髮，黑眼，身材高挑，窄肩膀，雙腿修長。艾莉已經病得懨懨一息，但芙蘿拉依然亭亭玉立，氣質高雅。我母親說芙蘿拉其實頗有女王相，即使是駕車進城時都看得出來。他們家上教堂，駕的是輕便馬車或馬拖的橇，進城時通常還會運好幾大袋羊毛（他們有養羊）或農產品去販賣，再購買日用品回家。這種要跑好幾哩路的機會不多，通常羅伯特會在前面駕馬車，芙蘿拉也非常會駕馬，不過駕馬的肯定都是男人。芙蘿拉會站在馬車後方扶住那幾袋貨物，進出城她都站著，戴著她的黑帽，輕鬆優雅地保持平衡。這景象看起來有些荒唐好笑，卻又不盡然如此。我母親覺得她像個吉普賽女王，一頭黑髮，皮膚微微曬成古銅色，儀態沉穩，優雅又大方。當然她身上沒有金手環、鮮豔的衣服。我母親羨慕她纖細的身材還有顴骨。

我母親在任教第二年秋天回到格利弗斯學校時，得知了艾莉的狀況。

「我妹妹長了東西。」芙蘿拉說。那時沒人講「癌」這個字。

我母親曾經聽人這麼說過。人們早就懷疑了。那時我母親在那一區認識很多人，她和郵局的一位年輕小姐感情特別好，這位小姐後來還當了我母親的伴娘。芙蘿拉、艾莉和羅伯特之間的故事（或說大家所知的故事），有好幾種版本。我母親不覺得她在探聽八卦，因為她總在留心有沒有人說芙蘿拉的壞話，她無法容忍這種事。不過還真的沒人批評芙蘿拉，人人都說芙蘿拉的品行和聖人無異，即使她變得極端，將房子分割成那樣，也還是像個聖人。

羅伯特來到格利弗斯農場工作，是在兩姊妹的父親過世前幾個月。他們之前在教會就認識了。（我母親說，噢，那間教會啊，我很好奇所以去過一次——在鎮上另一邊，離這邊幾哩路，外觀很陰沉，沒有風琴也沒有鋼琴，窗戶上也只是普通的玻璃，一個路都走不穩的老牧師，上臺一講道就是好幾個小時。唱聖歌的時候一個男人出來敲音叉，就當成是伴奏耶。）羅伯特來自蘇格蘭，一路往西旅行。遇到親戚或認識的人，就停下來一陣子。而他這次借宿的對象剛好是這教會的人（信眾滿少的）。或許是為了賺點錢吧，他來到格利弗斯農場。很快地，他和芙蘿拉便訂婚了，他們不能像其他情侶一樣去跳舞或紙牌派對，但會一起散長長的步。而不成文的習慣就是，陪在他們身邊的總是艾莉。艾莉那時是個淘氣的野丫頭，一頭長髮，冒失又孩子氣，總是精力旺盛地在鄉野間遊蕩，她會跑上山丘，用棍子猛敲毛蕊花，大叫，狂跳，假裝自己是馬背上的戰士，或者假裝自己是馬。那時她大概十五、六歲，除了芙蘿拉之外，沒人制得住她。而通常芙蘿拉對她的瘋樣只是一笑置之，因為太習慣她這副模樣，所以沒去懷疑她的腦袋是不是有點問題。姊妹倆感情融洽得不得了，艾莉身材苗條骨感，一張白皙長臉，簡直就是芙蘿拉的翻版——家人中常見的那種長相近似，如果不太計較或誇大點說，的確會覺得兩人的特徵或膚色之類的很像。只是有些基因在一人身上好看，到了另一人身上就變得相貌平平。但艾莉對此一點也不忌妒，她很愛幫芙蘿拉梳頭，拿髮夾夾好，她們也愛幫對方洗頭。艾莉會將她的臉埋入芙蘿拉頸間，就像小馬磨蹭母馬。所以當羅伯特說要娶芙蘿拉（或是芙蘿拉說要嫁給他時。沒人知道），一定得包含艾莉。她沒有對羅伯特表示過反感，但她會在他倆散步時跟著，再突然攔下他們。她會從矮樹叢裡忽然跳出來，或是輕手輕腳尾隨在後，朝他們頸間吹氣。眾人都看過她這麼鬧，也聽說過她的惡作劇。她向來是惡作劇的好手，有時太過頭會惹得她父親大發脾氣，但芙蘿拉總是護著她。後來她的花招變成在羅伯特床上放多刺的薊草，把他的刀叉放反，故意調換牛奶桶，拿破舊漏洞的那個給他。也許是芙蘿拉的緣故吧，羅伯特始終遷就著她。

她們父親要芙蘿拉將婚禮日期提前一年定下來，他倆也照做了。父親過世後，他們也沒將日子提前。羅伯特繼續住在這棟房子。沒人知道該怎麼對芙蘿拉啟齒，說這不成體統，或看上去就不體面。芙蘿拉只會反問：「為什麼？」她非但沒有提前婚禮，反而延後了——從明年春天延到秋初，這樣正好是她父親過世一整年。從喪禮到婚禮整整一年——似乎對她而言這樣才對。她全心相信羅伯特有耐心，也相信自己的忠貞不渝。

她或許是這麼想的。但是到了冬天，事態開始有了變化。艾莉又吐又哭，時不時就跑出門，躲進乾草堆。他們找到她，把她從裡頭拖出來時，她不住地號叫。她還跳到穀倉地板上，不停繞圈跑，在雪地裡打滾。艾莉瘋得要命，芙蘿拉只好找醫生來，她告訴醫生，妹妹的月事停了——有沒有可能是體內積了血，她才瘋瘋癲癲？羅伯特必須抓住她，綁起來，他和芙蘿拉兩人得合力才能讓她躺到床上。她不吃東西，只是不停大力搖晃頭部，哀號著，彷彿她就要這樣失語至死。但真相卻不知為何大白了，不是醫生說的，艾莉鬧成這樣，他根本無法靠近病人檢查。大概是羅伯特承認了吧。芙蘿拉畢竟心胸寬大，對真相多多少少也心裡有數。現下婚禮還是得辦，只是不是原先計畫的那個。

沒有蛋糕，沒有新衣，沒有蜜月旅行，也沒人賀喜。他們自知顏面盡失，只有匆忙到牧師家一趟就算完成了婚禮。有些人看到報紙上的名字，還以為是編輯搞錯了姊妹倆的名字。他們認定結婚的必定是芙蘿拉，這麼趕，想必是奉子成婚啦！然而，不是。是芙蘿拉熨燙羅伯特的西裝（也沒有別人了），也是芙蘿拉把艾莉從床上拉起來梳洗，打扮得體體面面。是芙蘿拉從窗臺的盆栽裡摘了朵天竺葵，別到妹妹的嫁衣上。艾莉沒有把花扯下來，她現在非常溫順，不再胡亂揮舞手腳，也不再大哭大叫。她好好地讓芙蘿拉為自己打扮，把自己嫁出去，從那天之後，她再也不是那個狂野不羈的少女了。

芙蘿拉把房子分隔成兩部分，還幫羅伯特蓋好必要的牆來隔開空間。艾莉腹中的孩子足月生產——他們連謊稱早產都省了——但產婦經過漫長的痛苦煎熬，生下來卻是死胎。或許是艾莉從穀倉梁上跳下來，在雪地裡打滾，又往自己身上捶打，損傷了嬰兒。不過，即使她沒這麼鬧，人們也會預期這孩子有些不對勁，不管是現在這個孩子還是接下來的孩子都是。上帝就是會懲罰奉子成婚的人——不只是長老教會的信徒，幾乎所有人都信這一套。上帝懲罰淫慾的方式，就是讓妳生下死掉的孩子、白痴、兔脣、四肢萎縮、畸形腳。

在這個家，懲罰未曾停歇，艾莉不斷地流產，然後死產，接著又流產。她還是不斷懷孕，孕期總是嘔吐不停，一吐就是好幾天，伴隨著頭痛、痙攣、暈眩。流產和足月生產同樣折磨人，艾莉連分內之事都沒辦法做了，她只能扶著椅子走動，她麻木遲鈍的時期已過，開始喋喋不休地抱怨東抱怨西。如果有人來訪，她會說起自己的頭痛有哪些症狀，或描述最近一次暈眩發作是什麼樣子，甚至談到芙蘿拉所謂的「失望」，鉅細靡遺描述那些血淋淋的細節。即使在場客人有男人、有未婚女子還有孩子，她照講不誤。如果客人想換個話題，或是把小孩帶走，她就滿臉不高興。她要求換新的藥吃，痛罵醫生，責怪芙蘿拉。艾莉數落芙蘿拉洗碗像是在發脾氣，乒乒乓乓太大力，又嫌她幫自己梳頭時扯痛了頭皮，還吝嗇地把她真正的藥調換成水和糖蜜。不管艾莉說什麼，芙蘿拉都會好聲好氣安撫她。每個到他們家拜訪的人都有點類似的故事可說，但芙蘿拉卻回應：「我的小姑娘呢？我的艾莉去哪了？你說的不是我的艾莉，是不知哪來的討厭鬼，把艾莉趕跑了！」

冬日傍晚，芙蘿拉幫羅伯特忙完穀倉的事之後，會進屋梳洗，換衣服，然後到隔壁為艾莉讀點書，直到她入睡。我母親有時會主動同行，帶著她正在為嫁妝縫的紡織品。艾莉的床鋪在大飯廳裡，餐桌上方吊了盞煤氣燈。我母親會坐在桌子的一端縫東西，而芙蘿拉會坐在另一端，大聲讀書給艾莉聽。艾莉有時會說：「我聽不見妳說話。」有時芙蘿拉停下來，休息一會，艾莉會說：「我還沒睡喔。」

芙蘿拉都讀些什麼？蘇格蘭生活故事，不是什麼經典作品，只是小頑童和滑稽老奶奶的故事。我母親唯一記得的書名是《小麥奎格》，故事她不大跟得上，芙蘿拉笑的時候，她也不知道該笑（艾莉通常會嗚咽兩聲），因為書裡太多蘇格蘭方言，芙蘿拉念書時口音也很重。我母親很驚訝芙蘿拉居然念得有聲有色——她平常根本不這麼講話。

（但這不就是羅伯特講話的方式嗎？或許就是因為這樣，我母親從不提起羅伯特說過什麼，場景裡根本沒有他。他一定也在那裡，坐在同一個房間，他們只會在房裡的主室生火。我看見他的黑髮，厚實的肩膀，擁有犁馬般的力量，也有同樣被桎梏的一種陰鬱之美。）

芙蘿拉會接著說：「今晚就念到這啦。」她會拿起另一本書，他們教派某個傳道者寫的舊書。裡頭是些我母親從沒聽過的東西。什麼內容？她不肯說。反正就是些老邪教的內容。這本書才念幾頁，就可以讓艾莉入睡，或者說讓她裝睡。

我母親的意思是，書裡想必是關於誰被揀選上天堂，誰下地獄那一套——所有關於自由意志的錯覺與必然性的論證，劫數與無法信賴的救贖，在在令人感到備受折磨，沮喪洩氣。但對某些人而言，這些環環相扣、自相矛盾的事蹟，卻是那麼難以抗拒。我母親抗拒得了，信仰對她而言不是重大的事，當時她的精神也很強韌。她對信念這種事向來一點也不好奇。

但她會（無聲地）問自己：念書給一個垂死的女人聽，這算什麼？如果她對芙蘿拉有什麼微詞，也就是這樣了。

至於答案——這就是唯一能做的事（如果你相信的話）——她卻似乎從沒想到。

春天時來了一位護理師。他們那時的做法是這樣，人們在家中過世，會請護理師來安排照料。護理師名為奧黛莉．亞金森。她是個結實的女人，身上的束腹和箍住鐵桶的金屬圈一樣硬。燙鬈的頭髮是黃銅燭臺的顏色，一張小嘴，唇形卻被口紅畫大了。她開車進院子——她自己的，一輛閃亮俐落的深綠雙門轎跑車。奧黛莉．亞金森其人其車的消息很快傳開了，眾人都有一堆問題想問：她的錢從哪裡來的？哪個笨凱子為她改了遺囑？她已經行使權利了嗎？還是直接拿了床墊下藏著的大把鈔票？這樣的話這個人可信嗎？

這是頭一回有車在格利弗斯家停過夜。

奧黛莉．亞金森說，她從來沒有為了照顧病人，來到這麼簡陋的房子。這裡簡直超乎她的想像，她說，這樣人要怎麼活啊。

「問題不是他們窮啊，問題不在這裡，對吧？如果窮，我還能理解。問題也不在他們信的教，那到底是為什麼？因為他們不在乎嘛！」她告訴我母親。

起初她試著拉攏我母親，彷彿她們能自然而然成為這未開化地帶的同盟友人。她說話的方式，好像她們年紀相仿似地——兩人都是時髦又聰明的女性，喜歡享受人生，觀念也很先進。她主動提議要教我母親開車，還拿香菸給她。我母親對學開車的興趣比香菸濃厚，但她還是說不用了，她等丈夫教就好。奧黛莉．亞金森在芙蘿拉背後揚起了她粉橘色的眉毛，我母親看了怒火中燒。她遠比芙蘿拉還要討厭這個護理師。

「我知道她是什麼德性，芙蘿拉不知道。」我母親說。她的意思是，她嗅到了一絲亞金森護理師生活不檢點的氣息。或許是會上酒館，遇上不正經的男人，只會替自己打算。而芙蘿拉不諳世事，不會注意這些事。

芙蘿拉又開始大掃除了，她把窗簾在曬衣架上攤開，把地毯掛在曬衣繩上拍打，跳上梯子掃除天花板飾板的灰塵。但她的工作總是被亞金森護理師的抱怨給打斷。

「我在想，我們這屋子裡能不能少一點這種跑跑跳跳的事？」亞金森護理師問得看似有禮，卻帶著冒犯。「我只是為了我的病人著想。」她總稱艾莉是「我的病人」，假裝她是這屋裡唯一能保護艾莉的人，藉此迫使他們尊重她。但她本人卻不怎麼尊重艾莉。「艾莉——噢」，她會一邊這麼叫她，一邊把那個可憐的人從枕頭上拖起來。她還告訴艾莉，她受不了艾莉總是愁眉苦臉，哭哭啼啼。她說：「妳這樣對自己沒好處。而且妳這樣，我也不會來得快一點，妳得學著控制自己。」她看艾莉長了褥瘡，語氣尖酸，好像長褥瘡是這個家裡的恥辱。她開口要了不少東西，乳液，軟膏，昂貴的香皂——毫無疑問地，大部分的東西都是拿去保養她自己的皮膚。她說這裡的硬水很傷皮膚。（我母親終於看不下去，站出來為他們說話——這裡的水怎麼可能是硬的！我母親問她。這裡都是用桶子接雨水，哪來的硬水？）

亞金森護理師還要鮮奶油——她說他們應該自己留一點，別全賣給乳品店。她要拿來做點營養的湯和布丁給病人吃。她是做了布丁還有果凍，用現成調理包做的，這個家裡從來沒有過這種東西。我母親深信，最後是亞金森護理師自己吃光這些東西。

芙蘿拉還是會念書給艾莉聽，但現在只念《聖經》某些片段。她念完起身後，艾莉總是緊緊黏著她，哀哭著，有時則抱怨一些很荒謬的事。她說外頭有隻長角的母牛，想闖進房間殺了她。

亞金森護理師說：「這類病人經常有這種想法。妳絕對不能讓步，否則她會沒日沒夜纏著妳。他們就是這樣，只想到自己。噢，我人在這裡陪著她，她表現都很好，一點問題都沒有。但是如果妳過來又走，我就又有麻煩了，因為她看到妳了就會開始鬧脾氣。妳不希望我事情難做，對吧？我的意思是，妳請我來就是要我看管她的，對吧？」

「艾莉，噢，親愛的艾莉，我得走了。」芙蘿拉便這麼對艾莉說。而她對護理師則說：「我了解，我真的了解妳必須看管她，我很欣賞妳，欽佩妳的工作。妳的工作要很有耐心，還要很仁慈。」

我母親打從心底想知道——芙蘿拉果真這麼傻嗎？或是芙蘿拉希望能用這些名不副實的稱讚，勸勸亞金森護理師展現她根本沒有的耐心與仁慈？亞金森護理師臉皮可厚著，自我感覺良好到不行，這種小把戲對她而言根本沒用。

「這工作很辛苦呢，真的，而且做得來的人不多。這和在醫院當護理師不一樣，醫院裡要做的事情都排得清清楚楚。」她說。然後她就沒時間聊天了——她正忙著用自己的電池收音機聽〈幻想舞會〉呢。

我母親忙著期末考和六月的畢業典禮，她七月的婚禮也準備好了。朋友陸陸續續開車來，載她去女裝裁縫店、去派對、選喜帖、訂蛋糕。紫丁香開花了，天黑得更晚了，鳥兒回來築巢，我母親在眾人的照料下如花綻放，準備迎向婚姻這美好神聖的冒險。她的婚紗將會綴上絲質玫瑰，面紗將會固定在一頂小珍珠帽上。她屬於第一代自己存錢辦婚禮的少女，比起她們的父母能負擔的婚禮要更風光，更別緻絢麗。

她在農場的最後一晚，郵局的朋友開車來載她離開，也載走她的衣物、書本、她自己做的嫁妝、學生與其他人送她的禮物。把所有東西都載上車的過程，自然充滿了忙亂和笑語。芙蘿拉也出來幫忙，她笑著說，結婚真是比我想得還要麻煩啊。她送給我母親一條梳妝檯罩巾，她私底下偷偷鉤的。這種重要場合，亞金森護理師當然不會置身事外——她送我母親一瓶古龍淡香水。芙蘿拉站在屋旁的斜坡上，揮手告別。我母親邀請她來婚禮，不過，當然，她說沒辦法出席，在這種時刻她不能**出去**。我母親最後一次看見芙蘿拉，就是她獨自一人精神煥發地朝她揮手道別的身影。夕陽下，她穿著打掃用圍裙，頭上綁著印花大手帕，站在黑牆屋旁的綠色小坡上。

「嗯，她之前能結婚卻沒結，或許她現在終於可以結了呢。」那個郵局的朋友說。「說不定他們這次能成婚啊。她會不會太老沒辦法生孩子啦？對了，她到底幾歲啦？」

我母親覺得這樣講芙蘿拉太沒禮貌了，於是回答她不知道。但她也在心底承認，她一直想著相同的事情。

我母親婚後搬進遠在三百哩外的家，收到一封芙蘿拉寄來的信。艾莉死了，芙蘿拉說，她死時信仰依然堅定，也很慶幸終能解脫。亞金森護理師多待了一陣子，待到要接下一個病人為止。那是夏末的事。

接下來的事就不是芙蘿拉說的。她聖誕節時又寫信來，似乎已認定我母親早就知道消息。

「妳可能早已聽說，羅伯特和亞金森護理師結婚了。他們現在住在這裡，在羅伯特那一區，正在把房子整修成他們喜歡的樣子。走筆至此，我還叫她亞金森護理師實在不禮貌，我應該叫她奧黛莉。」芙蘿拉寫道。

當然，我母親那個郵局朋友早就寫信給她了，別人也來通風報信過。這天大的消息，驚人的醜事，在那一區引起了不小的騷動——婚禮和羅伯特初次結婚時同樣祕密進行，同樣出乎意料（雖然原因不同）。亞金森護理師永久地在那個社區安頓下來，芙蘿拉再次出局。沒人知道他倆何時開始交往的，他們也很疑惑，這女人究竟是怎樣勾引到他的？她是否謊稱年齡，答應為他生孩子？

出人意料的還不只有婚禮，新娘立刻進行了一連串芙蘿拉信上提到的**整修**工程。先是有了電力，然後是電話。有人在共用電話線路上聽見亞金森護理師（她是大家口中永遠的亞金森護理師）痛罵刷油漆的、貼壁紙的、送貨的，無一倖免。她把什麼都改了，買了電爐，蓋了浴室，誰知道錢從哪裡來的？都是她出的錢嗎？還是她和病人臨終前有什麼見不得光的交易，病人有什麼遺贈給她？或是羅伯特的錢？他聲稱艾莉留下的遺產有自己應得的一份？艾莉留下的錢，竟留給他和亞金森護理師這對狗男女盡情揮霍嗎？

所有的裝修工程都只在房子的一側進行，芙蘿拉那一側依然保持原樣，沒有電燈，沒貼新壁紙，沒裝新百葉窗。房子外牆重新粉刷成奶油白滾深綠邊，但芙蘿拉那一側的外牆還是光禿禿的。這家人就這麼公開地展現他們的特立獨行，眾人起先憐憫，不贊同，接著也不怎麼同情芙蘿拉了，將之視為芙蘿拉的頑固死板與性格怪僻（她大可以自己買油漆粉刷，將房子弄得體面點）。最後，人們都把這房子當成笑話來看。還有人專程開車來看這棟房子。

依照慣例，鎮上會在學校裡為新婚夫妻舉辦舞會，也會將禮金收齊後交給他們——這又叫做「禮金包」。亞金森護理師事先傳過話，說雖然她的夫家反對跳舞，但她不介意遵循禮俗。有些人認為順她的意就像是在打芙蘿拉的臉，未免太羞辱人。而其他太想看熱鬧的人則沒有攔阻。他們想看看這對新婚夫妻會怎麼辦？羅伯特會跳舞嗎？新娘會穿哪種服裝現身？最後他們遲到了一下，但舞會還是照常舉行，而我母親也得到了線報。

新娘穿著婚禮時穿的小禮服，至少她本人是這麼說的。但誰會穿這種小禮服去牧師住宅啊？還比較像是她為了在舞會亮相特地買的。純白緞子搭配心型領口，想裝年輕卻太顯得愚昧。新郎則穿著全新深藍色西裝，新娘還在他的鈕釦眼裡別了一朵花。他們是那晚的焦點，她新做的頭髮閃著黃銅般的色澤，誇張刺眼，至於她臉上的妝，如果跳舞時靠在男人的肩膀上，肯定會全部抹上他的外套。她當然有跳舞，與每個出席的男賓客跳，就是沒和新郎跳。新郎只是彆扭地坐在牆邊的一張課桌椅前。她和在場的男賓客一一共舞——他們都說這是習俗，必須遵從——然後她再把羅伯特拉出來收禮金，謝謝每位賓客給予的祝福。她還在洗手間對遇到的女賓客暗示，說自己身體不太舒服，新娘好像經常這樣。沒人相信她，而且就算她真的有了，在那之後也毫無動靜。有些女人覺得她是故意說謊，侮辱她們，以為她們就是這麼容易上當。但沒人與她對質，沒人對她無禮——或許是她自己本人就夠沒禮貌了，粗魯得所向披靡。

芙蘿拉沒去舞會。

「我大姑不會跳舞。她困在舊時代呢。」亞金森護理師說。她這麼說等同鼓吹大家嘲笑芙蘿拉。雖然她沒資格稱芙蘿拉為大姑，她還是一直這麼叫。

我母親聽聞這些事之後，寫了封信給芙蘿拉。她已經離開那裡一段時間了，或許也因為才剛結婚而有點自我中心，忘了自己寫信的對象是什麼人了。她在信上大表同情，義憤填膺，狠狠數落了折磨芙蘿拉的那女人一頓——好像我母親親眼所見一樣。芙蘿拉的回信上說，她不知道我母親是從哪裡得來這些消息，但我母親似乎誤會了，或是聽了有人蓄意挑撥，妄下不公的結論。芙蘿拉的家務事不關其他人的事，當然也沒人有必要為她抱不平，代她生氣。芙蘿拉說自己一如往常過得很快樂，對生活心滿意足。別人做了什麼，想做什麼，她都不管，因為這些和她一點關係也沒有。她祝福我母親婚姻愉快，還希望她能盡快為自己婚內的職責忙碌，不必再去擔心舊日熟人的生活。

我母親表示，這封文情並茂的信讓她傷透了心。她和芙蘿拉就這麼停止往來。我母親確實為自己的生活忙碌了起來，最終成為生活的囚徒。

但她還是掛念著芙蘿拉，在她生命最後幾年，有時講起人生中未了之事，她會說：「假如我能當個作家——我還真覺得我能——假如我能當個作家——那我就要寫芙蘿拉人生的故事。你知道我會怎麼給這個故事取名嗎？就叫〈老小姐〉。」

〈老小姐〉。她說出這幾個字時嗓音莊重又感性，我覺得很厭煩。我懂（或我以為自己很懂）她在這幾個字之中發現的價值。莊嚴，又神祕。字眼裡原先暗示的嘲笑變成了尊敬。當時我十五或十六歲，深深相信我能看穿母親的心思。我看得出來她會怎麼寫芙蘿拉，她已經在心底下了什麼定論。她會賦予芙蘿拉一個高貴的形象，芙蘿拉能接受缺陷、忍受背叛，心胸寬大能原諒，還能站到一旁讓出位置，一次，兩次。從無怨言。芙蘿拉快樂地為家務東奔西走，清理房子，打掃牛棚，為妹妹的床洗去血跡汙穢。終於，當未來看似對她展開雙臂——艾莉即將離開人世，羅伯特會請求她的原諒，而芙蘿拉將會把自己當成最珍貴的禮物送給他——此時奧黛莉．亞金森開車直入她家院子，芙蘿拉再度被趕出局，比第一次還更莫名其妙，更徹徹底底。她肯定忍受著房屋的粉刷，電燈，忍受隔壁的一切興建翻修，忍受收音機的〈幻想舞會〉、〈阿莫斯與安迪〉。家裡再也沒有蘇格蘭喜劇或古老的講道。她肯定看著他們開車前往舞會——她的舊情人，與那個冷血蠢笨，無論如何都稱不上美女的人，穿著白色緞子的婚紗。她被愚弄了。（而且，當然她已經將農場的所有權轉移給艾莉和羅伯特，當然他也繼承了農場。現在一切都屬於奧黛莉．亞金森了。）惡人得勢，但一切都無所謂，無所謂——神揀選的人，在忍耐與謙遜中被罩上了面紗，那些事情無法動搖她的心智，終於得見光明。

我相信我母親會這麼寫。她在生活的困境裡，有些觀念變得很玄妙，有時她的嗓音裡帶著衰弱，帶著嚴肅的顫聲，使我心煩意亂，更使我警覺到某種對著我本人而來的危機。我感覺到那些敬神孝親的陳腔濫調，像一陣大霧潛伏在四周，不可與之爭辯，令人舉步維艱——母親的力量隨時都可以捉住我，使我窒息，永無止境。因而我必須永遠保持牙尖嘴利，憤世嫉俗，好辯又愛諷刺挖苦。最終，我連這點辨別我與她之間的利器都放棄了，只能暗暗地與她對立。

到了我母親幾乎無路可走的時候，我既不能安慰她，也未能好好陪伴她。這還是比較好聽的說法。

我對芙蘿拉的故事自有一套想法，我不覺得是我本來有意寫小說卻未能動筆，因此現在想寫。如果要寫，我有別的寫法。看完了我母親的故事，我要補上她遺漏的。我母親筆下的芙蘿拉是純潔的，而我筆下的則會是個壞心眼。她對厄運沒有怨言，對自己寬恕的種種惡行亦然。她像個間諜般窺視著自己妹妹的生活，她是長老教會的女巫，暗自讀著她的陰毒之書。這時就需要讓她那無情的對手出場——這名和她相較之下幾乎是無知殘忍、厚顏無恥的護理師，出場擊退她，好讓她在暗處滋長。但她被打敗了，性的力量與尋常的貪婪打敗了她，將她關在自己的房子那一邊，有煤油燈作伴的那一邊。她蜷曲，她隱居，骨頭硬化，關節粗大，還有——噢，就是這樣，就是這樣，我看見我設計的結局有多美了！最後她得了關節炎，步履維艱，寸步難行。如今奧黛莉．亞金森主導大權，掌控了整間房子。她拆除了那些隔板——羅伯特與艾莉結婚時，芙蘿拉幫他架的隔板。她會給芙蘿拉一個房間，好好照顧她。（奧黛莉．亞金森不想被看成惡婦，而她可能也真的不是。）有一天，羅伯特會抱起芙蘿拉——這是他第一次也是最後一次將她抱在懷裡——抱到他的妻子奧黛莉為芙蘿拉準備的房間。一旦芙蘿拉在這明亮溫暖的房間裡安頓下來，奧黛莉．亞金森隨即著手清理新空出的房間（也就是芙蘿拉原先住的）。她將一疊舊書搬到院子裡。又到了春天，大掃除的時節。這本是芙蘿拉進行她豐功偉業的季節，而如今她那張慘白的臉，只能掩在新裝的紗簾後。她拖著身子從角落來到窗前，看見注滿水的田上有雲朵飄過的淡藍天空，嘈雜的鴉群，滿溢的小溪，轉紅的樹枝。她看見煙從院子裡的焚化爐升起，裡頭燒的是她的書。那些奧黛莉稱為「惡臭的舊書」，一字字，一頁頁，不祥的黑色書脊，被上帝揀選之人，下地獄之人，渺茫的希望，劇烈的折磨，一一化為煙霧。這就是故事的結局。

照我母親所說的，對我而言，這個故事真正神祕的人是羅伯特。他從未說過一個字，然而，是他和芙蘿拉訂婚，也是他和芙蘿拉沿著小河散步，看著艾莉跳到他們面前。更是他發現艾莉在他床上放了薊草。他和艾莉結婚後才當了木工。芙蘿拉念書給艾莉聽時，他在一旁聽，或不聽。最後，當他那招搖惹眼的新娘與所有男賓客跳舞時，他只是蜷縮在課桌前。

他在眾人面前的行為舉止，也就寫到這裡為止。但他才是暗中進行一切的開端。他對艾莉**出手**。他和芙蘿拉有婚約，卻依然對那個細瘦的野女孩出手。當她瘦骨嶙峋、臥病在床、生不出孩子時，他仍一再對她出手。

他必定也對奧黛莉・亞金森做了相同的事，只是結果沒那麼慘烈。

出手這個詞彙，我母親和芙蘿拉是永遠不會說出口的，但對我來說卻是純粹的刺激。我不覺得這麼說哪裡不像樣，也沒什麼理所當然的憤慨。我拒絕旁人的警告，即使是艾莉的厄運也沒能攔住我。即使是想到那第一次的接觸也不行——那股急切，撕扯，掙扎。那些日子裡我經常用渴望的眼神偷瞄男人，欣賞他們的手腕、脖子、鬆開的鈕釦露出的部分胸口，甚至是他們的耳朵和穿了鞋的腳。我不期待他們會理性回應，只渴望被他們的熱情給吞沒。我對羅伯特也有同樣的想法。

芙蘿拉在我筆下之所以邪惡，正是她在我母親筆下之所以令人欽佩的原因——她拒性於千里之外。關於這個主題，我母親想告訴我的一切，我全都反抗。就連她描述這事時壓低的聲音、陰沉的警告，我都鄙視。我母親生長的年代和環境，性對女人而言是下流的行徑。她知道女人可以因性而死，因此她崇尚端莊，拘謹，冷淡，如此才能保護自己。而我成長時怕極了這種保護，這種過分精巧的獨斷專制，似乎延伸到生命裡的方方面面，從強制參加的茶會到白手套，再到各種各樣虛有其表的誇誇其談。我偏好不好聽的話，渴望突破，我讓自己活躍的方式，就是想想男人的魯莽和宰制。奇怪的是，我母親的想法和她那個年代的激進想法居然相當一致，而我的想法則呼應了我的時代的主流觀點。即使我們都相信自己是獨立個體，也都住在不隨這些變化起舞的偏遠地區。彷彿有種傾向在我們心智根深柢固，又私密，又奇特，就像孢子隨著流行的風潮飄揚，始終在尋找任何可能落腳的地方，任何樂於接受自己的地方。

我母親過世前不久，我還在家的時候，她收到一封芙蘿拉本人寫的信。信是從農場附近的鎮上寄的，那個芙蘿拉和羅伯特一起駕馬車前往的鎮；她站在車後，扶著一袋袋的羊毛或馬鈴薯。

芙蘿拉說她不住在農場了。

她寫道：「羅伯特和奧黛莉還住在那裡。羅伯特的背有些問題，但除此之外都很健康。奧黛莉代謝不好，常常喘不過氣。醫生說她必須減肥了，然而無論哪種節食法對她都沒效。農場經營得很好，現在完全不養羊，改養乳牛了。妳可能有聽說，如今最重要的事就是向政府申請牛奶配額，拿到就安了。以前的馬廄現在全裝了製乳機器和最先進的現代化設備，真是稀奇啊。我去那邊看他們時，幾乎認不出自己在哪裡了。」

她又寫，她住在鎮上幾年了，在商店當店員。她一定寫了是哪種商店，但我現在不記得了。當然，她沒提到自己為什麼做了這個決定——她是否被騙了，賤賣自己的農場，或者賣了自己的那份，卻沒得到什麼好處。她強調自己和羅伯特、奧黛莉之間的關係很好，身體也很健康。

她寫道：「我聽說妳的身體一直不太好。我遇到克蕾塔．巴恩斯，就是以前在老家郵局工作的那個小姐，婚前叫克蕾塔．史戴普頓。她告訴我，妳的肌肉有些問題，說話也受到影響。我聽了很難過，不過現在醫學很發達了，希望醫生能治好妳的不適。」

真是一封讓人讀了不安的信，隱瞞了許多事沒說。信中絲毫沒提到上帝的意志，或祂能如何應對我們的苦難。芙蘿拉也沒提到自己是否還去那間教堂。我想我母親始終沒回信給她。她原先寫得一手好字，學校教師的高雅筆跡，如今退化得不成樣子，連筆都握不住。她寫信總是開了頭卻從沒寫完。我在她屋裡找到一大堆這種信，放得到處都是。信經常這樣開頭：我最親愛的瑪莉、我親愛的露絲、我親愛的小瓊安（雖然我知道妳已經不小了）、我親愛的老友克蕾塔、我可愛的瑪格麗特。這些都是她教書時期、念師範學校時，還有高中時的朋友們。也有一些以前的學生。她會不服氣地說，我在全國各地都有朋友，都是很好、很好的朋友。

我記得看過一封信是這樣開頭：我年少時的友人。我不知道這封信是寫給誰的，那些都是她年少時的友人。我不記得有哪封信是以我最欣賞的、親愛的芙蘿拉為開頭。我總是看著這些信，努力讀著稱呼語與零星幾句話，因為我無法忍受自己讀了信傷心難過，所以對她華麗的辭藻、直截了當地索討愛與憐憫總是不耐。如果她能掌握好分寸，適時收手以保有尊嚴，不必老是向外訴說自己患病的慘狀，我想，她本來可以獲得更多愛與憐憫的（我指的是，大部分從我這裡獲得）。

我那時對芙蘿拉已然失去興致。我總是思索著故事情節，那時我腦子裡說不定已經想到新的故事了。

但我後來仍一直想起她。我一直好奇她在怎樣的店工作，是需要穿著連身工作服的五金行或零售商店嗎？還是需要穿著制服，像護理師那樣的藥妝店？或需要打扮得高雅有教養，百貨公司女裝部？她或許得學習各種用品的知識，像是食物攪拌機、鏈鋸、家居的衣袍、化妝品，甚至是保險套。她可能得在電燈下工作一整天，操作收銀機。她會燙頭髮、塗指甲油、搽口紅嗎？她必定得找個地方住——會不會是附有廚房的小公寓，還能眺望主街？或是住在寄宿公寓裡的一個小房間？她怎麼能繼續當一個卡梅隆教徒呢？除非她想辦法買車、學開車，否則她要怎麼去那間偏遠的教堂？如果她真的開車去了，她會去的地方一定不只教堂而已，還有其他地方。她或許會挑假日去，租間湖畔小屋過上一週，學游泳，到城市走走。她或許會到餐廳用餐，有供應酒類的那種。她或許還會和離過婚的婦女交朋友。

她可能還會遇到一個男人，她朋友的兄弟，或許是個鰥夫。不知道她是卡梅隆教徒，或不知道卡梅隆教徒是什麼。對她的過去一無所知。從沒聽過她那間只漆了一半的房子，或她遭人背叛過兩次，或是她耗盡尊嚴與天真無邪的青春，只為了不淪為他人的笑柄。他或許會想帶她去跳舞，她就得解釋不能去的原因。他會很驚訝，但不會因此卻步——所有那些卡梅隆教派的事對他而言都很古怪有趣，近乎迷人。對每個人而言都是這樣。大家會說，她在某些奇怪的宗教習俗之下長大，長期住在偏遠農場裡，她是有點怪，但人真的很好。長得也好看。尤其是她去做頭髮以後，更好看了。

我或許會走進某間店，發現她。

不，不，她可能很早以前就死了。

但，就假設我走進一間店——或許是百貨公司，這地方的氛圍活潑輕快，商品陳設清楚明確，裝潢是五〇年代的復古現代風。假設有一名高個子美女悄然現身，走近招呼我。而不知為何我知道，即使她噴了髮膠、燙了蓬蓬頭，塗了粉紅色或珊瑚紅的口紅和指甲油，我也知道這就是芙蘿拉。我想告訴她，我知道，我知道她的故事，即使我們從未見過。我想像自己試著告訴她這一切。（這是個夢，我把這場景想成和夢一樣。）我想像她傾聽我，帶著恬靜的沉著。但她會搖搖頭，對著我笑，笑容裡有著某種程度的嘲諷，一絲自負的惡意，還有疲憊。我告訴她這些，她並不訝異，但她疲憊至極——她受夠了這一切，受夠了我和我對她的看法，我所知的這些事，我自以為對她的事無所不知的念頭。

當然，我想到的人其實是我母親，她以我夢中的樣子出現，說，這沒什麼，只是手臂有點抖。她說這話時帶著令人驚訝的、輕快的寬諒。噢，我知道妳有一天會來的。我母親令我非常意外，她這麼做時幾乎一臉淡漠。她的面罩，她的命運，她人生中泰半的磨難，都被拿走了。我是多麼如釋重負，多麼開心。但我如今回憶起，我當時同樣也很不安。我會說，我覺得自己有點中計了。對，這麼可喜可賀的大逆轉，緩解了原先可能面臨的淒慘結局，反而冒犯了我，愚弄了我，欺騙了我。我母親就這麼輕易地脫離往日的牢籠，展現了我怎麼也想不到她會有的各種可能和力量，令人耳目一新。她將我始終懷抱的，愛的艱澀負荷變成了幻影——某種無用之物，毫無道理，某種捉摸不定的幻覺。

我後來發現，卡梅隆教徒是（或曾經是）國民誓約派抵死反抗的殘存成員——這些十七世紀的蘇格蘭人與上帝立約，抵制英王規定的公禱書、主教制度，反對教宗制度的玷汙、英王的干預。這個教派的名字來自一位遭到放逐的傳道者理查・卡梅隆，他很快就被當局處置了。卡梅隆教徒（他們長久以來都偏好被稱為「改革派長老教徒」）上戰場時會唱誦〈詩篇〉第七十四和第七十八篇。他們在路上砍殺了狂妄的聖安德魯斯主教，還騎馬踐踏他的屍首。他們有位牧師，在欣喜地接受絞刑之時，把世界上所有其他的傳道者，都開除了教籍。

五點岬

在俯瞰休倫湖的懸崖邊，拖車公園裡，尼爾．包爾和布蘭達一邊喝著伏特加混柳橙汁，尼爾一邊講故事給她聽。故事發生在多年以前的卑詩省維多利亞，尼爾長大的地方。尼爾的年紀沒有比布蘭達小很多（差不到三歲吧），但有時對她而言已經有代溝了。因為她是在這裡長大的，沒去過外地，二十歲就嫁給柯尼利斯．贊特。而尼爾是在西岸長大的，風土民情和此地大不相同。他十六歲就離家旅行，四處工作。

布蘭達看過維多利亞的照片，她有印象的就是花朵和馬匹。傳統燈柱上頭掛著的花籃裡，花朵滿溢，填滿石洞，妝點公園；馬匹載著一車又一車的遊客遊覽景點。

「都是些騙觀光客的爛東西，有一大半都是騙觀光客的爛貨，我講的故事不是那裡。」尼爾說。

他是在說五點岬，曾經是（現在也是）市區裡的某一區，或只是個小地方。那裡有學校、藥局、糖果店、中國人開的蔬果雜貨店。尼爾念公立學校的時候，管糖果店的是一個壞脾氣的老女人，兩邊眉毛是用畫的。她經常讓她的貓伸長四肢，趴在窗臺上曬太陽。她過世後，新來的歐洲人接手糖果店，徹底改頭換面了一番。新店主不是波蘭人也不是捷克人，而是來自更小的國家——克羅埃西亞（那算國家嗎？）他們淘汰掉所有過期的糖果、吹不起來的氣球、寫不出來的原子筆、不會跳的墨西哥跳跳豆，全部清得一乾二淨，將整間店從天花板到地板重新粉刷，放了幾組桌椅。店裡還是賣糖果——放在乾淨的玻璃罐裡，而不是貓尿過的硬紙箱裡——也賣尺和橡皮擦之類的文具。他們的店除了賣糖果，也兼作社區咖啡廳，賣咖啡、汽水、果汁和自家製蛋糕這一類的東西。

店主妻子負責做蛋糕，她生性害羞又愛大驚小怪，如果你走上前想付帳，她會用克羅埃西亞語叫她丈夫出來（或不知道什麼語——就稱為克羅埃西亞語吧）。那驚慌的模樣，彷彿是你闖進她家門，驚擾了她的私生活。她丈夫的英語說得相當好，小個子男人，頭頂微禿，彬彬有禮，看起來緊張兮兮，是個老菸槍。他妻子則是大塊頭，老縮著肩膀，永遠穿著圍裙和開襟毛衣。丈夫負責洗窗戶、掃人行道和收錢；妻子負責烘焙，圓麵包、蛋糕，做一些當地人從未見過但很快就大受歡迎的點心，像是波蘭餃子與罌粟籽麵包。

他們有兩個女兒，英語說得和加拿大人一樣好，念的是修道院學校。下午放學後，她倆會穿著制服出現在店裡，很快便開始幫忙。年紀小的那個負責洗咖啡杯、玻璃杯，擦桌子，所有其他事務都由年紀大的那個做。她招待客人、收銀、補貨，還要趕走在店裡晃來晃去又不買東西的小鬼。小女兒洗完東西後，會坐到後面的房間寫功課；但大女兒從沒坐下過，如果一時沒事做，她就站在收銀機旁，看著。

小女兒名叫麗莎，大女兒名叫瑪莉亞。麗莎年紀小，長得挺不錯——不過就是個孩子。至於瑪莉亞，大概才十三歲胸部就大到下垂，腹部渾圓，大腿粗壯，戴了眼鏡，編成辮子的長髮環著頭，看起來有五十歲了。

她打理店面的作風和架勢，看起來也像五十歲。她父母似乎都有意願讓瑪莉亞接手，她母親退到店後面的小房間，她父親則成了修理工和幫手。瑪莉亞英文好，懂管帳，什麼都嚇不倒她。當地的小孩都說：「呃，那個瑪莉亞——**好噁心**。」但他們又怕她怕得要命。瑪莉亞看起來對開店做生意的一切了如指掌。

布蘭達和她丈夫也開店做生意，他們在羅根南邊買下一座農場，倉庫裡裝滿了用過的家電（柯尼利斯知道怎麼修家電）、二手家具、一堆雜物，像是盤子、畫作、刀叉、裝飾品和首飾。人們喜歡來這裡挖寶，自覺撿到了便宜。他們將店名取為贊特家具倉；許多當地人都稱為「公路旁的二手家具行」。

他們之前不是做這行的。布蘭達先前教幼兒園。柯尼利斯比她大十二歲，在瓦利湖上的鹽礦工作。他遭遇意外之後，他們倆得想點事情讓他能坐著做，便用積蓄買了座荒廢的舊農場，地上建築物的狀態其實還不錯。布蘭達辭掉工作，因為柯尼利斯一人忙不過來。一天中數小時，有時甚至一整天，柯尼利斯必須躺著看電視，或只是躺在客廳地板上，忍受疼痛。

柯尼利斯喜歡在晚間開車去瓦利。布蘭達從不開口——她會等他主動問：「要不要妳來開？」他怕手臂或腿一動會讓他背痛。孩子們以前還會陪著一起去，但現在他們上高中了（洛娜十一年級，馬克九年級），通常都不想跟。布蘭達與柯尼利斯坐在停好的小貨車內，看著防波堤上一排排的海鷗、穀物升降機、亮著綠燈的礦坑通風井、柯尼利斯以前工作用的坡道、一座座灰色粗鹽堆成的金字塔。有時碼頭會停著一艘長型大湖船，當然，這裡的夏天還有遊艇、玩風帆的人，還有人在碼頭邊釣魚。每天日落的時間都會被寫在岸邊一塊牌子上，很多人都是為了看日落而來。現在是十月天，牌子上空空如也，碼頭邊亮起整排燈——有一兩個打死不退的人還在釣魚——寒冷的水面波濤起伏，整個港口充斥著滿溢的商業氣息。

湖邊仍有工程進行，從去年早春開始，有些地方就開始擺放巨石，有些地方倒上沙子，也建造了長型的岩岬，這一切都是為了保護這段弧形的湖邊。旁邊有條崎嶇不平的公路，就是他們開來的路。柯尼利斯不顧自己的背痛——他就是想看看這裡。白天時這裡的卡車、重型挖土機、推土機忙個不停，開來開去，到了晚上它們依然停在此處，這些怪獸暫時變得溫馴又無害。這裡就是尼爾工作的地方。他駕駛重型機械，拖拉岩石，清空建地，建造道路好讓布蘭達和柯尼利斯駕駛。尼爾的雇主是這個案子的承包商，隸屬於位於羅根的佛代斯建築公司。

柯尼利斯注視著每樣事物，他知道每艘船上載了什麼（軟質小麥、鹽、玉米），也知道船的目的地。他知道港口如何愈造愈深，而且總是要看巨大管子一眼，看管子如何以某個角度越過湖，從湖底排出不見天日的湖水、汙泥和岩石。他會走向管子並站在旁邊，傾聽裡頭的震動，岩石與湖水在管內奔流的撞擊與悶哼聲。他會問，假如湖水只是如常將岩石與沙子捲起，沖到旁邊，侵蝕黏土質的懸崖，嚴冬來襲時，會對這些人工的變動與規畫造成什麼影響？

布蘭達總是一邊聽著柯尼利斯說話，一邊想著尼爾。她的樂趣來自置身尼爾每天工作的地方，她喜愛想像這些機械發出嘈雜的聲響，穩定的力道，以及坐在操作廂裡的男人，光著兩條手臂，鎮定自若地駕馭這股力量，彷彿他們天生就知道這所有的咆哮與切咬會將湖岸變成什麼模樣。他們的權威展現在隨意、幽默之上。她愛他們身上散發出的工作氣味，他們說的行話，他們埋頭苦幹的樣子，他們忽視她的樣子。她愛極一個集所有以上特質於一身的男人。

當她與柯尼利斯一起待在這裡，又好一陣子見不到尼爾時，她感覺不安、淒涼，彷彿整個世界都棄絕了她。而她與尼爾相聚之後，這世界又成了她的王國——屆時，又有哪裡不是呢？他們見面的前一晚（例如昨晚）她應該要感到高興，滿懷期待。但說實話，這最後二十四小時，甚至是倒數前兩三天，似乎充滿了意想不到的陷阱，事事都至關重要。除了小心翼翼、坐立難安之外，她感覺不到什麼其他的情緒。這成了倒數計時的時刻——她也真的在數剩下幾小時。她習慣用許多事情填滿這段時間，到處打掃屋內平時遺漏的地方、割草坪、重新整理家具倉，甚至去拔岩石花園裡的雜草。要見面的那天早晨，時間過得最為緩慢，危機四伏。她總是有理由在當天下午出門，但也不是非去不可——那樣太引人注意——也因此總會有件什麼事突然冒出來，讓柯尼利斯問：「妳那件事就不能這週晚點再做？不能改天嗎？」讓她心煩意亂的，倒不是無法及時聯絡上尼爾；尼爾會等一小時左右，接著意識到她應該是沒辦法來了。她煩的是她自己承受不了，明明差點就能見面，卻又無法相見。然而她在這段折騰的最後幾小時內，並沒有什麼身體上的慾望，即使在她祕密的準備期間也沒有——洗澡，除毛，擦精油，噴香水——都無法撩起任何遐思。直到她真正見到尼爾的車之前，她被這些瑣事、謊言和安排搞得麻木又疲倦。她原先害怕的是自己無法全身而退，然而在開車去見尼爾的十五分鐘內，另一股恐懼壓過了原先的情緒。她害怕在他們約好見面的地方，那個寂寞的沼澤地，沒有出口的地方，尼爾沒有出現。在等待的最後幾小時，她期待的愈來愈不是身體那方面的事——因此，要是真錯過了，就不像是錯過期待已久的一餐，而像是錯過了能維繫她的生命或給予她救贖的一場儀式。

尼爾還是青少年時，還沒大到可以去酒吧，所以仍在五點岬糖果店瞎晃（那些克羅埃西亞人保留了舊店名）。時代的變化來臨，如今每個還在世的人都記得。（尼爾是這樣想的，但布蘭達說：「我不知道耶——我到現在都還是覺得，那都是在別的地方發生的事。」）沒人知道該怎麼辦，沒人有心理準備。有些學校禁止學生留長髮（男學生），有些學校則認為最好放手不管，應該聚焦嚴肅的事情，他們只要求將長髮用橡皮筋往後綁成一束就好。至於衣服呢，鏈條和小串珠，麻繩綁帶涼鞋，印度棉，非洲圖騰，一切忽然都變得柔軟、鬆垮、明亮起來。維多利亞這塊地方不像其他地區能控制住這股風潮，而是完全蔓延開來。或許是氣候讓人們放鬆的關係吧，不只是年輕人跟上這股風潮，忽然之間，紙花、大麻菸霧和音樂開始遍地開花（那時看起來都好狂野啊，尼爾說，而現在看起來都好無害）。音樂從市區掛著不雅旗幟的窗內流瀉而出，漫過碧肯丘公園的花床，飄到海崖上的金雀花，再飄到可以遠眺如夢似幻的奧林匹克山峰的歡樂海灘。全民都跟上這股風潮，大學教授耳後插著花四處漫走，年紀已經當媽媽的人穿著最流行的衣服走上街，尼爾和朋友自然看不起這些人——老嬉皮，想嗑藥又不敢的膽小鬼。尼爾和朋友可是認真嚴肅地看待藥物和音樂的世界。

他們想嗑藥時，會到那間糖果店外面，有時會跑到更遠的墓園，坐在海堤上。有時就只是坐在糖果店後面的小貨間旁邊。小貨間上鎖了不能進去。嗑完藥後會非常餓，他們會回到糖果店，喝可樂吃漢堡，起司漢堡，肉桂小圓麵包，蛋糕。靠著椅背，看著舊天花板的錫製壓花紋（克羅埃西亞人把天花板漆成了白色），花朵、高塔、小鳥、怪獸個個浮出天花板，在頭頂上游泳。

「你們那時嗑的是什麼？」布蘭達問。

「都是些好貨啊，除非有人賣爛貨給我們。哈希什啦，迷幻藥啦，有時還有麥斯卡林。有時會把幾種摻在一起嗑。沒什麼大不了啦。」

「我這輩子只抽過一次大麻菸，大概三分之一吧，在湖邊。我一開始還不確定那是什麼，回家後我告訴我爸，他甩了我一巴掌。」

（她沒說實話。是柯尼利斯。甩她巴掌的是柯尼利斯。那是在他們結婚前，柯尼利斯還在礦坑上晚班，她和幾個同齡朋友晚上會跑去湖畔坐著。隔天她告訴柯尼利斯，他就甩了她一巴掌。）

他們在糖果店不過就是吃吃喝喝，晃來晃去，嗨到恍惚了再玩些蠢遊戲，像是拿玩具車在桌面上的透明壓克力板賽跑。有一次，有個傢伙暈躺在地板上，他們就朝他噴番茄醬，反正也沒人在乎。白天的客人都是些買麵包的家庭主婦，退休後領養老金的老人來喝咖啡殺時間——他們晚上都不會來。店主妻子和麗莎搭公車回家了，回他們那不知道在哪裡的住處。後來連店主都回家了，大概晚餐後吧。整間店只剩下瑪莉亞在管。她才不在乎他們在做什麼，只要他們沒弄壞店裡的東西，記得付帳就好。

這就是屬於大男孩的藥物世界，小男孩們被拒之門外。過了一陣子，他們才注意到小男孩手上也有些貨，他們也有祕密了。這些小男孩愈來愈無禮，自以為是，其中幾個總是纏著大男孩要買貨。這就很明顯了，顯然他們手上有些來路不明的錢。

尼爾有個弟弟，名叫強納森。他如今為人相當正直，已婚，當了老師。之前強納森說漏了嘴，其他小男孩也藏不住祕密，事情很快傳了開來。錢是從瑪莉亞那裡拿的，她付錢給他們，叫他們和她上床，就在晚上關店後，到後院裡的小貨間做，她有小貨間的鑰匙。

白天她也管店裡的帳務，晚上她會清空收銀機，收好帳本。她父母很信任她。為什麼不呢？她算數好，一心為家裡的生意奉獻，比誰都了解整間店如何運作。她父母似乎對錢很不放心，又疑神疑鬼，因此不想把錢存進銀行。他們把錢存放在保險箱，或只是某個上鎖的箱子，需要的時候再去拿。他們必定是覺得，除了家人之外誰都不能相信，不管是銀行還是世界上的任何人。對他們而言，瑪莉亞必定是天賜的好孩子——穩重，聰明，不太漂亮，所以能將全副精力和全數希望放在家裡的生意上。真是家裡的支柱啊，瑪莉亞。

她比那些她付錢找來的小男孩高一個頭，重了十三或十八公斤吧。

布蘭達轉出公路，開上小路之後，總是有些驚險時刻（以防被任何人看見，她總能想出一些開上公路的藉口）。她開的小貨車很醒目，不容易認錯。但只要她決心冒險一試，開到她不該去的地方，她就感覺堅強多了。當她開上那條通往沼澤的死路時，便沒有其他可能的藉口了。要是被人看見，她就完了。在她開進樹林之前，約莫有半哩路毫無遮蔽，她多希望這裡能種些玉米之類的作物，長得夠高，能遮住她。但沒有，這邊種的是豆子。至少這邊沒噴農藥，一般的草坪、雜草和莓果叢都長得很高，不過還是沒能遮住一輛小貨車。這邊也長了黃花和乳草，包著種子的果莢已經爆開，懸吊著大串大串鮮豔有毒的果實。野葡萄藤張狂地四處生長，甚至爬到路面。最後她終於抵達，開進了隧道般的樹林裡，有雪松、鐵杉，開到後方遠一點的潮溼地面，上頭長著纖弱的落葉松，還有大片的紅楓，葉上滿是黃棕色的斑點。地上沒有死水，沒有泥塘，即使遠到樹林後方也沒有。他們很走運，今年夏秋的氣候乾燥，沒什麼雨。她和尼爾很幸運，但農人就叫苦了。如果今年雨水豐沛，他們就不能借這塊地方了。若這裡常下雨，她的小貨車輪胎壓過的硬溝就會變成溼滑的泥巴，而道路盡頭可以掉頭之處，就會淪落成一大塊汙水坑。

進去還要再開一哩半的路，有些地方很難開，沼澤旁有幾個突起的小丘，乾掉的小溪上有條狹長的圓木橋，只有懨懨一息的水堇和蕁麻，拚命從乾涸的泥巴中吸收水分。

尼爾開的車是老舊的藍色福特「水星」，在樹林的陰影下就像一池深藍色的汙點。她要很費神才能找到。她不介意比他早幾分鐘抵達，趁這段時間打理好自己，梳梳頭髮，看看自己的樣子，用迷你香水噴一下口腔（偶爾也在兩腿之間噴一下）。如果等待的時間超過幾分鐘，她就會開始緊張，她不是怕野狗或色狼，或灌木叢裡有人偷窺——她小時候常來這裡採莓果，所以才知道這塊地方。她是在害怕某些可能不在這裡的東西，不是已經在這裡的。尼爾沒出現，可能背叛了她，突然翻臉不認人。要是真如此，會讓任何地方、任何事都變得醜陋、險惡、愚蠢。樹林也罷，花園也罷，計時停車場也罷，咖啡廳也罷——都沒兩樣。有次他沒來，他病了，食物中毒，或是他這輩子最嚴重的宿醉。總之就是發生慘事，他當晚在電話中告訴她（她得假裝是有人打電話來推銷沙發）。她從未忘記那回枯等的滋味，希望一點一滴乾涸，天氣燠熱，到處都有蟲；時值七月，她的身體不停沁出汗珠，在小貨車的座位上，好像她得虛弱地承認自己輸了。

尼爾到了，他先到。她可以在雪松樹蔭深處看見那輛「水星」其中一只車燈。這就好像你在夏天採莓果，忍受著酷暑、樹叢的刮擦、昆蟲的叮咬，然後終於能一躍而入冰涼的水中，甜美的波浪輕輕拍打身體，沁涼的快意浸沒你的所有煩惱。她將小貨車停好，撥鬆頭髮，走出車外。拉一下車門確認門是否鎖好，否則尼爾會叫她回頭確認，柯尼利斯也會這樣——妳確定車門鎖上了嗎？她走過陽光照射的一小塊地面，上頭鋪滿落葉，她看著自己走路的模樣，穿著白色緊身褲，藍綠色上衣，低腰白皮帶配高跟鞋，她的包包掛在肩上。一名身材姣好的女子，帶有雀斑的白皙皮膚，藍眼上勾了藍色眼影和眼線，見到什麼光都會略帶不安地瞇成一條線。她的頭髮金中帶紅，昨天稍微挑染了一點，陽光照耀其上，像是戴上了花瓣做的冠冕。她穿高跟鞋純粹是為了走這段路，為了尼爾的眼光停駐在她身上那一刻。高跟鞋讓她的步伐看起來搖曳生姿，雙腿更加修長。

往往，往往，兩人在他的車裡做愛，就在他們會面的地方，雖然彼此總是叫對方先等一等。停，等我們到拖車那邊再開始。過了一陣子，等等的意思就完全反過來了。有一次，他們還在開車就做起來了。布蘭達褪下內褲，拉起夏天穿的寬鬆裙子，一語不發，只是直直望向前方，最後他們冒著極大的風險，停在公路旁。現在每當他們開過那個地方，她總會說點像是「別在這裡開下公路」或「應該在這裡豎一塊警語」之類的話。

「立個古蹟標示牌好了。」尼爾說。

他倆有段激情史，就像家族有家族史，一起上學的同學有共同回憶那樣。他們也沒什麼別的東西了。他們從沒跟對方吃過飯，看過電影。不過倒是一起經歷過幾次複雜的冒險，或說危險——不只是停在公路邊那種。他們為了給對方驚喜，都冒過險，而且總是恰到好處。作夢時，你可以感覺自己好像已經作過同樣的夢，你可以反覆作著同樣的夢，而且你知道事情沒那麼簡單。你知道所謂「夢」就是有一整個機制在祕密運作著（沒有什麼更好的表達方式了），而且這個機制不像道路或者隧道，更像一個活生生的人體網絡，一切的盤旋、伸展，初時不可預料，但最終變得熟稔——你此刻所在的地方，你總是會去的地方。這就是他倆和性之間的關係，一起去到某個地方，兩人都了解同樣的事，也信任彼此，至少到目前為止如此。

還有一次在公路上，布蘭達看到一輛白色敞篷車駛近，是一輛老舊的白色野馬，頂篷敞開。時值夏天。她趕緊滑到座位下方。

「車子裡有誰？快看！告訴我！」她問。

尼爾回答：「就幾個女生，四五個女生吧，出來找男生的。」

「我女兒。」布蘭達說，爬回座位。「還好我沒繫安全帶。」

「妳有個已經大到可以開車的女兒了？妳女兒有輛敞篷車？」

「那是她朋友的。洛娜還沒開始上路，但她已經可以開了——她十六歲。」

她感覺到空氣中卡著他原本想說的話，她希望他別說的話。男人對於少女，總是覺得有義務說上幾句。

「你也可能有個年紀那麼大的女兒。也許你真的有，誰知道呢。而且，她騙我。她騙我說她要去打網球。」她說。

再一次，他沒說什麼她不想聽的話，沒有狡猾地提到她說謊。那是危險的禁語。

他只說：「放心，放輕鬆，什麼事也沒有。」

她無從得知尼爾懂不懂她此刻的心情，或者，他懂得什麼？他們幾乎從沒提過她生活中的那一部分，也從不提柯尼利斯；即使尼爾到家具倉的時候，頭一個說話的對象就是柯尼利斯。他去找腳踏車，可以在鄉間小路騎的那種便宜貨。家具倉那時沒賣腳踏車，但尼爾還是留下來和柯尼利斯聊了一會，聊他想買哪種車，維修和改裝的方法之類的，他們可以怎麼幫尼爾留意那款車。尼爾說他會再來看看，沒多久他也的確來了，只有布蘭達在店裡。柯尼利斯回屋裡躺著，那天他的背很不舒服。尼爾和布蘭達把話說開，只是什麼也沒真正說清楚。當尼爾打電話給她，邀她去湖岸路旁的小酒館喝杯酒時，她就知道他要什麼了，而她也知道自己會怎麼回應。

她告訴尼爾自己從未做過這種事。這話從某個角度來看是謊言，但從另一個角度來看，又是真話。

瑪莉亞在糖果店營業時，絕對不會搞混該進行哪種交易。每個人都照常付錢，她的舉止也沒什麼不同，仍然掌控著一切。男孩們知道自己有些談判的籌碼，卻從不知道自己手上握有多少。一塊錢。兩塊錢。五塊。她也不是非得靠其中一兩個男孩不可，她關店後搭公車回家前，會選其中一個男孩帶進小貨間，其他人就在外面殷殷期盼。她警告過他們，要是誰敢洩漏一個字，就再也不會跟他們交易。他們有一陣子很相信她。起初她沒有定期找他們來，或是沒那麼頻繁。

那只是一開始。幾個月之後，情況不同了，瑪莉亞的需求大增，討價還價的過程更加公開，明目張膽起來。事情傳開了，瑪莉亞居高臨下的控制權逐漸被削弱，擊垮，最終一敗塗地。

好嘛，瑪莉亞，給我十塊嘛。我也要。瑪莉亞，我也要十塊。好嘛，瑪莉亞，妳懂的。

二十啦，瑪莉亞。給我二十嘛。好嘛。二十塊。妳欠我的，瑪莉亞。現在給啦，妳不希望我說出去吧。好嘛，瑪莉亞。

一張二十，又一張二十，再一張二十。瑪莉亞不情不願地給了又給，她每晚都要去小貨間，而雪上加霜的是，有些男孩開始拒絕她的要求。他們一開始先要錢，拿到錢便翻臉不認，他們說瑪莉亞從沒付過錢。她付了錢，而且是在眾目睽睽之下付的，但所有人都矢口否認。他們搖頭，嘲笑她。才沒有。妳才沒有付他錢。我從來沒看過妳付。妳現在給我錢，我就走。我答應妳，我會走。我一定走。妳給我二十啦，瑪莉亞。

而那些從弟弟的口中得知這些交易的大男孩們，也來糖果店櫃檯找瑪莉亞，問：「我怎麼樣，瑪莉亞？妳了的。好嘛，瑪莉亞，給我二十怎麼樣？」這些大男孩從不會跟她去後面的小貨間，絕對不會。難道她以為他們會跟她做嗎？他們連開口保證都懶，只是一味地向她要錢。妳認識我很久啦，瑪莉亞。他們威脅她，哄騙她。我不也是妳朋友嗎，瑪莉亞？

誰都不是瑪莉亞的朋友。

她原本穩妥、機警的冷靜消失了，變得張牙舞爪、陰沉、苛薄。她看他們的眼神滿是憤恨，但她還是繼續付錢。一張張鈔票不斷流出去，男孩們連討價還價、爭吵、拒絕的力氣都省了，她這麼做的時候懷著暴怒——安靜的暴怒。他們愈是嘲弄她，抽屜裡的二十元鈔票就流出去愈多。能為店裡賺錢的事情，她做得很少，或幾乎不做了。

尼爾和朋友們無時無刻都嗑到茫，真的是無時無刻，因為現在他們手上有錢了。他們看見可愛的原子在鋪了塑膠耐熱板的桌面上流動，繽紛多彩的靈魂從指尖噴射而出。瑪莉亞根本瘋了，糖果店花錢如流水。這怎麼能繼續？又該怎麼收場？瑪莉亞現在一定得從保險箱裡拿錢不可，晚上抽屜裡的錢已經不夠了。而這段期間她母親依然繼續烤小圓麵包，包波蘭餃子；她父親依舊掃人行道，招呼客人。沒人告訴他們。他們的生活依舊。

他們得自己發現。瑪莉亞有張還沒繳的帳單——像是那一類的東西吧。有人帶著沒繳的帳單上門，他們去拿錢付帳，才發現保險箱空空如也。錢不在他們保管錢的地方，保險箱裡沒有，上鎖的箱子裡也沒有，到處都沒有——錢都沒了。他們是這樣才發現的。

瑪莉亞把一切都給了出去，他們的所有積蓄，一點一滴積攢的營收，他們開業的所有資金，真的一毛也不剩。他們現在付不出房租，付不出電費帳單或要給供應商的錢。糖果店開不下去了，至少他們是這樣相信的。或者他們僅僅是沒心思經營下去了。

店門深鎖，門上掛著牌子：「暫停營業，重新開業日另行通知。」這地方重新開業是將近一年後，變成了自助洗衣店。

人人都說是瑪莉亞的母親，那個大塊頭，溫順的，老是彎著腰忙活的女人，堅持要告她女兒。她怕極了英文和管帳，卻敢拉著女兒上法院。當然，瑪莉亞只是少年犯，再怎麼樣也只能進專門關少年犯的地方；而那些男孩卻無事一身輕。他們全都撒謊，都謊稱不是自己。瑪莉亞的父母一定找到了工作，繼續留在維多利亞，因為麗莎就是這樣。她一如往常去青年會游泳，幾年後又到伊頓百貨公司的化妝品部門上班。她成了明豔照人、趾高氣揚的美女。

尼爾總是準備伏特加混柳橙汁，在兩人見面時喝。這是布蘭達的點子，她不知在哪裡讀到，柳橙汁能補充被酒精破壞的維他命C，而她也希望呼吸時嘴裡聞不到酒氣。尼爾會打掃一下拖車——至少她是這麼認為的，因為裝滿啤酒罐的紙袋靠著碗櫥，整堆報紙疊在一起（沒有真的折好），有雙襪子被踢到角落。也可能是他室友打掃的，一個叫蓋瑞的男人，布蘭達從未看過他（或他的照片），所以不知道他們是否曾在街上巧遇。蓋瑞會不會認識她？蓋瑞知道她會來這裡，也知道她何時來。他該不會知道她的名字吧？他晚上回來後，會不會認出她噴的香水，歡好的氣味？她喜歡這輛拖車，裡頭沒有一樣東西是均衡或永久的。一切物品的安排純粹只是為了方便，沒有窗簾或餐墊，甚至沒有成對的鹽罐和胡椒罐，只有裝鹽的小盒子和錫製的小胡椒罐，從店裡買來時就是這樣。她喜歡看尼爾的床，鋪得亂七八糟，粗糙的格子毛毯，扁掉的枕頭，沒有婚姻的氣息，也與病痛、安逸與糾纏完全無關。這張床乘載了他的情慾與睡眠，同樣強烈，同樣毫無所覺。她愛他的身體散發的生命力，如此理直氣壯。她不要他開口要求，她要的是被他宰制，成為他的領土。

只有廁所裡的汙垢讓她有點煩，汙垢本來就讓人不舒服。她希望他們能把馬桶和洗臉檯打掃得乾淨一些。

他們坐在桌邊喝調酒，從拖車窗戶看著外頭閃著寒光，波濤起伏的湖水。在湖邊強風的侵襲之下，這裡的樹幾乎禿光了。白樺和白楊像麥稈一般挺直、明亮，框起了整片湖水。說不定再一個月就下雪了，兩個月內肯定會下。那時湖上的航線將會封閉，湖船會為了度冬而固定住。在湖岸與開放水域之間將會是一整片壯闊的冰景。尼爾說一旦湖邊的工作結束，他就不知道要幹什麼了。他可能會待下來，再找一份工作，也可能領失業保險金，買輛雪車，盡情享受整個冬季。或者他可以去別的地方找工作，拜訪朋友。他在北美大陸上到處都有朋友，這片大陸之外也是交遊廣闊，還有朋友在秘魯。

「所以，後來怎樣了？你知道瑪莉亞後來怎樣了嗎？」布蘭達問。

尼爾說不，他不知道。

這個故事在布蘭達腦中縈繞不去，像裹在舌頭上的一層膜，嘴巴裡始終殘留著味道。

「嗯，說不定她結婚了。她從感化院出去後結的。很多不漂亮的人都結婚了，肯定的。她可能減肥了，變美了也說不定。」她說。

「當然囉。」尼爾回答。「可能是男人要付錢給她上床，而不是她付錢。」

「或者她也可能就待在她被關的地方，會把人關起來的地方。」

她現在感覺到雙腿間的一陣疼痛，他們見面之後常有的事。如果她現在站起來，一定會感覺到一陣抽痛，血液從所有被擠壓碰傷的微小靜脈和動脈向下回流，她覺得自己像顆腫脹的大水泡，隱隱作痛。

她喝了一大口調酒，問：「所以你從瑪莉亞那裡拿到多少錢？」

「從來沒拿過。我只是知道有誰拿而已。我弟弟強納森就有拿。如果我現在提起她，不知道強納森會說什麼。」尼爾答道。

「比較大一點的男孩也有拿——你說過比較大一點的男孩也有分。別告訴我你只是坐在那裡看，從沒分過一杯羹啊。」

「我說的就是全部了啊，我什麼也沒分到。」

布蘭達嘖了一下嘴，一口氣喝光玻璃杯中的調酒，把杯子在桌上移來移去，狐疑地看著桌上的幾圈水漬。

「要再來一杯嗎？」尼爾問，拿走她手中的玻璃杯。

「我得走了。很快就得走。」她回答。倘若需要的話，做愛可以很倉促，但吵架則需要一點時間醞釀。這就是他們兩人要做的？吵架？她焦躁又緊繃，但很高興。這種高興很緊閉又私密，不是那種流瀉而出、讓每件事都模糊起來、令人感覺良好又心不在焉、口無遮攔的高興。完全相反。她感覺輕快、敏銳，無甚牽連又了無牽掛。尼爾回來時為她帶了一滿杯的酒，她馬上喝了一口來穩固這份心情。

「你跟我先生的名字一樣。真好笑，我以前根本沒想到。」她說。

她之前就這樣想了，只是沒有提及，她知道尼爾不會想聽這種事。

「柯尼利斯和尼爾又不一樣。」他說。

「這是荷蘭文，有些荷蘭人會把它簡稱為尼爾。」

「是吧，但我又不是荷蘭人，而且我也不叫柯尼利斯，我就只叫尼爾。」

「一樣啊，如果有人簡稱他，你們名字還是一樣。」

「又沒人簡稱他。」

「我沒說有，我是說如果有。」

「如果沒有妳幹麼提？」

他一定感覺到和她一樣的事了——一股緩慢卻難以抵擋的興奮逐漸升起，就是想說點重話，也想聽別人說。重話出口時的第一下重擊多麼尖銳，釋放出某種快感，閃爍的誘惑在前方招手，那是毀滅的誘惑。你沒法暫停，思考為何自己如此渴望毀滅，你就是渴望。

尼爾突然問：「為什麼我們每次都要喝酒？我們是想當酒鬼還是怎樣？」

布蘭達很快啜了一口調酒，推開玻璃杯。「是有人必須喝吧？」

她認為他的意思是，他們應該喝點咖啡或可樂才對。但他卻站起來，走到放衣物的五斗櫃，拉開抽屜，說：「過來。」

「我才不想看那些東西。」她回答。

「妳連我要給妳看什麼都不知道。」

「我當然知道。」

她當然不知道——不可能那麼清楚。

「妳怕裡面有東西咬妳呀？」

布蘭達又喝了一口酒，持續看著窗外。日暮時分，耀眼的陽光橫過桌面，暖著她的雙手。

「妳不認同我做的事吧。」尼爾說。

「我沒什麼好認同或不認同的。」布蘭達回答。她意識到事情有點失控了，而且也沒之前那麼開心。「我不在意你做了什麼，你就是你。」

「我沒什麼好認同或不認同的。」尼爾裝腔作勢地說。「不在意你做了什麼。」

那就是信號了，其中一人必得讓步的意思。突然閃過的一股憎恨，純粹的惡意，像是刀鋒閃過的寒光，衝突即將浮上檯面的信號。布蘭達喝了一大口酒，態度是那麼理直氣壯，有種悲涼的快意。她站起身來說：「時間到了，我得走了。」

「要是我還不想走呢？」尼爾問。

「我是說我，不是你。」

「噢，妳的車在外面？」

「我可以用走的。」

「要往回走五哩路才會到妳停車的地方。」

「那就走五哩路。」

「穿妳那種鞋走？」尼爾問。他們一起望向她那雙黃色高跟鞋，與她藍綠色毛衣上的緞面鳥兒繡樣搭配得真好。這雙鞋和衣服不都是為了他才買才穿！

「妳穿那雙鞋來才不是為了走路，只是為了每走一步就秀一下妳那個肥屁股。」他說。

布蘭達沿著湖岸道路走，路上石礫遍布，透過高跟鞋將她的腳磨得隱隱作痛。她每踩一步都得小心翼翼，以免扭傷了腳踝。下午已經降溫到一件毛衣抵不住了，湖面吹來的風颱在她身側，每當有車駛過，尤其是卡車，總會在她身旁捲起一股猛烈的風，小沙粒不斷撲向她的臉。當然，有些卡車會減慢速度，有些小客車也會，車主會從車窗內喊她。有輛車在碎石路上打滑，停在她前方。她靜靜站著，想不出可以做什麼，過了一陣子後，那輛車的駕駛好不容易費力將車開回路面，她才繼續向前走。

還可以，她沒真遇到什麼危險。她甚至不擔心被認識的人看見，她自由了，沒什麼好怕的。她想起尼爾初次來到家具倉，把手臂環繞在狗兒山桑的脖子上，說：「您這狗兒不太像看門狗啊，夫人。」她覺得**夫人**一詞說得太冒失了，聽起來虛偽，好像什麼貓王老電影裡的臺詞。而他接下來說的話更糟。她看著山桑，說：「狗兒晚上比較厲害。」尼爾竟然回答：「我也是。」放肆無禮，囂張跋扈，傲慢自大。她心想。他不是乳臭未乾的小毛頭，說過的話得自己負責。尼爾第二次來時，她對他的印象也沒怎麼改變。問題是，他的出言不遜最後只成了她不去計較的事。她大可以讓他知道，他其實不必用這種方式說話。認真看待他是她的職責，如此一來他便可以像個成熟的人，放下防備，對整件事抱持感謝。她是怎麼這麼快就確定，她不喜歡他的地方，其實只是他在裝腔作勢？

她走過一哩路，或還不到一哩，那輛水星就追上她了，停在碎石路上。她走過去，上了車。她想不出不這麼做的理由。她上車並不表示她要和尼爾說話。距離她停車的沼澤路只有幾分鐘的路程，她上車也不表示會待在他身邊更久。尼爾的出現就和路邊捲起的小碎石一樣，無足輕重。

她把車窗開到最底，讓冷風灌進車內，蓋過所有他可能想說的話。

「我想為剛才的個人意見向妳道歉。」他開口。

「幹麼道歉？」她回道。「是真的啊，真的很肥。」

「不會。」

「就是。」她一副煩到想趕快結束這話題的語氣。她認真的，所以他好幾哩路都沒開口，直到抵達沼澤路，開到樹下為止。

「如果妳以為抽屜裡有針筒，我可以告訴妳，沒有。」

「你抽屜裡有什麼不關我的事。」她答道。

「裡面就只有一些水煙筒，白板，和一點哈希什而已。」

她憶起某次和柯尼利斯的爭吵，吵到幾乎要解除婚約。不是因為她抽大麻，他打她一耳光那次；他們當時很快就和好了。他們吵的事也無關兩人的日常生活，而是他們在聊柯尼利斯礦坑裡的同事，他太太，還有他們的智障兒。這孩子蠢得跟植物人一樣，柯尼利斯說，他整天就是在客廳角落的柵欄裡嗯嗯啊啊，什麼都拉在褲子裡。他大概六、七歲吧，接下來這輩子就只能這樣了。柯尼利斯認為如果有人生下這種孩子，應該有權立刻把孩子處理掉。他說如果是他，他就會這麼幹，沒得商量。有很多方法可以解決，而且永遠不會被發現，他敢打賭很多人早就幹過同樣的事了。他和布蘭達為此大吵特吵了一番，但在爭執的過程中，布蘭達也懷疑過，柯尼利斯應該不會做出那種事，他只是必須這麼說話，尤其在她面前。柯尼利斯必須在她面前堅持他一定會這麼做。而這的確也讓布蘭達更氣他。假如她相信他這番冷血殘酷的話是真心的，她還不會這麼生氣。他就是想激怒布蘭達和他吵，他想看她唱反調，看她嚇壞的模樣，為什麼？男人就是想看妳大驚小怪，不管是處理掉植物人小孩，或是吸毒嗑藥，還是飛也似地開快車，為什麼？難道是因為這樣，他們才能用妳優柔寡斷的婦人之仁，來對比自己刻意耍狠的壞心腸？這樣，他們終於可以一邊怒氣沖沖抱怨，一邊讓步，知道自己再也不必要狠使壞、恣意妄為？不管怎樣，妳都受夠了這一切。

礦坑意外發生時，柯尼利斯本來會被活活壓死的。那時他值夜班，他們要在大片鹽岩壁下方挖一條溝，所以鑽好一些洞放炸藥，炸藥也已裝填完畢。每晚十一點五十五分，爆破工程會準時進行。屆時大片鹽岩將會鬆動，才能開始製程，最終送至地面。柯尼利斯當時人在刮除機長臂末端的工作廂中，逐漸升高，準備要移除坑頂鬆動的物質，再將螺栓固定在坑頂，好承受爆破時的力道，但他操作的液壓控制器出了問題——動力停止，他嘗試再加點力道，結果機器猛力將他向上抬，他眼中只見岩石坑頂像個蓋子朝他當頭壓下，他立刻蹲下，操作廂停住了，但一段突出的岩石戳中他的背部。

他之前在礦坑工作了七年，幾乎沒跟布蘭達說過裡面的情形。現在他告訴她，那是個自成一脈的世界，充滿洞穴、石柱，從湖底延伸出去好幾哩。如果你走進沒有照明的坑道，就看不見灰色的坑壁，飄滿鹽塵的空氣。你關掉頭燈，便能發現真正的黑暗是什麼樣子，那是地表上的人永遠沒機會見識的黑暗。那些機械會永遠待在下面，有些個別零件是在地下組裝完整的，維修也全都在地下，最後這些機械也會還原回零件，大家把還能用的部分拆下，剩下的就全部堆在封死的通道盡頭——地下機械的墳場。礦坑裡的工作無時無刻伴隨凶猛的震天價響，包含機械，包含通風扇，一併斷絕了所有人聲。現在有了一種新的機器，可以代替柯尼利斯去做他當時坐在小操作廂內升到高處做的事。都是自動化了，不必人力操作。

布蘭達不知道他懷不懷念地底下的日子。他說他沒有。他說他只是無法僅僅看著水面，卻不看著底下的一切。沒真正看過的人，無法想像。

尼爾和布蘭達沿著樹開車，忽然之間，就感覺不到一點風了。

「還有，我確實有拿過一點錢。」尼爾開口。「我拿了四十元吧，跟某些人比起來根本不算什麼。我發誓就只有這樣，四十元。沒有再拿了。」

她一語不發。

「我不是想告解，只是想聊聊這件事。結果，我很氣自己還是說謊了。」他說。

如今她能聽清楚他說話了，她發現他的聲音幾乎和她的一樣扁平、疲倦。她看見他方向盤上的雙手，想著要形容他的長相還真不容易。在車裡等她的他，隔了一段距離，看起來總是一團模糊的光影，他的到來緩和了她，也承諾了她。近看，他變成幾個分開的區域──或光滑或粗糙的皮膚，粗硬的頭髮或鬍子刮完後留下的細微小刺，他身上有獨特的氣味，或是與別的男人一樣的氣味。但主要是一股活力，他獨有的一種特質，她可以從他粗短的手指或古銅色額頭的弧線看出，那種特質，即使稱之為能量也不夠精確──那更像是他本身的活力，從根基裡長出來，清澈，汩汩流動，充斥著他的身軀，終至滿溢。那就是她最初立定追隨的──那股活力，激流，在皮膚之下，彷彿那就是唯一真實的事物。

假如她現在側過臉去看他，就能看見他真實的樣貌──古銅色的額頭弧線，他鬈曲的棕髮和逐漸退後的髮際線，濃密的眉毛參雜了幾許灰白，深陷的淡色眼珠，一張懂得享樂的嘴，頗為陰鬱又自傲。一個才要邁入老年的孩子氣男人——不過在她身上時，他依然感到輕盈、狂野，即使柯尼利斯的肥壯身軀曾經占有過她，像沉重的毛毯壓在她身上。一種責任，布蘭達那時的感覺就是這樣。現在她對這個人也會有同樣的感覺嗎？

尼爾把車掉頭，車頭朝外，等等好開回去。該是她下車回到自己車上的時候了。他沒熄火，雙手暫時離開方向盤，彎曲又伸展了一下手指，接著又大力抓住方向盤——力道之大，大到好像要把它捏爛了。「天啊，不要下車！不要下車！」他說。

她甚至連手都還沒放到門上，連要離開的樣子也沒有。難道他不知道發生什麼事了嗎？或許妳需要在婚姻裡爭執過許多次才會懂，懂得妳以為（過了一陣子之後，妳期待）一個全然的結束，可能成為一個嶄新的開始，一種延續。這就是當下發生的事，已然發生的事。他在她眼中已經失卻了一些光彩，可能再也找不回來。對他來說，可能她也是一樣。她感覺到他的沉重、憤怒與驚訝，也感到自己有相同的感受。她想著，直到事態發展到如此地步之前，都很容易。

曼納斯統河

I

夢幻草，血根草
野生佛手柑
雙手採滿懷
蹓躂向前走

《奉獻》是這本書的書名，灰藍的封面，燙金的字，作者的全名在下方：艾美達・喬英特・羅斯。當地報紙《哨兵》稱她為「我們的女詩人」。因為她的職業，也因為她的性別——或者因為這兩者沒什麼新意的組合，這個稱號似乎混合了尊敬與輕蔑。書的前頁有張照片，其中一角有攝影師的名字，標上日期：一八六五年。這本書出版得晚一點，一八七三年。

女詩人有張長臉，鼻梁也頗長，深邃幽暗的大眼，看起來隨時會有淚珠滾落臉頰。一頭濃密黑髮散落臉龐周圍，有的鬈曲，有的披瀉如瀑，其中不難發現一縷花白，儘管照片中的她才二十五歲。她不是美女，但應是老了仍風姿綽約，也不會發胖的類型。她穿著一襲黑色打褶穗帶收邊連身洋裝（或外搭外套），低尖領口露出白色蕾絲布料，應是荷葉邊或蝴蝶結。她也戴了帽子，材質應是天鵝絨，同是黑色搭配洋裝，沒有帽緣也沒有挺立起來，像是軟式貝雷帽。我因此看得出她想表現的美感，或至少她的害羞、固執與特立獨行。她修長的頸項，微微前傾的頭，都暗示了她身材高挑纖瘦，手腳有點笨拙。從上半身來看，她像是另一個世紀的年輕貴族。但或許當時的流行就是這樣。

「一八五四年，」她在書的自序寫道，「我父親帶著我們——我母親、妹妹凱瑟琳、弟弟威廉、我——來到加拿大西部的荒地（那時西部就是這樣）。我父親製作馬具維生，卻很有教養，他能引用聖經、莎士比亞，還有愛德蒙·柏克的作品，字字句句爛熟於心。他在這片新開墾的土地發跡，開了間專賣馬具與皮件的店，一年後又蓋了舒適的家，也就是我現在（獨自）居住的房子。我們家從英國金士頓搬到這個國家時，我十四歲，是孩子裡年紀最大的。金士頓是個擁有美麗街景的小鎮，我後來再也無緣得見，卻常存記憶。那時我妹妹十一歲，弟弟九歲。我們住在這裡的第三個夏天，我弟妹染上盛行的疾病，發高燒，一人走後沒幾天，另一人也走了。這大大打擊了我們家，我親愛的母親從此一蹶不振，健康每況愈下，三年後她也走了。而我就這樣成為我父親的管家，為他打點家務十二年，直到有天早晨他在店裡猝逝為止。

「我自幼就喜歡寫詩，經常滿腦子都是詩——我用詩來緩和悲傷，我很清楚，我的傷痛與天地間的任何過客並無區別。我的手指總是笨拙，做不好鉤針繡花，今時今日常見的精美繡花圖樣，裝滿的水果籃、花籃、荷蘭小童、拿著澆花器的戴帽婦人……完全非我能力所及。我所能奉獻的就是閒暇時的產物，粗糙的銘文、歌謠、兩行詩、所見所思。」

有些詩作的篇名如下：〈玩遊戲的孩子〉、〈吉普賽市集〉、〈訪家人〉、〈雪中天使〉、〈曼納斯統河口的尚普蘭〉、〈行經老林〉和〈花園組曲〉。有幾首比較短的詩，寫的是鳥兒、野花和暴風雪。還有些滑稽的打油詩，關於人們在教堂裡聽講道時想些什麼。

〈玩遊戲的孩子〉寫的是作者是個小孩，與弟弟妹妹一起遊戲。其中一個遊戲，是孩子們分成兩邊，互相引誘對方過來，再等著抓到對方。她一直玩到暮色漸暗，才發現始終只有她一人在玩，而且她的年紀長了許多。她仍能聽見弟弟妹妹（幽靈般的）呼喚，**過來吧**，**過來吧**，**讓美達過來吧**。（或許家人都叫艾美達為「美達」，又或者她簡稱自己好寫入詩。）

〈吉普賽市集〉寫的是小鎮附近有吉普賽人的營地，**市集**就是他們擺攤賣些衣服和小飾品之類的地方。詩中的作者是孩子，害怕自己會被吉普賽人偷走，遠離家人。然而，被吉普賽人帶走的其實是她的家人，她沒辦法找到他們，更無法與他們交涉。

〈訪家人〉則是寫她去墓園；全詩都是作者創造的片面對話。

〈雪中天使〉寫道作者曾經教弟弟妹妹畫天使，只要躺在雪地上，上下揮舞手臂，就能畫出翅膀的形狀。但弟弟總是還沒畫好就隨便跳起來，留下雙翅殘缺不全的天使。這個天使圖案在天堂裡會被畫得完美無瑕嗎？還是已成天使的弟弟只能用這雙臨時湊合的翅膀，繞圈飛翔？

〈曼納斯統河口的尚普蘭〉讚揚的是一個家喻戶曉的虛構傳說，探險家尚普蘭一路航行至休倫湖東岸，登陸在重要河流的河口。

〈行經老林〉介紹了許多在原始森林裡被砍伐的樹種，包含名字、外觀、用途。也大致描述了熊、狼、鷹、鹿、水禽。

〈花園組曲〉或許是為了與前一首森林詩搭配的組詩，像是目錄般介紹了從歐洲國家移植來的許多植物，簡介相關歷史和傳說。最後說明這些植物如何在加拿大生根，成為本地的植物。

這些詩都是兩行詩或四行詩，其中幾首看得出來作者有寫成十四行詩的企圖，但大部分的詩押韻格式都很簡單，交叉押韻或是隔行押韻。她使用的韻腳主要被稱為「陽性韻」（像是shore/before），偶爾才會使用「陰性韻」（例如quiver/river）。現在的人還熟悉這些說法嗎？如今沒有一首詩不押韻了。

II

白玫瑰寒如雪
在那群**天使**躺臥處綻放
它們只長眠於塵世
或在神的奇蹟中飛翔？

一八七九年，艾美達・羅斯仍住在珍珠街和達弗林街轉角的屋子裡，那是她父親為一家人蓋的房子。今日依然佇立著，只是住的人換成了酒鋪老闆。房屋四周裝上了鋁質壁板，原本開放式的走廊現在加裝了頂棚和窗戶，變成門廊了。作為貯藏室的小屋、籬笆、大門、廁所、穀倉，現在都沒了。但，從某張攝於一八八〇年代的照片可以看見這些全都還在。房屋和籬笆看起來有點破敗，需要上油漆了。不過也可能是照片褪成褐色，影像淡了。裝有蕾絲窗簾的窗戶像是白色的眼睛，照片中沒有足以成蔭的大樹；事實上直到一九五〇年代為止，整個鎮都籠罩在高聳的榆樹蔭下，現在則換成了楓樹蔭。但那些榆樹當年都只是細瘦的小樹，四周搭了簡陋的圍籬，以免被牛群吃掉。倘若沒有這些樹的遮蔭，那什麼難看的東西就都被看光了——後院、曬衣繩、木柴堆、蓋滿補丁的小棚子、穀倉、廁所，這些臨時搭建的東西，全都赤裸裸地暴露出來。只有少數幾間房子會有類似草坪的東西，屋前不是種了一小片大蕉，就是蟻丘和翻過的土，或許砍掉的樹樁上長得出矮牽牛花。只有主街是碎石路，其他街都是泥土路，不是泥濘不堪，就是塵土漫天，這要依季節而定。院子一定得裝上籬笆，以免動物跑出去。牛群就拴在空地上，或者就放在後院裡吃草，但有時牛還是會跑出去，豬也會，而狗就在路上自在閒晃，或是在木板做的人行道上我行我素地打盹。這個鎮已經生了根，不會消失，然而看起來還是有集體紮營的感覺。這裡總是忙碌、擁擠，鎮民們習慣了步行，到哪裡都走路。鎮上也充滿動物，遺下許多馬糞、牛糞、狗屎，仕女不得不提著裙子走路。這裡也充滿了喧鬧，建築物裡的聲音，駕馬人對自己的馬大吼的聲音，一天駛過的數班火車的聲音。

這些生活畫面，我是在《哨兵》裡讀到的。當時這個鎮的人口平均年齡比現在還低，也算是空前了。年過五十的人通常不會想再去未開發的新地方，已經好些人長眠墓園了；但大部分的人都死得早，出了意外或生產或生病。鎮上大多數是年輕人，孩子（尤其男孩）成群結隊地在街上晃蕩。學校的義務教育在一年中只有四個月，鎮上又有許多八、九歲小孩可以打的零工，拔雜草、牽馬、送貨、掃店門口的人行道。孩子們花了大把時間在找樂子，有一次他們跟著一個醉鬼老太太，還幫她取綽號叫阿姬皇后。他們把她塞進獨輪手推車裡推著滿街跑，再把她丟進水溝，讓她醒醒酒。他們也經常在火車站閒晃，趁火車切換軌道減速時跳到車上，在列車間飛奔來去，相互比較看誰不會受傷。結果當然免不了有人殘廢或死亡。他們盯著來到鎮上的每個陌生人，跟著他，主動提議幫忙拿行李，指路去旅館（一次五分錢）。看起來比較窮酸的陌生人，會遭到他們的嘲弄和奚落，被鎮民的各種揣測纏身——就像一大群密密麻麻的蒼蠅。他們來到鎮上是為了創業，說服鎮民投資什麼東西嗎？葫蘆裡賣些什麼靈丹妙藥、騙人的小把戲？或是想在街角傳道？這些事情每天都可能發生。請小心警戒，《哨兵》提醒您。這是個充滿機會與危機的年代，流浪漢、騙徒、推銷商人、訟棍，小偷在路上四處跑，尤其在火車上。竊案頻頻見報：人們投資的錢石沉大海、曬衣繩上的褲子不見了、木柴堆裡的木頭和雞窩裡的蛋也不見了。熱天裡，這類案件更是常見。

熱天裡意外頻傳，脫韁亂跑的馬更多了，害得馬車翻覆。有人洗衣時被脫水用的絞擰機夾到手，有個男人在鋸木廠給切成兩半，木材場裡木材掉落，砸死一個男孩。沒人睡得好，小嬰兒到了夏季就病痛連連，胖子更是氣喘吁吁。要是有人死了，更得趕緊埋起來。有天一個男人一邊搖著牛鈴走過大街，一邊大喊：「悔改！悔改！」這回倒不是陌生人，而是肉店裡工作的年輕人。發生這種事最好讓他回家，把他用冰涼的溼布裹起來，給他一些鎮定神經的藥，讓他躺在床上好好休息，祈禱他能回過神來。如果他沒恢復，就只能把他送進精神病院了。

艾美達．羅斯的家面對達弗林街，這條街赫赫有名，商人、磨坊主、鹽井主都住在這裡。但從她後窗望出去的那條珍珠街（後門打開也是），就是另一個世界了。她的房子緊鄰工人們的住宅，這整排房屋雖然小，但還算像樣，還可以。只是愈往街區的末端走，過了另一條街，情況就愈來愈糟，最後一條街簡直悲慘。只有最窮的人才會住在這裡，最不堪、最慘淡的那種窮困，就住在泥沼邊緣（那時已經乾了），人們稱為珍珠街沼澤。雜草濃密茂盛，擠滿臨時搭建的棚屋，成堆的廢棄物和瓦礫殘骸，成群的矮小孩童，曬在門口的工作服隨風飛揚。鎮方雖然逼迫居民至少蓋個茅廁，他們還是寧願去樹叢裡解決。如果有群男孩跑進樹叢裡探險，他們探到的東西會遠遠超乎預期。據說連鎮上的巡警都不敢在週六夜晚去珍珠街巡邏。艾美達．羅斯從未走過那排房屋，其中一間房子裡住的是幫她打掃家裡的年輕女孩安妮，舉止得體的好女孩，她也從未走到最後一個街區或沼澤。沒有哪個良家婦女會去。

不過艾美達．羅斯家東邊的這片沼澤，破曉時的景緻卻美極了。艾美達的臥室在房子後半部，她依然睡在從前和妹妹凱瑟琳一起睡的臥室裡——她從沒想過要搬到前面較大的臥室裡，那是過去她母親整天臥床的房間。母親去世後，只剩她父親一人獨自使用。從她臥室的窗戶望出去，可以看見朝陽升起，沼澤上罩著一片閃著光芒的霧，近旁的大樹在霧中飄浮，後方的樹則轉為透明。沼生櫟、軟木楓、落葉松、山核桃。

III

此處河流與內海交會
自莊嚴的林間展開她的藍色裙裾
我思及鳥獸與消失的人們
白沙上一幢幢尖頂是他們的住居

幾年前搭火車來到此地的外地人之一是賈維斯．龐特，現在住在達弗林街，艾美達．羅斯家隔壁——兩家之間隔了一塊空地，也被賈維斯買下了。這棟房子比羅斯家更樸素，四周沒有果樹或花卉，眾人都明白賈維斯．龐特是鰥夫，又獨居，這樣很正常。男人或許會把房子打掃得乾淨體面，但說到裝潢——如果他是個正常男人——絕對休想。婚姻迫使男人和一堆小擺飾、小情緒共處，婚姻也保護了他們，使他們不必展現本性到極致，如此就不會變成冷淡的小氣鬼、好吃懶做的懶惰鬼，不會變得卑劣骯髒，成天嗜睡、讀書、喝酒、抽菸或天馬行空胡思亂想。

據信，本鎮某位可敬的紳士為了節儉，堅持從公共水龍頭接水自用，沿著鐵道邊撿拾煤屑作為自家燃料。不知他可曾想過，要送點鹽給鎮上或鐵路公司作為補償？

這就是《哨兵》，充滿保守笑話、影射暗諷，有時就是直接開罵了——今天要是哪家報紙敢這麼做，肯定吃不完兜著走。這段報導講的就是賈維斯．龐特，儘管報導中的其他段落，這報紙就對他十分敬重。他是地方行政官、雇主，熱心教會事務，就是有點閉塞，僅此而已，某種程度上有點脾氣古怪。這或許都是因為他獨身鰥居。即便是他從公用水龍頭取水自用，在鐵道邊撿拾煤屑回家，或許都和這有關。他是守法的公民，成功人士，個子高（肚子有點凸？）一身黑西裝，靴子擦得晶亮。有留鬍子吧？黑髮中帶點灰，氣質嚴肅，冷靜沉著，一邊濃密的眉毛間長了一粒白色大疣？人們說他的妻子年輕貌美，夫妻情感融洽，她卻在生產時死去（或是死於什麼恐怖的意外，像是房子失火或火車意外）。這些說法都沒什麼根據，但人們對此興致盎然。他對外的說法其實只有妻子已逝。

他來到這國家的這地區，是為了找油。世界上第一座油井位於蘭布頓郡，一八五〇年代開鑽，就在此地南部。賈維斯．龐特鑽油時發現了鹽，決定趁勢而為。他和艾美達．羅斯一起從教堂走回家時，他向她說了鹽井的事。鹽井一千兩百呎深，將熱水用幫浦打入井裡，水就會溶解鹽，再把這些鹵水用幫浦送回地面，倒進巨大的蒸發器中，以穩定的火源緩慢加熱，這樣一來，水蒸發後剩下的就是純淨的好鹽，人類社會永遠需要的商品。

「土裡的鹽啊[1]。」艾美達說。

「是的。」他皺眉回答。他或許會覺得這有點冒犯，但她無意如此。他說起別鎮的競爭者紛紛效仿他的模式，打算壟斷市場，幸好他們的鹽井鑽得不夠深，或是蒸發程序不夠有效率。這片土地下到處是鹽，但是要得到鹽，卻沒有一般人想的那麼簡單。

艾美達問，莫非這裡曾經是一片汪洋？

很有可能，賈維斯・龐特答道。很有可能。他繼續告訴她自己名下還有哪些事業——有座磚廠，還有座石灰窯。他又向她解釋這些事業如何運作，要去哪裡找到好的黏土。他也擁有兩座農場，裡面的樹林可以為他的事業供給燃料。

> 最近某個陽光明媚的安息日早晨，男男女女從教堂漫步回家的路上，我們注意到某位成熟幹練[2]的男士，與一位富有文學涵養的女士。兩位或許都不算年輕，卻未見飽經風霜的歲月痕跡。
>
> 我們能依此推測出什麼嗎？

《哨兵》寫的總是這種消息。

我們能依此推測出什麼嗎？他們在交往嗎？艾美達・羅斯擁有一點父親留下來的財產，也有房子，不會老到生不出幾個孩子。她也是個好管家，喜歡花俏的糖霜蛋糕和繽紛的裝飾水果塔，很多老小姐都喜歡這些（她還在秋季展覽會上得過榮譽獎）。她的外貌也沒什麼問題，由於沒有家務的重擔，也沒有孩子要照顧，身材自然比同齡的已婚婦女要好。但為什麼在這個要求女人必須有男伴、有孩子的地方，她已過了適婚年齡卻依然未婚？她的性格相當陰鬱——也許這就是原因。先是弟弟妹妹去世，然後是母親，而且事實上，她母親離世前一年已經神智不清，躺在床上胡言亂語。這些重擔壓在她心上，因此她開朗不起來。她又愛讀書、寫詩，這些習慣對需要填補空白時間的中年女人來說，畢竟是還好。但對她這樣的年輕女孩而言，就是缺點，是阻礙，是執迷。不過她的書出版也五年了，或許她已經從那些事之中恢復了吧。或許這也是因為她的父親愛書，又以女兒為榮，所以鼓勵她這麼做？

所有人都認為艾美達．羅斯一定把賈維斯．龐特當成丈夫看待。只要他開口，她就會點頭答應。而她也的確想著他。但她不想太過期待，免得到頭來自取其辱。她想要一個信號，如果他週日傍晚都會上教堂，那就是個好機會，畢竟一年當中總有幾個月，走回家時天已經黑了。那時他就會帶盞提燈（那時鎮上還沒有路燈），他會把提燈拿到女方的腳前照路，觀察她小巧精緻的雙腳。他們走下木板路時，他可能會扶住她的手臂。但他晚上不去教堂。

週日早上去教堂時，他也不會招她同行。那樣做幾乎就是正式宣告了。他和她一起走回

1【譯註】The salt of the earth，意思可為「土裡的鹽」。聖經馬太福音上亦有：「你們是『世上的鹽』」。

2【譯註】原文為salty，也有富有鹹味之意，此處為雙關。

家，走過自己家門，在她家門口停下。他會微微抬起帽緣致意，接著才會離去。她沒有邀他進屋——獨居女人萬萬不能這樣做。一男一女無論幾歲，一旦在密閉空間獨處，任何事都可能發生。一瞬間天雷勾動地火，即刻交歡，激情迸發，那是野蠻的本能，感官的勝利。男女雙方必定是在彼此身上看見了某種可能性，才會感到這種風險。或者，他們必定經常考慮到這種可能，才會相信風險存在。

他們並肩走路時，她可以聞到他刮鬍皂的氣味，理髮師幫他擦的油，他的菸草，還有他男士衣著的羊毛、亞麻和皮革氣味，一絲不苟，井然有序，厚實穩重的衣服，就像她從前為父親刷過、漿過、燙過的衣服那樣。她想念這份工作——她父親的讚許，陰沉卻又和藹的威嚴。賈維斯．龐特的衣服、氣味、動作，都讓她靠著他那一側的肌膚滿懷希望地刺痛起來，一陣溫柔的顫抖使她雙臂上的寒毛微微豎立。這能視為愛的信號嗎？她想像他來到她的房間——應該說**他們的**臥房。他穿著長長的睡衣，戴著睡帽。她知道這身裝扮很滑稽，但在她心目中他看起來一點也不。她夢中人的形象，即使放肆時也知所進退。他走進房間，在她身畔躺下，準備好擁她入懷。他肯定脫掉睡帽了吧？她不清楚，因為此刻一陣歡迎與順服攫住了她，一聲掩住的低吟，他將成為她的丈夫。

她注意到已婚婦女有個特點：能憑空想出些什麼來形容自己的丈夫。像是他的偏好、意見、命令人的模樣。她們會說，噢，對，我先生就是這麼特別，他從不碰蕪菁，他不吃炸肉（或只吃炸肉）。他喜歡我穿藍色（或棕色）。他受不了管風琴音樂。他討厭看到女人出門不戴帽子。如果我敢抽一口菸，他會殺了我。就這樣，這些摸不著頭腦，經常斜睨他人的男人們，在妻子的口中成為丈夫，成為一家之主。艾美達・羅斯無法想像自己這麼做。她渴望的男人已然穩重、堅定，充滿神祕色彩，根本不必她憑空設想些什麼。她要的也不是身邊有人陪伴，男人（除了她父親之外）對她而言，在某些方面似乎都有點欠缺，缺乏求知的好奇心。當然男人非得如此不可，不然他們怎麼專心致志，克盡職責。難道她自己就能知道土裡有鹽？又能發現提煉鹽和銷售鹽的方法？不太可能，她會想到的是遠古的汪洋。賈維斯・龐特沒時間去推測這些，很正常。

賈維斯・龐特不會到她家接她上教堂，他或許會用更大膽的方式表達。他可能雇匹馬，載她去鄉間兜風。如果他真這麼做，她會又高興又難過。高興，是因為能在他身旁，讓他駕車，在全世界面前得到他的注意。難過，是由於一路上的景色都將模糊過去，而他說話和關心的對象，都不會有鄉間事物的存在。她詩中描寫過的鄉間，的確需要花一番努力與決心才能看見。有些事物必得無視，當然了，有糞堆，泥濘的田裡充滿伐木後燒黑的高大樹樁，成堆砍下的樹枝疊在一起，等天氣好就要燒去。曾經蜿蜒的小河如今被截彎取直之後，成為一池池溝渠，兩旁的堤岸滿是泥濘。有些農田和牧地的圍欄，是用高大的樹墩連根挖起，歪歪倒倒圍成的。有的只用柵欄簡單圍起，十分粗陋。樹全被砍光了，成為植林地，現在都成為次生林了。無論是大路、小路還是農場旁邊都沒有樹木了。除了少數新種的小樹，看起來像雜草似地。鄉間有許多聚集的貯木倉，大的貯木倉才剛開始建造（將會主宰這鄉間未來百年的命脈），還有簡陋的原木木屋。每隔四、五哩就會出現一個簡陋的聚落，有教堂、學校、商店和打鐵鋪。這些猛砍森林換來的鄉間景色都很原始，卻擠滿了人。每一百畝就有一座農場，每座農場都是一個家庭，大部分的家庭都有十到十二個孩子（這就是未來會將一波波移民送往北安大略和西部的鄉間，其實現在這現象就已經開始了）。春天時這片林地能採到野花，但你得走過成群野牛才能採到。

IV

吉普賽人已然啟程
營地什麼也沒留下
噢，在這吉普賽市集
此刻我要大膽討價還價

艾美達一直為失眠所苦，醫生開了安眠藥和鎮定神經的藥給她。安眠藥她吃了，但鎮定神經的滴劑使她連連作夢，夢境太鮮明，太擾人，她便先放著，有急用時再吃。她告訴醫生她眼球乾澀，像發燙的玻璃，關節也痠痛。醫生說別看太多書，別太用功，多做點家務，累了就睡得好了，要去運動。他相信如果她能結婚，問題就能迎刃而解。雖然他鎮定神經的藥大多是開給已婚婦女，他還是對此深信不疑。

所以艾美達清理房子，也幫忙打掃教堂，幫朋友鋪壁紙，準備婚禮，為主日學野餐烤了她的拿手蛋糕。八月一個炎熱的週六，她決定做點葡萄果醬。小罐的葡萄果醬很適合當聖誕節或探病時的禮物。但她開始做的時候有點晚了，天黑時果醬還沒做好。加熱的果漿才剛完成倒入薄棉布袋中，等著濾出果汁。艾美達喝了點茶，吃了一片塗奶油的蛋糕（這是她孩子氣的放縱吃法），她想晚餐吃這樣就夠了。她就著水槽洗了頭，擦了澡，為了週日上教堂把自己打理乾淨。她沒點燈，就這麼躺在床上，窗戶大開，被單拉到腰間。她確實覺得累了，這累的感覺真好，甚至可以感到些許微風。

她醒來時，夜晚燠熱難耐，危機四伏。她滿身大汗躺在床上，猶記得自己聽見刀、鋸、斧的聲響，這些人們用於洩怒的工具，在她腦海中又砍又鑿又鑽。但這不是真的，等她更清醒一點，才認出那聲音她之前就聽過幾次——夏日，珍珠街週六夜晚的騷亂。通常這些噪音是有人打架鬧事，人們喝醉了，有人勸架，有人鼓譟，有人尖叫：「殺人啦！」有次還真發生命案，但不是在鬧事時發生的。有個老人或許是在床墊下藏了點錢，在自己小屋裡被人捅死。

她下床走向窗戶，夜空清澈，沒有月亮，繁星點點。她正前方沼澤的上方就是飛馬座，她父親教過她認星座——她很自然地開始數起星星。現在她能辨認哪些人在喧鬧，顯然有些居民和她一樣，在睡夢中被吵醒。「閉嘴！」他們大叫。「閉嘴別吵，不然我就下去修理你！」

但沒人安靜。那陣仗之大，就像有顆大火球滾過珍珠街，火花四射——只是那火球是嘈雜喧鬧聲，吼叫狂笑尖嘯咒罵，火花則是其中特別突出的聲音。她逐漸能分辨，聲音大約有兩種——忽高忽低的哭號以及持續不斷的低吼，一連串罵人的髒字，讓艾美達聯想到危險、墮落、汙穢、噁心的景象。有人被打了，哭叫著：「殺了我！殺了我！」是個女人。她不停哭號：「殺了我！殺了我！」口中似乎不時嗆咳出血。然而，那哭號卻帶著挖苦與得意，甚至帶點做作。圍觀的人要不是大喊：「住手！別打了！」就是怒喊：「殺了她！殺了她！」彷彿是在看戲，或看比賽，看拳擊那樣。艾美達心想，是了，她之前就注意到。這些人某種程度就是愛裝模作樣，拙劣地模仿他人，誇張起鬨，卻又模仿得不太像。彷彿他們不管做什麼（即使是殺人）也可能是自己不太相信的事，卻又無力阻止。

現在傳來丟東西的聲音。是椅子？還是木板？還有木柴堆或圍籬塌掉的聲音。外面再度傳來許多驚呼，四下奔竄的聲音，喧鬧又更近了些。艾美達可以看見一個穿著薄連衣裙，彎低身子奔跑的人影。應該就是那女人了。她手上拿著什麼東西，像片木板或牆板，轉身便甩向一個追在她身後的暗影。

「啊！去抓她！打死她！」眾人大叫著。

許多人此時已經不再插手，只剩兩個人影在扭打，不久又分開，最後一起摔倒在艾美達家的籬笆上。他們發出令人一頭霧水的聲音——噁心，嘔吐，呻吟，重擊。接著是一陣帶著疼痛、自甘墮落、自暴自棄的長號與哽噎，可能是其中一人的聲音，也可能兩人都有份。

艾美達從窗邊退開，坐在床上。她聽見的，是殺人的聲音嗎？現在該怎麼辦？她該做什麼？她必須點燈，她必須下樓點燈。她必須去院子裡，她必須下樓。去院子。點燈。她倒回床上，拉枕頭蓋住自己的臉。馬上就好。樓梯。燈。她看見自己下樓了，在後廳，拉開後門的門閂。她沉沉睡去。

清晨她醒來，嚇壞了。她覺得窗臺上坐著一隻大烏鴉，聒噪地說著昨晚的事，語氣不滿又毫不意外：「起來把手推車移開！」烏鴉責備她。她了解「手推車」指的是別的東西，汙穢又可悲的東西。接著她清醒過來，窗臺上根本沒有什麼烏鴉。她立刻起身，望向窗外。

就在她的籬笆下方，壓著一團蒼白的東西——是屍體。

手推車。

她在睡衣外披了件家常服，下樓，前面幾間屋內還是暗的，廚房的百葉窗也沒拉開。有什麼東西滴答、滴答，從容不迫，像是在苛責她，令她想起剛才和那隻烏鴉的對話。只是葡萄汁而已，濾了整晚。她拉開門栓，走出後門，蜘蛛趁著夜晚在門口結了網，蜀葵被露珠給壓彎了。籬笆邊，她撥開黏手的蜀葵叢往下看，能看見了。

一具女屍側倒在那裡，臉朝下壓在土裡。艾美達看不見她的臉，她的胸部裸露，鬆垮的棕色乳頭長長垂著，像牛的乳頭。臀部和腿也裸露出來，臀部的瘀青有向日葵那麼大。沒瘀青的皮膚灰撲撲的，像剛拔完毛的雞腿。女人穿著某種像是睡袍或連衣裙的東西，渾身嘔吐味。尿味，酒氣，嘔吐物。

艾美達光著雙腳，穿著睡袍，披著薄薄的家常服拔腿就跑，繞過自家有蘋果樹和門廊的那一邊，打開前方的柵欄，衝向達弗林街到賈維斯·龐特家門口。他家離她家最近，她用手掌猛拍大門。

「有個女人的屍體。」她對終於來應門的賈維斯．龐特說。他穿著深色吊帶褲，襯衫才扣了一半，鬍子沒刮，還沒梳的頭髮亂七八糟。「龐特先生，不好意思。有個女人的屍體，在我家後門。」

他盯著她，目光銳利。「她死了嗎？」

他的呼氣溼黏，臉皺縮成一團，雙眼布滿血絲。

「是的，我想有人殺了她。」艾美達回答。她能瞥見他家陰沉的前廳一小角，他的帽子放在椅子上。「我半夜醒來，聽見珍珠街上有吵鬧聲。」她努力壓低聲音，試著讓自己聽起來很理智。「我有聽到——那兩人的聲音，一男一女在吵架。」

他拾起帽子，戴到頭上，關上前門並上鎖，將鑰匙放進口袋。他們沿著木板人行道走，她看見自己光著雙腳，本來想說的話，到了嘴邊又忍住了。她本想說，自己應該有責任，她本可以提著燈跑出來，可以尖叫（但那晚的尖叫還不夠多嗎？）她本可以把那男人趕跑，可以當下就跑出去求救，而不是現在才行動。

他們沒進羅斯家院子，而是直接走向珍珠街，當然，屍體還在那裡。彎著身體，半裸著，與之前一樣。

賈維斯．龐特沒急忙趕過去，也沒止步不前，只是逕自走向屍體，向下看，用靴子的尖端輕輕頂了那條腿一下，就像用腳去戳一隻狗或豬那樣。

「喂。」他說。聲音不大，但很堅定，接著又戳了一次。

艾美達可以嘗到湧向喉嚨的膽汁。

「還活著。」賈維斯．龐特說。地上的女人也證實了這點。

她抖了一下，發出微弱的呻吟。

艾美達說：「我去叫醫生。」如果她剛才有碰這女人，逼自己去探探她的鼻息，就不會犯下這種錯誤了。

「等等。」賈維斯．龐特說。「等等，先看她能不能起來。

「起來，快點。」他對地上的女人說。「來吧，起來，快點。起來。」

驚人的是，那屍體自己四肢併用地把自己拖起來，抬起頭，頭髮上血跡與嘔吐物糊成一團，女人開始猛力用頭撞擊艾美達家的籬笆，一下又一下。她撞了又撞，漸漸發現自己能出聲了，又張大嘴狂號，生猛有力，聽起來還有種憤怒的快感。

「她要死還早得很咧。我看也不用叫醫生來了。」賈維斯．龐特說。

「可是她身上有血。」艾美達說話時，女人剛好轉過她血跡斑斑的臉。

「那是鼻血。不是身上受傷。」他回道。他彎下身抓住她的髮根，好讓那顆恐怖的頭別再往籬笆撞。

他說：「妳別撞了。別撞了。『灰』家去。快點。『灰』家去，去妳該去的地方。」女人停止了叫喊。他輕搖她的頭，警告她：「『灰』家去！」才鬆開抓住她頭髮的手。

他手一鬆，女人就往前撲，突然兩隻腳就站起來，能走路了。她搖搖晃晃，跌跌撞撞走到街上，時不時還發出微弱的嘟囔。賈維斯．龐特看著她好一會，確定她有好好走路之後，才找了一大片牛蒡葉擦手，他說：「妳的屍體會走路啦！」

後門鎖著，所以他們繞到前頭的柵欄，是開著的，艾美達依然覺得不舒服，她的腹部鼓脹，又熱又暈。

「前門鎖著。」她虛弱地說。「我是從廚房出來的。」如果他現在離去，只怕下一秒她就會往廁所奔去。但他跟著她，直接走到後門邊，進入後廳。他用一種刺耳的快活語氣對她說話，她從沒聽過的聲音。「沒必要那麼緊張。」他說。「她只是酒喝多了。女士真不該獨自一人住在這麼亂的社區旁邊。」他輕輕握著她的手臂，就在手肘上方。她一句話也無法開口，無法道謝，她怕一開口就要乾嘔。

賈維斯．龐特此刻對艾美達．羅斯的感覺，是他和她一起謹慎小心散步時，從未感受過的。當他獨自盤算她可能的價值，無庸置疑的名望和尚佳的容貌時，也從未有過這種感覺。過去他無法想像她成為自己的妻子，但現在他可以想像了。她一頭未梳理的亂髮（雖然很年輕就有了白髮，卻濃密柔軟），她暈紅的臉頰，她的薄衫（應該除了丈夫之外沒人能看見），這一切都令他動心。還有她的魯莽，她的激動，她的笨拙，她的匱乏？

「我晚點來接妳。」他對她說。「我會和妳一起走去教堂。」

上週日早晨，一名女性居民發現某位居住在珍珠街的婦女，倒臥在珍珠街與達弗林街的轉角。該名婦女起初被認為已經一命歸西，但後來發現只是酩酊大醉。該名婦女在地方行政官龐特先生的極力勸說下，才終於自酩酊大醉中起身。龐特先生是該名女性居民的鄰居，應她之請前來查看。此類行為不當、干擾居民、令本鎮蒙羞之事件，近來有日漸增加的趨勢。

V

我坐在睡夢之底
彷彿坐在海底
稀奇的深海居民
竭誠待我以禮

賈維斯．龐特一走，艾美達一聽見前面大門關上，就立刻衝去廁所。但該排的沒有完全乾淨，她這才發覺下腹的疼痛和鼓脹是經期還沒開始，經血尚未排出導致的。她關上後門並鎖好，想起賈維斯．龐特說要和他一起上教堂，她找來一張紙，寫下：「我身體不舒服，今天想休息。」她將紙條牢牢塞進前門的小窗外框，再鎖上前門。她顫抖著，彷彿經歷了極大的驚嚇和危險，但她還是生了火，好泡壺茶。她煮水，量茶葉，泡了一大壺茶，然而茶的蒸氣和味道讓她更不舒服了。茶還不夠濃她就倒了一杯，加了好幾滴鎮定神經的深色滴劑。廚房的百葉窗沒拉開，她就這麼坐著喝。廚房中央掛著她昨晚過濾葡萄汁的薄棉布袋，她將袋子穿過掃帚的柄，再將掃帚橫放在兩張椅背上。葡萄果漿和果汁把鼓脹的薄棉布袋染成暗紫色，**滴答**，**滴答**，滴進下方的盆子裡。她看不下去，拿了杯子、茶壺和藥瓶到飯廳去。

她坐在那裡，聽見屋外開始有上教堂的馬車經過，揚起陣陣塵土。路面將會變得和灰燼一樣燙，她仍坐著，聽見大門打開，男人自信的步伐在她的門廊上迴響，她的聽覺敏銳到似乎能聽見他從窗框內取出紙條，展開閱讀。她幾乎能聽見他讀的聲音，他腦海中的字句。然後腳步聲走往反方向，走下臺階，大門關上了。她突然想起一堆墓碑的景象——笑了出來。一個個墓碑長出穿著靴子的小腳，成排沿著街道行進，長長的身體前傾，表情全神貫注，肅穆嚴峻，教堂的鐘聲響起。

屋裡大廳的鐘也敲了十二下，已經過了一小時。

屋裡愈來愈熱，她又喝了點茶，再多加了些藥進去。她知道藥效開始發揮了，她變得倦怠，完全不想動，完全不抵抗地屈服於周遭的一切。這樣很好，她似乎有必要這麼放手。

在飯廳裡，她周遭的一切（或者說，周遭的某些東西）是這樣的：牆上貼了花環圖案的深綠色壁紙，窗上掛著蕾絲紗簾和桑椹紫的天鵝絨窗簾，餐桌上鋪著鉤針編織的桌巾，放著一籃蠟製水果，粉灰色地毯，圖樣是藍色與粉色的玫瑰花束，長型的餐具櫃鋪著刺繡罩巾，裡面擺著各色各樣的盤子、水壺、銀製茶具等物。目不暇給，眼花撩亂。每個圖樣和裝飾都彷彿充滿生命，隨時都可能移動、流轉、變換，或者也有可能爆炸。艾美達・羅斯整天的工作就是盯著這些事物，不是避免它們變化，而是在變化之時精準捕捉——去了解，去成為其中一部分。待在這飯廳裡樂趣可多著，根本用不著離開。連離開的念頭都沒有。

當然，艾美達的觀察離不開文字，她也許以為自己可以，但其實不能。很快地，這種閃耀的、膨脹的感覺，就會讓她想到文字——不是特定的字，而是某處冒出的一串串文字，準備要被她知曉，甚至可能是詩。是的，又是詩。或是一首詩。不就是如此嗎，一首十分偉大的詩，包羅萬象，噢，還有，讓其他的詩、所有她寫過的詩變得無足輕重？純屬實驗？不足掛齒？星辰、花朵、鳥兒、樹木、雪中天使與薄暮中死去的孩子，都不及此的一半。你必須親自體會到珍珠街的猥褻不堪、賈維斯．龐特擦亮的靴尖、拔光雞毛一般的胯部和上頭青黑色的花朵。此時的艾美達完全無法體會人類的惻隱之心或恐懼，或是讓家中變得舒適愜意的各種巧思。她此時此刻想的，並不是該怎樣才能幫忙那女人，或如何幫賈維斯．龐特的晚餐保溫，或如何把他的長內衣晾起來。裝葡萄汁的盆子已經滿出來了，在廚房地板流得到處都是，弄髒了木地板，那汙漬再也洗不掉。

她必須同時思考許多事情——查普蘭、赤裸的印地安人、地底深處的鹽，但也想到鹽和錢，錢，錢啊——腦袋裡永遠想著怎麼賺錢的人，像賈維斯．龐特。還有冬季裡無情的暴風雪，珍珠街上怠惰與蒙昧的行徑。氣候的變化往往劇烈，假如你仔細思索，會發現就連星辰間也不得安寧。所有的一切唯有導流入一首詩，才變得可以忍受。**導流**這個字很適切，因為這首詩名將會是（也就是我們目前看到的）〈曼納斯統河〉。詩名就是河名。不對，事實上這條河，曼納斯統河，就是詩——有深潭與急流，在夏日樹下化為美好的水池，在冬末則化為彼此磨礪、溢出河岸的大冰塊，在春天則是肆虐的洪水。艾美達深深望進自己腦中那條河流，望進桌巾，看見鉤針編織的玫瑰漂浮。玫瑰看起來有些笨拙，是她母親親手鉤織的，不怎麼像真花。但這些玫瑰奮力展現自己，它們獨自漂浮的姿態，即使模樣笨拙也悠然自在，在她眼中似乎都值得欣賞。這是個好預兆，**曼納斯統河**。

她直到傍晚才離開飯廳，當她去廁所時才發現自己在流血，經期開始了。她必須找條毛巾墊好、綁好。她之前從未像這樣整天穿著睡衣（生病時不算），對此她沒有特別焦慮。她穿過廚房時踩到了那一灘葡萄汁，知道自己總是得擦乾淨的，但不急。她走上樓，留下一個個紫色腳印，聞著自己在密閉燠熱的房間裡待了一天後，身上溢出的血味和汗味。

沒什麼好緊張的。

因為她之前從未想過鉤針編織的玫瑰會漂浮，成群的墓碑會在街上匆匆地走。她不會將那些景象錯認為現實，也不會將任何事情錯認為現實，而這就是她何以確信自己神智正常的原因。

VI

夜裡我夢見你們
白日我前去探望

父親，母親
妹妹，弟弟
你們有話要告訴我嗎？

一九〇三年四月二十二日，上週二下午三時至四時間，一位才德兼具的女士在自宅過世。往昔，她以情感豐富、流暢動人的詩作，為當地文壇增添光彩。令人惋惜的是，這位女士晚年神智不清，因而舉止稍顯乖張異常。她輕忽禮節，疏於打理自身，也無心打扮，若不知她往昔風采，極易將她視為怪僻之人，或取笑之對象，實在悲哀。不過這一切行為失當都將從你我的記憶中消散，留存的將是她曾發表的精彩詩作、她生前為主日學校盡力奉獻、為雙親盡孝、她那高貴的婦德、慈善的心地、堅定的宗教信仰。她去世前因病受苦的時間不長，她在珍珠街沼澤散步，渾身溼透，感染風寒。（據傳幾名頑童在她身後追逐，導致她落水。有鑒於本鎮少年歷來種種大膽頑劣之行徑，且曾有不斷騷擾該名女士之紀錄，此傳聞並非空穴來風。）風寒轉為肺炎，最終導致離世。臨終前陪伴在她身旁的是昔日鄰居伯特弗利爾夫人（安妮），見證了該名女士平靜虔誠地走向生命盡頭。

一九〇四年一月，本社區創始人之一，暨本鎮早年風雲人物——賈維斯．龐特，週一早晨於辦公室讀信時猝逝。賈維斯．龐特先生縱橫商場，曾幫助本地不少企業行號之創建，更對本鎮的工業、製造業和就業機會裨益良多。

《哨兵》繼續發表文章，口若懸河，言之鑿鑿。只要有人去世，這小報就會寫上一寫，評上一評。

我在墓園裡尋找艾美達．羅斯，結果找到了家族的墓碑。上面只刻著姓氏——羅斯。然後我注意到地上有兩塊扁平的墓碑，距離豎立的墓碑相距幾呎——大約六呎吧——一個寫上「爸爸」，另一個寫的是「媽媽」。我在更遠處又發現另外兩塊扁平墓碑，上面的名字是威廉和凱瑟琳。我必須清掉一些蔓生的雜草和土，才能完整看見凱瑟琳的全名。這些墓碑上都沒有出生或死亡日期，也沒有什麼親密的稱謂，應該是私人紀念用的，沒打算給外人看。這裡也沒有玫瑰，沒有玫瑰叢生長的跡象，不過，說不定是被整片清理乾淨了，墓園的管理人不喜歡這類東西，這會使得除草很不方便。如果沒有活人反對，不如全部剷掉。

我想艾美達一定是埋在別的地方，她家人買下這塊地時（兩個弟弟妹妹過世時）想必是認為艾美達日後會出嫁，葬在她丈夫身邊，所以可能沒給她留地。接下來，我看見在豎立的墓碑之外，有幾塊墓碑呈扇形排列，首先有兩塊是父母的，再來兩塊是小孩的，但這幾塊的排列方式像是為第三塊留了位置，這樣扇形才會完整。我先從「凱瑟琳」這塊走到「威廉」那塊，記下步數，再回到「凱瑟琳」往另一個方向走相同的步數，在那個定點開始拔草，赤手挖土。很快地，我摸到了一塊墓碑，知道自己直覺是對的。我繼續拔草挖土，終於翻出整塊墓碑，我讀著上面的名字：「美達」。這塊墓碑和其他墓碑一起，仰望天空。

我再次確認自己挖到墓碑邊緣，上面就只有那個名字——美達。所以那是真的了，她家人真的這麼叫她。不是只在詩裡。或者是她選了詩裡自己的名字，日後好刻在墓碑上。

我想，世界上除了我，應該沒有任何在世的人知道這件事，還能串起這些蛛絲馬跡。我可能也是最後一個這麼做的人了。但也很難說，人都有好奇心，有些人就是好奇，總有個衝動去追根究底，即使是面對瑣碎小事。他們擅長拼拼湊湊，你會看見他們拿著筆記本四處晃，挖去墓碑上的土，讀著微縮膠片，只盼能看見時間之流中的點滴能點連線、線成面，把一件事物從廢物堆中救出來。

不過別忘了，他們也可能搞錯。我就可能搞錯。我不知道她有沒有喝過鴉片酊[3]，當時很多女性都會服用。我不知道她有沒有做過葡萄果醬。

3【編註】當時普遍作為止痛藥或助眠使用，容易成癮。

抱緊我，別鬆手

「御獵場教堂」的廢墟。古墓園，威廉・華勒斯在此受封為蘇格蘭護衛，一二九八年。

華特・史考特爵士審判之法院大樓，一七九九至一八三二年。

菲利浦霍？一九四五年。

灰色的鎮。有些老灰岩，像愛丁堡。也有灰褐色的灰泥，不太舊。如今的圖書館曾是監獄（舊稱大牢）。

四周的鄉間有許多山丘，幾乎算是小山了。顏色有古銅、丁香紫、灰色。偶有昏暗的區域，看起來像松樹。是人工造林嗎？鎮的邊緣有幾座樹林，橡樹、山毛櫸、樺樹、忍冬。葉子轉為金褐色。太陽出來了，但地底像是冒出了冷風與溼氣。美麗的清澈小河。

有一塊墓碑深陷地面，歪倒著，姓名日期全無，上面只有骷髏頭圖樣。幾個染著粉紅色頭髮的女孩走過，抽著菸。

海姿爾劃去「審判」，寫下「執法」。然後她又劃去「丁香紫」，覺得用這個詞形容灰暗秀麗的山丘不夠貼切。但她想不出該怎麼形容比較好。

她按下壁爐旁的按鈕，想點杯酒，卻沒人來招呼。

海姿爾在這房間裡覺得很冷。下午她抵達皇家旅館登記入住時，有個梳著高聳包頭、金髮、尖下巴的女人出來，很快向她介紹了一下環境，告訴她幾點供應晚餐，指了樓上的酒吧雅座，說她可以去那裡坐坐——意思是，樓下這間溫暖吵雜的小酒館沒她的位置。海姿爾想知道是女客太尊貴，不宜去小酒館？還是她不夠尊貴，沒資格進入？她現在穿著燈芯絨長褲、網球鞋、風衣。梳著包頭的女人則穿著有亮面鈕釦的合身淡藍色套裝，配白蕾絲絲襪，腳踩一雙海姿爾根本撐不了半小時的高跟鞋。海姿爾在外面散步幾小時再進來後，她本想換件洋裝，又覺得沒必要這麼畏縮。不過最後她還是換上黑天鵝絨長褲和絲質襯衫，又梳了頭髮並重新夾好，表示她還是有心打點外表。她的髮色如今灰白與金色相間，髮質細緻到一陣風吹來都會因靜電而纏在一起。

海姿爾的丈夫已故。她五十多歲，在安大略省瓦利的高中教生物。今年輪到她放假。她這樣的人，別人見了也不會意外——獨自坐在這世界某個不屬於她的角落，在筆記本上寫點東西，好防止心中升起的焦慮。她發現自己早晨時通常很樂觀，但黃昏時就會感到不安。這種焦慮與錢財、機票車票、旅程安排或人在異地不知何時會遇上的危險都無關，而是一種關於意志的失落，關於「我為什麼在這裡？」的疑問。人其實不必出國，在家也會問這個問題，有些人真的也會這樣問自己。但通常日常瑣事已經太多，堵住了思索這個問題的機會。

此時她留意到自己在「菲利浦霍」旁邊寫下的日期：一九四五年。應該是一六四五年才對。

她認為自己想必是被這房間的裝潢影響了。玻璃磚砌的窗，深紅色漩渦紋地毯，紅花綠葉的米白色印花窗簾。堅固厚重的家具都蒙了一層灰，包上深色布料的軟墊，還有數盞立燈。海姿爾的丈夫傑克戰時來過這間旅館，那時或許就是這副模樣了。當時壁爐裡一定有東西，或許是用煤氣取暖，或是真的木炭架子。不過現在那裡什麼也沒放。琴蓋那時可能也是敞開的，調好了音，為跳舞的人伴奏，或是有一臺七十八轉的留聲機。這房間曾經滿是軍人和女孩，她可以想見女孩的深色脣膏，上了大捲子燙過的秀髮，漂亮的皺綢洋裝，有心型領口或可拆式白蕾絲領子。男人的制服則硬挺，粗糙布面輕搔著女孩的手臂和雙頰，他們身上帶著酸味和菸味，是令人興奮的氣味。大戰結束時，海姿爾才十五歲，所以她不常去這類的派對。即使她真的去了，也因為年紀太小，沒人認真看待她。她能跳舞的對象只有其他女孩或者朋友的哥哥。男人制服的氣味和觸感必定是她想像出來的。

瓦利是湖岸港口，海姿爾和傑克都在這裡長大，但她從不認識他，或許見過，可是從不記得。直到他送英文老師去高中舞會（英文老師是在場監護的女老師之一），在那裡現身為止，一切就此不同。那時海姿爾十七歲，傑克和她跳舞時，她又緊張又興奮，直直發抖。他問她怎麼了，她只好說她可能得了流感。傑克和英文老師討論了一下，就送海姿爾回家了。

海姿爾十八歲時他們結婚了，婚後四年內他們生了三個孩子，之後就沒生了。（傑克對外說海姿爾終於知道孩子是怎麼來的了。）傑克一從空軍退伍，便找了份電器行的工作，那是他朋友的店，那人沒去海外從軍。直到過世那天傑克都在那間店工作，做的事都大同小異，當然他還是學了點新東西，像微波爐的使用和修理之類的。

婚後大約十五年吧，海姿爾開始進修大學的推廣課程，之後她通勤去五十哩外的大學上課，全部時間都拿去上課了。她拿到學位，成為教師，這是她婚前就一直想做的事。

傑克當年一定來過這個房間，也可能坐在這張椅子上，輕鬆自在地望著這些窗簾。

終於，一個男人走進來，問她要不要喝點什麼。

蘇格蘭威士忌，她回答。男人笑了。

「說**威士忌**就行了。」

當然，你人在蘇格蘭時，不用說「蘇格蘭威士忌」。

傑克當時的駐點在伍爾弗漢普頓附近，但他休假常來這裡。他在英國只認識一個親戚，所以他來時會去看看她，待一下。是他母親的某個表親，名叫瑪格麗特．多彼。她未婚，獨居，當時還是中年，現在如果還在世，想必已經很老了。傑克回加拿大後就沒再和她聯絡，他不是會寫信的那種人。不過他常會談到她，海姿爾整理他的遺物時，發現了她的名字和地址。她給這位瑪格麗特．多彼寫了信，簡單告訴她傑克過世了，他生前常提起自己去過蘇格蘭許多次。海姿爾始終沒收到回信。

傑克和這位親戚似乎相處融洽，他和她一起待在她那間又大又冷、無人看管的房子裡，房子蓋在她丘陵起伏的農場上，還養了狗和羊。他借了她的摩托車，在鄉間四處繞。他騎到鎮上，來到這間旅館，喝點酒，交朋友，或是和別的軍人打架，不然就是泡妞。他就是在這裡遇見旅館老闊的女兒，安東妮特。

安東妮特當時十六歲，還不能去派對或酒吧的年紀，她只能偷溜出門，在旅館後面或河邊小徑與傑克會面。這個千嬌百媚、冒冒失失、柔軟輕佻的女孩，**小安東妮特**。傑克在海姿爾面前提起她，對海姿爾談論她時，彷彿他不是在另一個國家和她相遇，而是在另一個世界遇見她。你那個金髮女，海姿爾都這樣叫她。她想像中的安東妮特，穿著某種粉彩的成套羊毛睡衣。她想，安東妮特的秀髮應該像嬰兒般細柔，嘴唇軟嫩嬌弱。

傑克初次遇見海姿爾時，她也是金髮少女，但個性並不輕佻。她羞怯、拘謹、聰明。傑克輕鬆鬆就征服了她的羞怯拘謹，而他也並不像當地其他男人那樣，會被她的聰明激怒。他只是將之視為玩笑。

現在那男人回來了，帶著一個托盤。上面有兩杯威士忌，一小壺水。

他把一杯威士忌遞給海姿爾，自己拿了另外一杯，坐上她對面的椅子。

那麼他不是酒吧的服務生了，是請他喝酒的陌生人。她出聲抗議。

「我有按鈴啊。我以為你是因為我按鈴才出來。」她說。

「那鈴沒用。」他得意地說。「不是啦，安東妮特告訴我，她叫妳來這裡，所以我想來問問妳要不要喝點東西。」

安東妮特。

「安東妮特。」海姿爾說。「今天下午招待我的就是她嗎？」她頓時感到體內一沉——她的心、她的胃、她的勇氣，不管是什麼，都往下墜。

「安東妮特。就是她。」他答道。

「她是這間旅館的經理？」

「她是這間旅館的老闆。」

問題正好和她原先預期的相反，不是人搬走了、房子拆了，不留一點痕跡，正好相反。下午她第一個說話的人正是安東妮特。

不過她早該知道的——早該知道，安東妮特這麼有條有理，才不會雇用眼前這種傢伙當酒吧服務生。光看他寬鬆的棕色長褲，V領毛衣胸前還有個燒破的洞就知道了。毛衣下是骯髒的襯衫配領帶。但他看起來並不像疏於打理自己或終日沮喪消沉的人，他看起來其實自信滿滿，自信到有點邋遢也無所謂。他身材結實，一張紅潤的方臉，蓬鬆的白髮在額頭前有一撮特別明顯，顯得朝氣蓬勃。他似乎很滿意海姿爾將他誤認為服務生，彷彿這是他故意和她開的玩笑。假如在教室裡，她會認為他可能是那種愛鬧事的學生。不是愛惹事、沒腦袋、喜歡嘲弄人和嫌東嫌西的那種，而是坐在教室後方，看起來聰明又懶洋洋，偶爾冒出一兩句話，你卻不確定他想說什麼的那種。溫和、敏銳、固執的反骨，課堂上最難根除的事物之一。海姿爾都向年輕老師（或是比她還容易灰心的老師）建議，遇到這種學生，所能做的就是找到方法點燃他們腦中智慧的火花。把他們的聰明當成工具，而非玩具。這種人的聰明往往沒有真正發揮出來。

不過她幹麼這麼關心這個男人？這世界又不是教室。我記下你的號碼了，她對自己說，但我不一定會用上。

她想著他，這樣才不用去想安東妮特。

他告訴她，他名叫達得利．布朗，是名律師。他說自己住在這裡（她認為他意指住在這旅館），他的辦公室就在同一條街上。原來他是長駐旅館的住客——所以，他妻子過世了？或者他單身？她認為是後者。他那種意氣風發、特立獨行的自滿，在婚姻中撐不了多久。

儘管他有白髮，但要說他打過仗，又嫌太年輕。他應該比去打仗的那一代要小幾歲。

「所以妳是來這裡尋根的嗎？」他問。「根」這個字還用很誇張的美式口音說。

「我是加拿大人。我們『根』字不是那樣發音的。」海姿爾愉快地說。

「啊，真抱歉。我們老是這樣，把你們算作同一堆，就是你們和美國人。」他回答。

然後她開口說了自己的事——為什麼不呢？她說她先生戰時來過這裡，他們一直想來這裡旅遊，卻始終未能成行。如今她先生過世，她就自己來了。這話只有一半是真的，她常向傑克提議要來這裡，但他老是拒絕。她以為問題在她——他不想和她一起來。多年來她老是把事情想成和自己有關，其實她不必想這麼多，他的意思或許就是字面上的意思。他說：「不要，去了也不會和當年一樣了。」

如果他是指人事已非，那可就錯了。即使是事隔多年之後的現在，達得利．布朗問起那位鄉下表親的姓名，而海姿爾回答瑪格麗特．多彼，我們都叫她多彼小姐，但她很可能已經不在世了吧。他聽了只是大笑，不停搖頭，說喔，不，絕對不會，沒這回事。

「瑪格麗特．多彼要死還早得很！她是很老了沒錯，但精神還好得很。她一直住在同一塊地方，只是房子換了。她身體很好。」

「但她沒回我信。」

「啊，她不會回的。」

「那我猜她也不歡迎訪客囉？」

她好希望他回答：「對。」**是啊，不好意思，恐怕多彼小姐不愛見人。嗯，她不歡迎來客。**可是她都大老遠跑來這裡了，怎麼會有這種念頭？

「嗯，要是妳自己開車去，我不知道，情況可能會不一樣。」達得利．布朗答道。「我不確定她會怎麼反應。但如果我先打電話跟她說一聲，我們再一起開車去，我想她就會歡迎妳了吧。妳會介意我這麼做嗎？這一路風景很好，開車過去很不錯。妳看哪天不下雨，挑一天去吧。」

「那就麻煩你了。」

「哪裡，反正也不遠。」

達得利．布朗在餐廳裡的一張小桌前用餐。海姿爾坐在另一桌。餐廳布置得很高雅，藍色牆面，窗臺頗深，看出去就是鎮上的廣場。海姿爾發覺這裡一點都不像酒吧雅座那樣陰暗又沒人招呼。安東妮特為他們上菜，她端上銀色大餐盤盛的蔬菜，但附的餐具卻相當不順手。她做事一絲不苟，甚至帶著輕蔑。她不端菜時，就挺直著站在餐具櫃旁，眼觀四面，耳聽八方，噴了髮膠的頭髮硬梆梆地，身上套裝一塵不染，穿著高跟鞋的腳纖細修長，毫無水腫跡象。

達得利說他不吃魚。海姿爾也不吃。

「呵，連美國人也不吃啊。連美國人都不吃冷凍的東西，我還以為他們早就吃慣了，他們什麼東西都是冷凍的。」達得利說。

「我是加拿大人。」海姿爾說。她想他應該會記得她早就說過，會跟她道歉，但他和安東妮特都沒去注意她，兩人反而開始鬥嘴，脣槍舌劍一來一往，幾乎就像夫妻吵架。

「哼，別的我才不會吃。」安東妮特說。「不是冷凍的魚，我就不吃，也不會給客人吃。也許以前還可以，以前海裡還沒這麼多化學的東西，也沒汙染。現在的魚都被汙染到必須冷凍才能去掉那些鬼東西，就是這樣吧？」她邊說邊轉向海姿爾。「美國人最懂這些事了。」

「我只是比較喜歡吃烤肉而已。」海姿爾答道。

「所以吃魚要吃得安心，只能吃冷凍的。」安東妮特完全不理她。「還有，他們把最好的魚都拿去冷凍了，剩下的才拿去市場當鮮魚賣。」

「那把妳淘汰的那些魚給我。我倒要看看那些化學的東西會怎樣。」達得利說。

「別傻了你。鮮魚我可是一口都不會吃。」

「妳也別想吃。只要有我在就不行。」

當他們為了魚硬要辯出個道理時，達得利的眼神和海姿爾對上了一兩次。他始終掛著一張撲克臉，比起得意的奸笑，一張冷峻的臉更能表明他心中交織的好感與輕蔑。海姿爾則是一直盯著安東妮特的套裝。讓她想起了瓊・克勞馥[1]。不是套裝的款式，而是那個完美的狀態。多年前她讀過一篇關於瓊・克勞馥的訪問，介紹許多她保持完美髮型、衣著、鞋子、指甲的小祕訣。她記得有熨燙衣服接縫的方法，熨燙時記得不要鋪開接縫。安東妮特看來就是會把這些事做得恰當妥貼的女人。

不過，她也沒期待安東妮特依舊是個活潑可愛迷人的稚嫩少女。差得遠了。海姿爾想像過（想像時不免帶著得意），她來時會看見一個戴假牙的矮胖婦女（傑克提過安東妮特有個習慣，接吻的過程中，她會把太妃糖丟進嘴裡吃個不停，直到把最後一點甜味都吸完為止，害他在一旁乾等）。她想像中的安東妮特，如今會是個好心腸、愛閒聊、單調乏味、步履蹣跚的小個子奶奶，沒想到卻看見一個身材修長、警醒、愚昧與精明兼具的女人，噴髮膠，塗指甲油，生活中的每一處都精心保養。她個子高，完全不是小鳥依人樣的少女，即使她十六歲時也不是那一型。

不過，從現在的海姿爾身上，還能看見幾分當年傑克從舞會帶回家的女孩的身影？此時的海姿爾・柯提斯身上，還看得見多少那個皮膚白皙、聲音嬌嫩、金髮往後梳攏、夾著兩個粉紅色蝴蝶結賽璐珞髮夾的海姿爾・喬德利？海姿爾也瘦，不過身材結實，不像安東妮特那麼弱不禁風。她身上的肌肉是園藝、健行和越野滑雪練出來的。這些戶外活動也讓她的皮膚乾粗，長了皺紋，她起先還會在意，但過一段時間就不再煩惱了。曾因為逞強或一時沮喪而購買的各式彩妝、神奇乳霜軟膏之類的，她也全丟掉了。頭髮同樣放任不管，什麼顏色都隨著長，她只是往後梳然後夾好。她的美麗外表愈來愈花錢，也愈來愈靠不住，她索性打破這個循環，破繭而出。傑克去世好幾年前，她就這麼做了。這多少和她想主導自己的人生有關。她說過，也想過，總有一天她會掌控自己的人生方向，她也力勸別人這麼做。她鼓勵大家多行動，多實踐，找到方向。她也不介意讓別人知道，她三十多歲時經歷過所謂的精神崩潰。將近兩個月完全沒辦法出門，大部分時間只能躺在床上。她會用蠟筆畫小孩的著色本，那是她唯一能控制恐懼和毫無理由悲傷的手段。然後她就真的控制住了。她開始寫信給幾間大學要求簡介和申請表。什麼力量讓她又活了起來？她不知道。也只能說不知道。或許是因為這樣下去很煩吧，她只能這麼說。或許她覺得就這樣一直崩潰下去也很煩。

她心裡明白，當她終於走下床（這一點她就沒對外說），她也把一部分的自己留在那裡了。她猜想那一部分應該和傑克有關。但無論那時她拋下了什麼，都不會是永久的。再說，她也別無選擇。

達得利吃完他那份烤肉和蔬菜，突然站起身來。他向海姿爾點頭致意後，對安東妮特說：「我先走了，我的小寶貝。」他真的那樣說了嗎——「小寶貝？」不管他說了什麼，語調中都帶著諷刺，暗示了他和安東妮特必定親密到一個程度，才會這樣暱稱她。或許他是用蘇格蘭語說了「小姑娘」也不一定；當地人的確會這麼說。那天下午，海姿爾從愛丁堡搭公車來時，司機就這

1 【編註】Joan Crawford（1906-1977），美國演員，好萊塢著名影星。

麼叫她。

安東妮特為海姿爾端上杏桃派，隨即跟她說了一大堆達得利的事。海姿爾以為英國人都很矜持少話。這些印象如果不是傑克說的，就是她從書上看來的。安東妮特顯然是特例。

「他要趕在他媽上床睡覺前去看她。他週日晚上都會提早回家。」安東妮特說。

「他不住這裡嗎？我是說，他不住這間旅館？」海姿爾問道。

「他沒說，對吧？」安東妮特回答。「我確定他沒說。他自己有家，舒服得很。他跟他媽一起住，她現在都下不了床了。她那種狀況，什麼事都需要有人幫她弄好。他幫她請了看護，白天晚上都有人照顧。雖然她不認得自己兒子了，他還是經常去看她，每週日晚上一定去陪她聊天。他之前跟妳那樣講，一定是因為他都在這裡吃晚飯。他又不能要求看護幫他做晚飯，而且看護才不會幫他做。現在的看護才不會額外多做些什麼事，他們只想知道自己該做什麼，多做一點都不願意。我請的人也是一樣，如果我說『把地掃一掃』，沒說『掃完後把掃帚放回去』，他們就真的讓掃帚躺在地上咧。」

要說就趁現在。海姿爾想。假如再拖下去，她恐怕就說不出口了。

她開了口：「我先生以前常來這裡。二戰的時候他常來。」

「哇，那是好久以前啦，是不是？現在可以上咖啡了嗎？」

「好，麻煩了。」海姿爾答道。「他一開始來是因為有親戚在這，有位多彼小姐。布朗先生好像知道她是誰。」

「她年紀很大了嘍。」安東妮特說。海姿爾覺得她的語氣很不以為然。「她住在山裡，很遠。」

「我先生名叫傑克。」海姿爾等著看她會有什麼反應，但什麼也沒有。咖啡很難喝，這倒令人意外，因為晚餐的每一道菜都很好。

「傑克・柯提斯。」她又說。「他母親舊姓是多彼。他以前放假時都會到這裡來，跟他親戚住上幾天。傍晚他會來鎮上，通常會來這裡，皇家旅館。」

「二戰時這裡很熱鬧嘍。他們是這樣跟我說的啦。」安東妮特回答。

「他常提到皇家旅館，也提到妳。」海姿爾說。「我聽到妳名字時嚇一跳呢，沒想到妳還在這裡。」

「我沒有一直都在。」安東妮特回答——彷彿假設她一直都在這裡對她是種侮辱。「我結婚後就搬到英國去了，所以我跟這裡的人口音不一樣。」

「我先生死了。他提過妳，說妳爸爸是旅館老闆。他還說妳是金髮。」海姿爾說。

「我現在還是啊。」安東妮特答道。「我的髮色一直都是這樣，從來不用染。戰爭那幾年的事我記不太清楚了，我那時還是個小女孩嘛。戰爭開始時我還沒出生吧，是哪一年開打的？我是一九四〇出生的。」

她這番話裡藏了兩個謊，說的時候幾乎也不眨一下眼。這謊還說得真大剌剌，面不改色，謹慎從容，自圓其說。只是海姿爾要怎麼看得出來，安東妮特是謊稱自己不認識傑克？安東妮特必定是因為始終謊稱自己的年齡，所以除了這麼說之外別無選擇。

接下來三天，雨斷斷續續地下。沒下雨時，海姿爾就在鎮上四處逛逛，欣賞家家戶戶菜園裡大到裂開的包心菜，沒有襯裡的花朵圖案窗簾，即使是普通人家狹窄潔淨的飯廳裡，餐桌上擺的蠟製水果碗，她也看得興致盎然。從她緩步徐行，東看西看的模樣，必定是以為別人都看不到自己。她習慣了這裡的房子一戶緊鄰著一戶，轉過街角，才會忽然看見遠方霧氣籠罩的秀麗山丘。她沿著河走，走進一片全是山毛櫸的樹林，樹皮如象皮般粗糙，樹瘤像腫脹的眼睛。山毛櫸樹林總是為周遭帶來灰暗的氣息。

下雨時，她就待在圖書館讀些歷史的書。她讀到賽爾寇克郡曾有一些老修道院和國王的皇家獵場，還發生了蘇格蘭與英格蘭之間的所有戰役。弗羅登戰役。她來這裡之前已經在大英百科全書讀過，她知道威廉．華勒斯，也知道馬克白是在戰爭中殺了鄧肯國王，不是趁他熟睡時暗殺。

達得利與海姿爾現在習慣每晚睡前在酒吧雅座小酌威士忌。那裡多了臺電暖器，就放在壁爐前。晚餐後，安東妮特會和他們同坐，一起喝咖啡。再晚一點，達得利與海姿爾會再喝杯威士忌，安東妮特則去看電視。

「這段歷史真悠久啊。」海姿爾客套地說。她告訴達得利，她最近讀了什麼書，還有路上的所見所聞。「我第一次在對面街上的建築物看到菲利浦霍這個名字時，還不知道那是什麼意思。」

「衝突始於菲利浦霍。」達得利說，顯然是引用別人的句子。「妳現在知道這是什麼意思了嗎？」

「國民誓約派的成員。」海姿爾回答。

「妳知道菲利浦霍戰役後發生了什麼事嗎？國民誓約派的成員吊死了所有俘虜。就在鎮上的廣場，這間餐廳的窗戶下面就是。接著他們又把田裡所有婦人小孩殺光。這裡有很多家庭跟著蒙特羅斯侯爵的軍隊，因為裡面有很多人是愛爾蘭傭兵。當然他們是天主教徒。還好——他們沒有趕盡殺絕，剩下一些活口被押著一起前往愛丁堡，但半路上他們就決定把這些人都推下橋去。」

他講起這些事語調十分愉快，臉上掛著微笑。海姿爾之前也看過他這麼笑，卻始終不明白笑裡的意思。難道這樣笑的男人，是在看妳敢不敢相信，敢不敢承認，敢不敢同意，世事必然如此，直到永遠？

以傑克的個性，很難跟他吵起來。客人也好，小孩也好，或許連海姿爾也算在內，不管別人怎麼無理取鬧，他都能忍受。但到了每年的陣亡將士紀念日，他都會發脾氣，因為當地報紙總會登些做作的二戰報導。

有篇報導的標題是〈戰爭中沒人是贏家〉。傑克一把將報紙摔到地上。

「老天啊！難道他們覺得**希特勒**贏了也一樣嗎？」

他看到電視上參加和平遊行的人也會生氣，不過他通常什麼也不會說，只是很節制地朝螢幕噓個兩聲，一副受不了的樣子。至於海姿爾，她認為他應該是想著，怎麼會愈來愈多人（當然，女人居多；但時間一久，愈來愈多男人也加入行列）存心要破壞他一生中最精華的形象。其實全是偽善的懺悔與責難，還有某種程度上的顛倒黑白。沒人願意承認這場戰事中自有樂趣。即使在退役軍人社團，你也得擺出一張撲克臉，絕不能再提起什麼你為了這個世界，絕不會錯過打仗的機會之類的話。

他們新婚的時候，傑克和海姿爾還會去跳舞，參加退役軍人社團的活動，或去夫妻朋友家作客。男人聚在一起，早晚都會開始講大戰時的事。傑克講的故事既非最多，也非最長，也並非充滿英雄壯舉，或與死神交會的驚險情節。他通常講的都是些趣事，不過他那時在最上面，因為他是轟炸機飛行員，男人們最嚮往的職業之一。他飛過兩趟完整的「作戰行動」（簡稱ops，連女人都這麼說）。意思是，他飛過五十趟投彈空襲。

過去，海姿爾常和其他的年輕少婦坐在一起，聽著故事，溫婉和順，為自己的丈夫自豪，同時也因為慾望而無法全神貫注（至少海姿爾是這樣）。這些丈夫在戰場上英勇，在妻子面前卻還是緊繃焦慮。海姿爾很同情那些下嫁的女人。

十年、十五年之後，同樣的一群女人，坐在同樣一個聊起戰爭故事的場合，臉色不太自在地坐在一起，偶爾眼神交錯，甚至提前離席（海姿爾有時就會這樣）。那群講故事的男人少了許多，後來就更少了。但傑克還是這個小團體的中心，他說起故事更繪聲繪影，感觸良多。有些人會說他話更多了。如今他回憶起不遠處的美國空軍基地，飛機的噪音。天才剛亮，暖機的聲音驚天動地，起飛後三架一組，以優異的陣勢飛越北海上空。所謂的空中堡壘。美國人都是在白天轟炸，戰機從不落單。原因何在？

「因為他們不懂怎麼導航。」傑克說。「欸，他們還是懂啦，但就是跟我們不一樣。」他很自豪比別人多一項技能，或只是比別人莽撞愚勇一些，總之他不會對此多加說明。他只說，某次英國皇家空軍的戰機幾乎同時看不到支援的僚機，只好獨自飛行六、七小時。有時會有個聲音從無線電傳來，指引他們方向，是個德國人的聲音，卻帶著完美無瑕的英國腔，給的是錯誤訊息，足以讓他們全數喪生。他也說過有些飛機會憑空冒出來，在你上方或下方滑過，還有飛機可能就在夢幻般一閃而過的光焰中化為灰燼。那一點都不像電影場景，電影中的畫面可以很精挑細選、有條有理，但現實根本毫無道理可言。有時他覺得能在戰機發出的轟隆聲之外（或之內）還聽得見很多聲音，像是樂器奏出的音樂，詭譎卻熟悉。

然後他似乎又回到現實（他有很多種回歸現實的方式），又開始聊起休假旅行、酒醉、趁燈火管制時在酒吧外和人幹架、軍營裡的整人惡作劇。

到了第三個晚上，海姿爾覺得最好和達得利談談拜訪多彼小姐的事。這週快過完了，探訪多彼小姐的想法已經沒那麼令她緊張，而她也開始有點習慣這裡的生活。

「我明天早上就打電話。」達得利回答，似乎很高興她主動提起。「看她方不方便。接下來幾天也可能是好天氣，明天或後天我們找時間過去。」

安東妮特在看一個電視節目，幾對男女要先選擇與誰約會，挑選的步驟還很複雜，約會後的隔週，再回來節目分享約會過程的大小事。看來約會的結果很慘，簡直是災難了，因為她邊看邊哈哈大笑。

安東妮特以前跑出去和傑克約會的時候，外套下面只穿了件睡衣。傑克總是說，她爹地會狠狠揍她一頓。狠狠揍我們倆一頓。

「我開車帶妳去看多彼小姐。」安東妮特早餐時對海姿爾說。「達得利事情太多了。」海姿爾趕忙說：「不用，不用，沒關係，達得利沒空就算了。」

「都安排好了。不過比達得利預計的時間早一點，我想今天上午去吧，午餐之前去，我還有幾件事要辦。」安東妮特答道。

於是上午十一點半左右，她們開安東妮特的車出發。雨已經停了，雲層由灰黑轉白，橡樹和山毛櫸金棕色的葉片在風中搖曳，滴落昨夜的雨水。路的兩旁是低矮的石牆，延伸下去，越過清澈的潺潺小河。

「多彼小姐的房子很不錯。是間不錯的小平房，在老農場的角落。她賣掉農場的時候保留了那一角，蓋了間平房給自己。她原來的那些老房子，後來住了一堆亂七八糟的人，什麼人都有。」安東妮特說。

海姿爾的腦海中清楚浮現了那間老房子的畫面。她可以看見那裡的大廚房，牆面只隨便鋪上灰泥，窗戶也沒裝窗簾。食品櫥、爐子、光滑的馬毛沙發。還有一大堆桶子、工具、槍、釣竿、油壺、燈籠、籃子。有電池收音機。有個穿長褲的大塊頭健壯女人坐在凳子上，替槍枝上油，或是切準備當種子用的馬鈴薯，去除魚的內臟。傑克曾對海姿爾說過，多彼小姐是什麼事都堅持自己來的人，他形容的就是這幅景象。他把自己也放進了這幅景象裡，像今天這樣有薄霧的天氣（不過當年的草和樹都是一片青綠），他會坐在廚房門口的臺階上，有時候和狗玩打發時間，有時則是用力清掉鞋底沾到的汙泥，這雙鞋可是向女主人借來的。

她對安東妮特說：「傑克有一次向多彼小姐借了雙鞋。很顯然她有雙大腳，總是穿男人的鞋。我不知道傑克的鞋怎麼了，或許他只帶了靴子吧。總之他穿著她的鞋去跳舞，又去河邊，我是不知道他去幹麼……」當然是去和女孩見面了，說不定見的就是安東妮特——「結果整雙鞋溼透，沾滿汙泥。他喝得爛醉，回家後沒脫鞋就上床了，直接躺在被子上。多彼小姐一個字也沒說。隔天晚上他照樣晚歸，爬上床時一桶冷水直接往他臉上澆！原來她早就架好了秤砣和繩子，等他上床壓到床墊彈簧，就會把桶子翻倒，水便一頭澆下去，好好修理了他一頓。」

安東妮特說：「她真是一點也不怕麻煩噢。」她又說，她們該停車吃午餐了。海姿爾以為她們選這個時間出門，想必是安東妮特沒什麼空閒，想早點拜訪早點離開。不過現在，很顯然她們不急著早到。

她們在一間滿有名氣的小酒館停下。海姿爾讀過這間酒館的資料，知道這裡曾有一場決鬥，還被寫成一首老民謠傳唱。不過現在看起來，這間小酒館很正常，由一位英國人經營，他正忙著重新裝潢。她倆點了三明治當午餐。店主只是用微波爐熱了一下。

「我才不會買微波爐來用，會把食物弄得溼溼的。」安東妮特開口。

她開始聊起多彼小姐的事，還有多彼小姐雇來照顧自己的那個女孩。

「欸，她其實也不算女孩了啦。她的名字是茱蒂·阿姆斯壯，就是那個——怎麼說來著——孤兒啦。她一開始在達得利的媽媽家做事，工作一陣子之後就惹上麻煩啦，搞出個小嬰兒來，他們這種人很常這樣。那之後她要待在鎮上就不太容易了。幸好多彼小姐當時要找人，茱蒂和她小孩就一起過去了。結果還真是皆大歡喜。」

她倆一直待在小酒館，直到安東妮特估計茱蒂和多彼小姐應該準備好要見客人了才出發。車子逐漸往山谷深處駛去，路愈來愈窄，多彼小姐家距離道路很近，屋後就是陡峭的山壁。屋前則是月桂樹栽成的樹籬，閃耀著光澤，還有溼淋淋的矮樹叢，葉子都已轉紅，有些還垂著莓果。牆面飾以灰泥，隨興點綴著小石塊，隨意中帶點古怪的郊區風格。

門口站了個年輕女人，一頭秀髮耀眼奪目——蓬鬆的大波浪紅髮長度過肩，閃耀著光澤。不過她身上的衣著與這個場合不太搭調——算是某種參加派對穿的小洋裝吧，單薄的褐色絲質材料，還摻了點金線。她這樣穿想必很冷——她雙臂交叉抱在胸前，胸部擠在中間。

「我們到啦，茱蒂。」安東妮特親切地對她說，彷彿是在對一個有點重聽或性格叛逆的人說話。「達得利沒辦法來，他太忙了。這位就是他在電話裡跟妳提過的女士。」

茱蒂上前握手時臉都泛紅了，她的眉毛十分淡，淡到幾乎看不見，讓她深褐色的雙眼看起來毫無防備。她看起來頗為驚慌——是因為有客人來訪，還是單純因為自己一頭蓬髮太過招搖？不過她必定事先梳過頭髮，打扮成這樣才來見人。

安東妮特問，多彼小姐最近好嗎？

茱蒂打算回話時，喉嚨裡卡了一口痰，聲音變得低沉。她清了清喉嚨，說：「多彼小姐今年身體都很好。」

茱蒂請她們脫大衣時有點尷尬，她不太確定何時該伸手幫她們脫大衣，也不清楚怎麼替安東妮特和海姿爾帶路。但安東妮特很快走到前方，領著她們沿著走道進入客廳。這裡滿滿都是花紋沙發布套和窗簾、黃銅和瓷器裝飾品、插在瓶子裡的蒲葦、孔雀羽毛、乾燥花、時鐘、畫作、抱枕。這堆物品之中，一位老婦人端坐在高背椅上，背對著窗外的光，等著她們進來。她年紀雖大，卻絲毫不見老人的乾癟樣。她的手臂和雙腿壯實，頭上一圈濃密的白髮，皮膚像紅褐色粗皮蘋果的外皮，眼下垂著略帶紫色的厚重眼袋。不過雙眼目光倒是明亮又靈活，像某種有智慧的生物，跟隨自己的意志瞭望著外頭動靜，動作迅速大膽——彷彿那張厚重、長疣又陰暗的老人臉孔後方，有隻來回奔跑的松鼠。

「妳就是那位加拿大來的女士囉。」她對安東妮特說。她的聲音洪亮，嘴唇上的斑點像藍黑色的葡萄。

「噢，不是我啦。」安東妮特回答。「我是皇家旅館的人，您之前見過我的，我是達得利・布朗的朋友。」她從袋中拿出一瓶酒——是馬德拉酒——遞上去，作為見面禮。「您喜歡這款酒，對吧？」

「大老遠從加拿大來啊。」多彼小姐說，接過那瓶酒。她還是穿著男鞋——現在也一樣，沒綁鞋帶。

安東妮特大聲重複了一次她剛才說的話，介紹了海姿爾。

「茱蒂！茱蒂，妳知道酒杯放在哪吧！」多彼小姐喊道。茱蒂端著托盤進來，上面有一疊杯盤、一壺茶、一盤切片水果蛋糕、牛奶和糖。她應該是完全忘了要拿酒杯，只是心不在焉地四處張望。安東妮特幫她接過托盤。

「我想她應該想先喝點酒，茱蒂。」安東妮特委婉地說。「這好棒啊！蛋糕是妳自己做的嗎？我回去時可以帶一塊給達德利嗎？他好喜歡水果蛋糕，一定會覺得這是專門為他做的。不過我想不是吧，因為他只是早上打了個電話來，但烤水果蛋糕可是很花時間呢，不是嗎？但他也分不出來差別啦。」

「我現在知道妳是誰了。」多彼小姐開口。「妳是那個皇家旅館的人。妳和達得利·布朗到底結婚沒？」

「我已經結婚啦。」安東妮特急躁地回應。「我想離婚，但我不知道我先生人在哪。」她的語調很快平緩下來，似乎是為了安撫多彼小姐。「也許早晚的事吧。」

「所以妳才去加拿大喔。」多彼小姐說。

茱蒂拿著幾個酒杯進來，任何人都看得出來她的手抖得倒不了酒。安東妮特將酒瓶從多彼小姐緊握的手中抽出來，拿起一個酒杯對著燈光看。

「妳方便幫我拿一條餐巾嗎，茱蒂？」安東妮特對她說。「或是乾淨的擦碗巾。記得要乾淨的！」

「我先生傑克。」海姿爾下定決心打斷她們，對多彼小姐說：「我先生傑克．柯提斯，之前是空軍，大戰時曾經來您這拜訪過。」

多彼小姐這回倒是接話接得很順。

「為什麼妳先生要來我這？」

「他那時還不是我先生，他那時還很年輕。他是您的親戚，住在加拿大。傑克．柯提斯，他姓柯提斯。但我想這麼多年來，應該很多親戚來拜訪您吧。」

「我們從來沒有訪客。我們住得太偏僻了。」多彼小姐肯定地回答。「我本來和我爸媽一起住，然後和我媽一起住，後來就我一個人住。我把羊賣了，到鎮上去工作，在郵局上班。」

「是啊，她在郵局上班。」安東妮特貼心地附和，把酒一一遞給大家。

「但我從沒住過鎮上。」多彼小姐的語氣有某種隱然的、復仇般的得意。「我沒住那邊，我每天騎車上班，這一整路都是騎摩托車。」

「傑克曾經提過您的摩托車。」海姿爾鼓勵她繼續說。

「我那時住在老房子裡。現在那邊住的人都糟透了。」

她舉起酒杯示意再倒點酒。

「傑克以前常跟您借摩托車。他還會跟您一起去釣魚，您清理魚內臟的時候，狗就在旁邊吃魚頭。」海姿爾說。

「呃。」安東妮特感到反胃。

「真慶幸我從這裡看不到。」多彼小姐說。

「她指的是那棟老房子。」安東妮特用惋惜的語氣替多彼小姐解釋。「現在住在那裡的一男一女沒結婚，他們有把房子整理一下，但沒結婚。」然後，彷彿很自然地想起了什麼，她轉向茱蒂：「塔妮雅最近好嗎？」

「她很好。」茱蒂回答。她是唯一沒喝酒的。她端起水果蛋糕的盤子，又放下。「她現在上幼稚園了。」

「她坐校車去的。」多彼小姐接口。「校車會直接到門口接她。」

「那不是很好嘛。」安東妮特回道。

「校車還會接她回來。就送到家門口。」多彼小姐讚嘆地說。

「傑克說過您有隻狗會吃粥。」海姿爾把話題帶回來。「還有一次他借了您的鞋子，我是指傑克，我先生，借了您的鞋。」

多彼小姐似乎是為了這句話，沉思了一會兒才開口：「塔妮雅有紅頭髮。」

「她頭髮像媽媽，眼睛也像媽媽，她簡直是茱蒂的翻版。」安東妮特說。

「她是私生女。」多彼小姐開口，一副要打斷她們東拉西扯的果斷模樣。「不過茱蒂教她教得不錯，工作也勤快，看到她倆有個家我很高興。總之呢，會被抓到把柄的總是無辜的人。」

海姿爾以為這番話會徹底打垮茱蒂，害她奔進廚房，然而她看起來下定了決心，站起身來把蛋糕分給大家。她臉上、脖子和小禮服露出的胸口的紅暈一直沒有退去，皮膚發燙到像是剛剛挨了打，而她彎身將盤子一一遞給大家時，臉上表情像個強忍著不大叫狂吼的孩子，有狂怒、有苦澀、有輕蔑。接著多彼小姐朝海姿爾發話了，她問：「妳會背什麼東西嗎？」

海姿爾必須思考一下，才想起她說的「背」指的是什麼。她說不會。

「妳願意的話，我來背一首。」多彼小姐答道。

她放下空酒杯，挺胸，併攏雙腿。

「恕我就不站起來了。」她說。

最初她的聲音有點緊張、猶豫，但很快就全神貫注地背誦著。她的蘇格蘭發音很不清楚。她的重點不是詩的內容，而是專注在正確的順序——一字又一字，一句又一句，一節又一節。她背得愈用力，臉色愈沉，但她背誦時也不是毫無感情，不像海姿爾記憶中念書時必學，卻毫無感情的死背。反而更像是學校裡的音樂會，學生帶著某種公開捨己的情操上臺背誦，每個抑揚頓挫、每個手勢，都排練多次，照本宣科。

海姿爾開始憶起某些片段，這首拖沓冗長的詩講的是一群精靈。精靈綁架了某個男孩，然後一個叫「美人珍奈」的女孩愛上了他。美人珍奈和父親起了爭執，之後披上綠斗篷，出門會情人。那時應該是萬聖節半夜，一大隊精靈騎著馬出遊。不管從哪方面來看，他們都不是什麼纖巧可愛的小仙子，而是一群在夜半縱橫馳騁，發出恐怖吼聲的凶暴之徒。

「美人珍奈心意堅決，
站在灌木荒野之上。
他們騎馬逐漸靠近，
馬蹄聲愈來愈響亮！」

茱蒂端坐著，把蛋糕盤放在大腿上，吃掉一大片水果蛋糕。然後又吃了一片——臉上依然是憤恨不平的表情。當她傾身遞蛋糕給大家，海姿爾可以聞到她的體味——不是臭，但卻是洗了澡清潔後依然能聞到的某種不尋常氣味，從她泛著紅暈的胸前傾瀉而出。

安東妮特在一旁不甘寂寞，拿了個迷你黃銅菸灰缸，從提包裡拿出香菸，就這麼抽起來。（她說她一天只准自己抽三根菸。）

「黑色良駒率先走過，
褐色駿馬緊接在後。
她牢牢抓住乳白駿馬，
奮力一把將騎士扯下！」

海姿爾想，在這裡再問傑克的事也沒用了。或許這裡的某個人還記得他——曾經看過他騎摩托車經過，或是某晚曾和他在小酒館裡說話。但她要怎麼找到那個人？安東妮特很可能早就忘記他了，以安東妮特目前的情況來看，她要煩惱的事已經夠多了。至於多彼小姐想些什麼？她似乎總是隨口一說，任性又隨心所欲。現在她正絮絮叨叨，背誦到一個精靈男子的段落。

「他在珍奈懷中被變成獸，
變形成蜥蜴又接著小蛇。
無論怎麼變她都要抱緊，
孩子的父親她絕不能捨！」

多彼小姐的聲音裡有種陰鬱的得意，表示這首詩快背完了。不過什麼是「西亦又」[2]？別管了，反正珍奈把她的情人裹在綠斗篷裡，他成了「初生的裸男」。而精靈皇后哀嘆著他抵達凡間後會失去一切。多彼小姐的聲音先是逐漸平靜，然後速度又加快了一些，彷彿又要開始冗長的行軍——就在眾人驚恐著這首詩是否出現什麼新發展時，她背完了。

2 【譯註】原句是 An esk, but and an adder，蜥蜴和小蛇。但老太太發音不清楚，esk 和 but 聽起來像是同一個字。

「我的老天哪！」安東妮特確定老太太真的背完了才開口。「妳怎麼能記得住這麼長的東西！達得利也是，妳跟達得利真是絕配！」

茱蒂把茶杯和茶碟遞給眾人，發出一陣哐啷聲。她開始倒茶，安東妮特看著她手忙腳亂弄了一陣，才不疾不徐開口。

「這茶放了好一陣子，現在喝應該有點濃吧，是不是，親愛的？」安東妮特問道。「我怕那茶對我來說太濃了，反正我們也該走了，真的該走了。多彼小姐招待我們這麼久，她也想休息了。」

茱蒂顯然毫無異議，逕自端起托盤走向廚房。海姿爾拿著蛋糕盤跟在她身後。

她悄悄對茱蒂說：「我想布朗先生本來打算要來的。他應該不知道我們提早出發了。」

「噢，這樣啊。」這語氣尖銳、全身泛紅的女孩一邊回話，一邊把茶整個潑到水槽裡。

「如果不麻煩的話，可以幫我打開包包嗎？」安東妮特問她。「再幫我拿根菸，我得再抽一根。我自己低頭拿的話會很不舒服。剛才聽到那些無病呻吟，我又頭痛了。」

天色暗了下來，她們開車回去的路上下起小雨。

「她住在那裡一定很寂寞。我是說茱蒂。」海姿爾開口。

「她還有塔妮雅。」

她們離開前，安東妮特做的最後一件事，就是把幾個硬幣塞到茱蒂掌心裡。

「給塔妮雅的。」她說。

「她說不定會想結婚。可是她住在那種地方，能遇到結婚對象嗎？」海姿爾說。

「我想不管在哪裡，她要遇到對象都很難吧。」安東妮特答道。「她那種狀況。」

「現在這種時代，大家沒這麼在意那種事了。女孩子先有小孩，再結婚。電影明星啦、一般女孩子啦，都會這樣，很常見了。沒關係吧。」海姿爾回答。

「我覺得在這裡就有關係。我們這裡的人又不是電影明星。男人要結婚得想很多，他要為自己的家族著想。要是娶了那種女人，不是讓自己的媽丟臉嗎。要是瞞著媽，也是讓家族蒙羞。還有，如果你是靠著做大家的生意賺錢，也得考慮他們的感覺。」安東妮特說。

她把車停在路邊，說了聲「不好意思」，接著下車走到路邊的石牆，彎下身體。她是在哭嗎？不，她是在吐。她整個背都拱起來，顫抖著，還很小心地不要吐在牆上，而是吐在另一邊，橡樹林的落葉堆裡。海姿爾打開車門走向她，她卻揮手要海姿爾回去。

無助又私密的嘔吐聲，迴蕩在寂靜的鄉間，霧濛濛的雨絲中。

安東妮特俯身，扶著石牆站了一下，才站直身體，回到車上，用顫抖的手拿出面紙，仔仔細細地擦嘴。

「我就是這樣。我這種頭痛就是這樣。」她開口。

海姿爾問：「妳想要我開車嗎？」

「我們是右駕，妳會不習慣吧。」

「我會很小心。」

她們換了座位——海姿爾很訝異安東妮特會同意——海姿爾開得很慢，安東妮特大多閉目養神，雙手捂在嘴上，粉紅彩妝下的皮膚透出一點灰。不過快到鎮上的時候，她張開眼睛，放下手，嘴裡喃喃說了像是「這裡是卡紹」之類的話。

那時她們正駛過河邊一片低窪的田地。「就是那首詩說的地方。」安東妮特說得很急，像是怕等等又要吐出來似地。「詩中那女孩跑出門，然後失身，那一類的地方。」

田地裡滿滿都是褐色的泥巴，周圍看起來是社會住宅。

海姿爾忽然就想起了整首詩，她自己也嚇一跳。她可以聽見多彼小姐朝她們大聲朗誦：

「小姐妳能買金戒，
還能揮舞綠斗篷；
但若妳將童貞失，
可就一去不復返！」

多彼小姐有成千上萬的字，什麼都可以掩埋。

「安東妮特身體不舒服。」傍晚，海姿爾走進酒吧時對達得利・布朗說。「她頭痛得很厲害。我們今天開車去看多彼小姐了。」

「她有留字條跟我說。」達得利一邊回答，一邊擺出威士忌和水。

安東妮特躺在床上，還是海姿爾扶她躺上去的。她頭暈到沒辦法自己躺好。安東妮特躺上床時只穿著罩衫，又向海姿爾要來擦臉巾卸妝，才不會弄髒枕頭套。她又要了一條毛巾，以免等會又想吐。她教海姿爾怎麼用有襯墊的衣架把套裝掛起來——套裝還是同一件，同樣奇蹟似地一塵不染。她的臥室簡陋又狹窄，窗外望出去就是隔壁銀行的灰泥牆壁，她睡在金屬床架的窄床上，梳妝檯上擺滿了各式各樣的染髮用品。要是她意識到海姿爾一定會看到這堆東西，會不會懊惱？也許不會，她也許早就忘了自己說過的謊。或者她也可能早就準備好繼續撒謊——就像高傲的女王，不管說什麼都能成為真理。

「她叫廚房裡幫忙的太太準備晚餐。做好會放在餐具櫃上，我們自己去拿就行了。」海姿爾說。

「我們先喝這個吧。」達得利回道。他拿了威士忌酒瓶來。

「多彼小姐不記得我先生了。」

「是嗎？」

「那邊還有個女孩，應該說是年輕女人。照顧多彼小姐的。」

「茱蒂・阿姆斯壯。」達得利回答。

她等著看他會不會忍著不追問，會不會強迫自己換個話題。他果然忍不住。「她的紅頭髮還是很美，對嗎？」

「是啊。」海姿爾回答。「你覺得她有沒有整頭剃掉過？」

「女孩子就是這樣，會亂搞頭髮，我看多了。但茱蒂不是那種人。」

「她給我們很好吃的水果蛋糕。安東妮特有說要帶一塊給你，但我想她忘了。我們要走之前她就不舒服了。」海姿爾說。

「說不定那個蛋糕有毒。」達得利忽然冒出一句。「故事裡不都這麼寫。」

「茱蒂自己就吃了兩塊，我吃了一點，多彼小姐也有吃。我不覺得有這種事。」

「說不定只有安東妮特那塊有毒。」

「安東妮特根本沒吃，她只喝了點酒，還有抽菸。」

達得利沉默了一下子，才開口問：「多彼小姐有沒有幫妳安排什麼節目？」

「她有背誦一首長詩。」

「啊，她常這樣。正確的說法應該是歌謠，不是詩。妳記得是哪一首嗎？」

海姿爾腦海中浮現的句子都與失身有關，但她覺得這實在太惡劣了，趕緊想點別的句子。

「先把我浸在牛奶裡。」她試探性地說。「再浸在水裡？」

「抱緊我，別鬆手！」達得利開心地喊：「我將是妳孩子的父親！」

這和海姿爾最初想到的句子一樣不得體，但他似乎一點也不在意。他反而往椅背一靠，看上去還鬆了口氣，抬起頭開始背誦。他和多彼小姐背的是同一首，只是他的語氣平靜、愉悅，還帶著自己的調調，他的男聲更溫暖、哀傷、生動，口音更重。海姿爾已經大致了解這首詩的意思，所以即使非她所願，她仍舊能聽清楚每一個字。詩中有個男孩被精靈抓走了，展開了一連串冒險，也享受許多好處——像是感覺不到痛。但他愈長大就愈警覺，害怕自己「將要被送往地獄」，也渴望與人類接觸。所以他引誘了一個大膽的女孩，教她怎麼讓他獲得自由。女孩要做的就是緊緊抱住男孩，無論精靈把他變成什麼可怕的樣子，都不能鬆手，直到精靈們所有的把戲都用盡，放手讓他離開為止。當然，達得利背詩的風格很老派，也免不了自嘲一番，但那些都只是表面工夫。背誦詩歌就像唱歌，你大可以盡情表達自己的渴望，不必擔心出醜。

「他們終於把她懷中的他，
變回了初生赤裸的男人。
她把他牢牢裹進綠斗篷，
她的真愛終將大獲全勝！」

你與多彼小姐，真是絕配。

「我們去看了詩中她和他見面的地方。回程路上去的，安東妮特指給我看，就在河邊。」海姿爾說。她覺得能置身在這裡真是奇妙，置身在這些人的生活中，看見他們的詭詐，他們的傷口。傑克不在，他畢竟無法在這裡親眼目睹一切，但她能。

「卡特霍？」達得利說，聲音聽起來既諷刺又興奮。「那不是在河邊啦！安東妮特才不懂，亂說！那是一塊高地，往下可以看到河。精靈圈就在那裡，其實是長了一圈蘑菇啦。如果今晚有月光，我們可以開車去看看。」

彷彿有隻貓跳到海姿爾膝上一樣，她忽然感覺到了什麼。性。她感覺到自己的眼睛圓睜，皮膚繃緊，手腳聚精會神地收攏起來，但今晚月亮不會出來了——這是他語氣裡暗示的另一件事。他又倒了點威士忌，卻不是為了引誘她。要想安排一夜貪歡，即使只是短短的偷情，必須具備的可是全然的信任、精力、熟練與健忘，但這些都遠遠超出他們的能力——海姿爾懂，因為她自己就有過兩段小插曲，一次在大學，另一次在教師研討會。此時他們只能讓這股吸引力如潮水般沖刷他倆再退去。海姿爾肯定，安東妮特應該會願意的。安東妮特會包容一個即將離開的人，一個無足輕重的人，只是一個「算是美國人」的人。不過，安東妮特願意接受這種事，也是攔住他們的另一道門。這就足以讓他們顧忌和尷尬了。

「那個小女孩，她在那裡嗎？」達得利的語氣平緩了一點。

「沒有，她去上幼稚園了。」海姿爾想著，要把自己的心情從挑逗轉為平靜，很簡單，真的——只要背首詩就好了。

「是嗎？那孩子的名字還真怪，塔妮雅。」

「這名字也不算太怪啦。」海姿爾回答。「現在不算了。」

「我知道，現在的人都取一些奇怪的外國名字，什麼塔妮雅、娜塔莎、艾琳、索蘭芝、卡門，都不按照族譜來了。我還在街上看過幾個把頭髮剃成公雞頭的女孩子，她們的名字還是自己取的。自己當家作主了。」

「我有個孫女叫布莉塔妮。我還聽過有個小女孩叫卡布奇諾。」海姿爾說。

「卡布奇諾！真的假的？為什麼不乾脆叫卡索雷？費多奇尼？亞爾薩斯—洛林[3]？」

「說不定真的有。」

「史勒斯威格—霍斯坦[4]！妳如果取這名字不錯！」

「你上次看到她是什麼時候？」海姿爾把話題拉回來。「我是說塔妮雅？」

「我不看她的。我不去那邊。我們是因為錢的事情有關係，但我不去那邊。」達得利回答。

嗯，你該去的，她差點要對他這麼說。你一定得去，而且不要胡亂安排，好讓安東妮特能插手壞事，就像她今天做的。只是，一開始提議要去的就是他。他傾身向前橫過桌面，帶點酒後吐真言的意味對她說：

「我該怎麼辦？我又沒辦法讓兩個女人都幸福。」

這句話八成會讓人覺得很愚蠢，又自大，模稜兩可。

3 【譯註】Cassoulet 是法國燉菜。Fettucini 為義大利寬扁麵。Alsace-Lorraine 曾是德意志帝國的領土。
4 【編註】Schleswig-Holstein，德國北邊的邦。

不過這是真心話，海姿爾無言以對。是真的。起初這番話似乎都是關於茱蒂，因為她的孩子，她孤家寡人，還有她的秀髮。可是為什麼安東妮特一定要認輸？就因為她長久以來都有勝算、懂得盤算、禁得起背叛、知道怎麼經營外表？安東妮特想必長久以來都是個好幫手，還是忠實的伴侶，私底下或許還很溫柔。她甚至不求男人全心全意對待她。她甚至能睜一隻眼閉一隻眼，忍受他偶爾偷偷去看茱蒂（雖然她會很不舒服，必須轉過頭去嘔吐一番）。茱蒂就不是忍得下這一切的人了，她肯定會情緒潰堤，搬出一堆歌謠，裡面全是誓言和詛咒。他受不了這種折磨與怨恨。難道安東妮特是為了他好，今天才故意從中作梗？她一定是這樣想的——說不定過一陣子，他也會這樣想。或許他現在就這麼想了——那首歌謠攪亂了他的思緒，也安了他的心。

傑克說過類似的話，倒不是指兩個女人，而是「讓一個女人幸福」——嗯，那指的就是海姿爾吧。她回想了一下他當時是怎麼說的？「**我可以讓妳非常幸福**。」他指的是可以讓她得到性的高潮，那時的男人若想說服妳上床都是這麼說的，他們也就是這個意思。也許現在的男人還是這麼說吧，還是他們現在說話沒這麼迂迴了？而傑克也真的說到做到了。但過去從沒人這樣對海姿爾說過，她非常驚奇，照單全收。這種話看似狂妄、空泛、令人目眩神迷，實則冒失又放肆。她必須親身體驗才能驗證，讓別人來讓她**幸福**是否為真。海姿爾，這個愛擔心、力求上進、複雜難解的組合——真是有人能輕易搭訕引誘，進而讓她**幸福**的人嗎？

傑克對她說完那句話之後的某一天，大約二十年之後吧，她開車經過瓦利的大街，看到了傑克。他從電器行前面的窗子望出去，卻沒看向她的方向，也沒看見她的車。那時她正在念大學，有很多事要忙，要上課、要寫報告、做實驗、做家務。她只有在開車等紅綠燈時的那一兩分鐘，才有閒暇注意周遭的事物，就像現在一樣。然後她就注意到了傑克——他穿著休閒褲和套頭毛衣的身影，多麼修長又年輕，卻也多麼灰暗，缺乏存在感。她完全沒感受到什麼預兆，那間店就是他將要離開人世的地方（他的確死在店裡，那時他正在和客人說話，忽然就倒地不起——不過那是多年後的事了）。她也沒留意當時他的生活忽然就淪落到什麼地步。一週內兩三個晚上會去退伍軍人社團，其他晚上從晚餐後一直到睡前，都躺在沙發上看電視、喝酒。一天平均三、四杯吧，他喝了酒從不罵人，不吵鬧，也不會醉暈過去。上床睡覺前還會自己把玻璃杯拿到水槽裡沖乾淨。他的一生就在各種雜務、日常活動、四季更迭、插科打諢中過去。她眼中所見就只有他的安靜，一種可以稱之為幽魂般的表情。她也看見他的帥氣——那種經歷過二戰的獨特氣質，帥氣裡帶著妙語如珠的聰明，還有種消極的自豪。這股氣質經過多年依然存在，力量卻早已流失殆盡。透過店裡的那扇窗玻璃，他展現給她看的就是種幽魂似的美好。

她可以為了他而努力，現在是這樣，當時也是如此。帶著有害的期待、激情與責怪。只是當時她不准自己這麼做——她想到的只是考試還有買食品雜貨。那麼，如果她現在放縱自己，就會像測試斷了的手腳有多痛一樣。只是一個小測試，那劇痛就足以讓人回憶起原本完整的形狀。那就夠了。

這時她有些醉了，她想到可以對達得利．布朗說，或許他真的**有讓**兩個女人都幸福。她這樣說是什麼意思？或許他給了這兩個女人可以專注的目標。一件男人打死不願做卻願意為妳達成的事，他心中一個妳或許打得開的結，一池妳或許能攪亂的靜水，一個妳或許能導致的缺憾——這一類能讓妳關注的事情，即使妳早已讓自己學會不再去注意。這樣能說是讓妳幸福嗎？

不過話說回來，什麼能讓一個男人幸福呢？

肯定是很不一樣的事。

柳橙與蘋果

「我從蕭鎮雇了個店員。」莫瑞的父親說。「她姓狄藍尼[1]。目前還看不出她有什麼壞習慣。我把她安排到男裝部。」

那是一九五五年春天。莫瑞剛從大學畢業，立刻就知道等待他的是怎樣的命運。任何人都看得出來他的命運寫在他父親發黑凹陷的臉上。父親日益隆起的腹部裡藏著要命的硬塊，冬季前將會奪走他的性命。六個月之內，莫瑞就會接管這一切，坐在店內後方瞭望臺般的小辦公室。辦公室像個懸掛的鳥籠，俯瞰著下方的油氈部門。

「齊格勒」那時還稱為「齊格勒百貨公司」，幾乎跟這個鎮一樣老。原本是木造建築，一八八〇年改成了現在的樣子——三層樓高，紅磚建成，店名用有稜角的灰磚壓成的字母排成，看起來活潑時尚又有東方風情，令莫瑞不解。這間百貨已經沒在賣日用品與五金了，但還是

1 【編註】Delaney，在愛爾蘭有「黑暗的挑戰者」之意。

有男裝、女裝、童裝、乾貨、鞋靴、窗簾、家用品和家具部門。

莫瑞晃去男裝部看看這位新來的店員，結果發現她把自己圈在一排排用玻璃紙包裝的襯衫後面。芭芭拉，高壯結實，就跟莫瑞父親說過的一樣。他講到這一點時還壓低聲音，一副可惜的樣子。她厚厚的黑髮不鬈也不直，翹來翹去，彷彿她白皙寬大的額頭上戴了頂羽毛冠。她的眉毛和頭髮一樣又濃又黑，充滿光澤。莫瑞後來發現她塗了凡士林，還拔掉長得太靠近眉心的雜毛。

芭芭拉的母親曾經是一個偏遠農場的支柱，她過世後全家搬到蕭鎮。這裡當時還是瓦利的邊界，半鄉村半城鎮的吵鬧地方。芭芭拉的父親打零工，兩個哥哥則是時不時就惹上偷車和闖空門之類的禍事。後來，其中一個哥哥不見蹤影，另一個哥哥則娶了個愛管閒事的女孩，安定下來。芭芭拉找到百貨公司的工作後，就是他經常來晃晃，找藉口看妹妹。

「小心，他是個蠢人，但他很懂怎麼把東西黏到手指上。」芭芭拉警告其他店員。

知道這件事之後，莫瑞對她缺乏家庭情感的態度印象深刻。他是獨生子，沒有被慣壞，但的確是個寵兒，知道自己被許許多多的義務、禮貌和親情束縛著。他大學畢業一回家，就必須去店裡和所有員工打招呼，大部分的人他小時候就認識了。走在瓦利的大街上，他也必須和所有人寒暄、微笑，他是平易近人的百貨王國繼承人。

芭芭拉的哥哥在店裡偷東西被逮到那次，一邊口袋塞了雙襪子，另一邊口袋裝了包窗簾鉤子。

「妳覺得他拿窗簾鉤子幹麼？」莫瑞問芭芭拉。他焦慮地想開個玩笑，好表達他完全不會因為她哥哥的事嫌棄她。

「我怎麼知道？」她答道。

「他說不定需要接受一些輔導。」莫瑞說。他曾經一度想當聯合教會的牧師，修過一些社會學的課。

芭芭拉說：「他說不定需要的是絞刑。」

莫瑞就是在那時愛上她的（如果他之前沒有的話）。真是個好女孩，他心想。在一池愛爾蘭汙泥中，生出這麼一朵黑白相間的無畏百合——就像《羅娜唐恩》的女主角羅娜，只是講話聲音更粗，更有骨氣。我母親不會喜歡她的，他心想（關於這點他完全正確）。自從他失去信仰之後，他還沒這麼快樂過。（說失去信仰不太精確，那更像是走進一間密室，或是打開抽屜卻發現信仰已經乾癟，在角落化為一團灰。）

他老是說，他就是在那時下定決心要追到芭芭拉。但他什麼手段也沒用，只是一股勁地表達對她的崇拜。他還在念書的時候，抱持崇拜的傾向就很明顯，品行也好，願意和弱者當朋友。但他也夠堅強，有不少優勢，至今沒遇過什麼嚴重的打擊。小打擊他還挺得住。

自治日[2]那天，市區商店舉辦選美比賽，候選的佳麗都要坐上花車遊行。但芭芭拉拒絕了。

2【編註】Dominion Day，現稱為加拿大國慶日。

「我完全同意妳的看法，選美比賽很不尊重女性。」莫瑞說。

「是紙花啦，紙花會讓我打噴嚏。」芭芭拉說。

莫瑞和芭芭拉如今住在齊格勒度假村，距離瓦利西北方大約二十五哩。這裡的地勢崎嶇難行，農民在世紀之交時拋棄了此地，放任雜草叢生。莫瑞的父親趁機買了兩百英畝地，蓋了間簡陋小屋，稱作自己的打獵小屋。後來莫瑞的百貨經營不善，不僅丟了瓦利的整間店面，就連大宅與店面後方的小屋也沒能留下，只好帶著芭芭拉和兩個孩子來到這裡。他找到一份校車司機的工作，賺點現金花用，不開校車的其餘時間，他蓋了八間小木屋，翻新了舊的那間，一部分供給度假村的客人使用，一部分充作自宅。他自學木工，蓋磚砌瓦，接水電管線，又砍樹，築堤，清理溪床，運來砂石，蓋游泳池和人工沙灘。為了顯而易見的理由（用他的話來說），這裡由芭芭拉掌管經濟大權。

莫瑞常說他的人生故事很平常，沒什麼精采。「我曾祖父創業，我爺爺將事業經營到巔峰，我父親堅持守成，而我則壞了這一切。」

他不介意告訴別人他的故事，但也不會忽然就找個人大吐苦水。房客已經習慣看到他東忙西忙，修理碼頭，油漆小船，搬運蔬果，挖通水溝，他看起來很能幹，什麼都會，整天精神抖擻又愉快地完成每一件工作。在房客眼中，他像是轉行來經營度假村的農夫。他很有耐心、友善，也不愛打聽八卦，身材雖然沒有運動員般健美，卻也十分健壯，很適合這一行。他的臉曬得黝黑，頭髮日漸變灰，但臉龐依然帶點男孩子氣，房客都當他是個鄉下人。不過這些客人都是年年回來的熟客了，有的熟客在住房的最後一晚還會被邀請到莫瑞家的餐桌共進晚餐。（對熟客而言，能跟氣度威嚴的芭芭拉做朋友被視為很大的成就。有些人就是沒辦法。）晚餐桌上，他們就有機會聽到莫瑞的人生故事了。

莫瑞說：「我爺爺經常爬上我們瓦利那間百貨的屋頂，他爬上去撒錢，每週六下午都去，有二十五分、十分、五分鎳幣——就是五分錢硬幣，當時應該是叫鎳幣吧。很多人都來了，開墾瓦利的都是些粗漢，沒受過什麼教育，沒教養，他們還以為自己開墾的是芝加哥咧。」

過了一陣子，情形才有變化，來了貴婦、牧師，蓋了中學，小酒館退了流行，換成花園派對蔚為風潮。莫瑞的父親成為聖安德魯教會的長老，還代表保守黨參選。

「真好笑——我們那時都說『代表參選』而不是『競選』。當時的百貨公司是鎮上不可或缺的一部分，鎮民忠實的老朋友，數十年如一日。舊式的展示臺都有圓弧型的玻璃頂蓋，硬幣零錢在上方負責輸送的金屬管子裡叮叮噹噹。其實直到五〇年代，整個鎮都很有活力。榆樹也還沒死光，還會發芽，夏天的時候整個廣場上都是用舊布料搭成的棚子。」

莫瑞決定要將百貨改裝成現代風格，而且一改就是全面翻新。那是一九六五年，他將整座建築物都飾以白色灰泥，窗戶全部封上，只留下沿街一排與眼睛齊平的小窗，是當時流行的樣式，彷彿展示皇室珠寶的櫥窗。店名「齊格勒」——當時只剩這幾個字了——是以螢光粉紅色書寫的流暢字體，寫在白色灰泥的外牆上。他淘汰了高度及腰的櫃檯，上過清漆的地板全部鋪上地毯，燈光改成間接照明，也裝了許多鏡子。樓梯頂上裝了一面大天窗（後來因為漏水必須維修，在裝修後第二年冬天前，就整個拿掉了）。室內植栽、小水池，女廁裡還有個類似噴泉的東西。

真是瘋了。

整修同時，鎮上南邊開了一間購物中心。難道莫瑞早就應該搬去那邊嗎？他已經欠了一屁股債，動彈不得。而且他也已經成了市中心的代言人，他不僅改變了齊格勒百貨的形象，他自己也變了許多，成了個熱心市政、四處忙碌的大嘴巴。他為好幾個委員會工作，也有建築委員會，他就是在那裡認識一個從羅根來的男人；他做生意，也開發地產，正在拿政府的錢整修老房子。他拆掉舊建物後會蓋新的公寓大樓，但實際上不僅施工粗糙，而且外觀難看，只會保留一小塊老地基與新大樓相連。

「啊哈——就是貪汙嘛。」莫瑞回想起這件事時說。「民眾應該要知情！我向報社投書，而且我還真的在大街上喊起來。我那時到底在想什麼啊？我以為大家都**不知道**？真是自找麻煩，最後我也如願了。我大聲嚷嚷到成為眾人的笑柄，被踢出委員會。信用掃地。他們說了算。我的百貨公司被銀行拿走，還有同一塊地上我爺爺蓋的大房子，加上我跟芭芭拉以及孩子們住的店後面的小屋。銀行動不了那兩間房子，但我把它們賣了還債，我就是想這樣做。幸好我母親在我敗光家產之前就過世了。」

莫瑞講故事的時候，芭芭拉有時會不在場，可能是去倒點咖啡，過一會兒就回來。或者她會帶他們的狗莎蒂到池塘邊散步，池塘就在白樺樹和白楊樹之間，在鐵杉低垂的遮蔭之下。莫瑞並不解釋她去哪裡，但他還是會不著痕跡地側耳傾聽她回來的聲音。任何成為他們朋友的人都必須了解，芭芭拉在交際與消失之間自有她的平衡，就像他們必須了解芭芭拉有種「什麼都不想**做**」的慵懶。當然她做得很多，她煮飯，管理度假村，不過當人們發現她讀很多書，而且又沒念過大學時，有時會建議她念個學位。

「念了要幹麼？」芭芭拉問。

原來，她不想當老師或學者，不想當圖書館員或編輯，不打算拍紀錄片，也不想寫書評或文章。芭芭拉不想做的事，列出來就跟你的手臂一樣長。很明顯地，她只想做現在正在做的事，閱讀、散步、開心地吃吃喝喝，偶爾容許一些朋友相陪。如果有人無法尊重她的個性，像是她的極度慵懶（她甚至連為三十個人料理一頓出色晚餐時，都能散發出慵懶的氣息），他們就沒辦法成為她能忍受的朋友。

莫瑞忙著翻新百貨、借貸、熱心市政的那段日子，芭芭拉都沉浸在書本裡。她本來就愛好閱讀，只是現在她把愈來愈多的時間都花在讀書上。孩子開始上學了，有時芭芭拉整天都沒踏出家門，她的座椅旁總是會有咖啡杯與一疊圖書館借來的書，厚重沾滿灰塵，像是《追憶似水年華》、《約瑟與諸兄長》，還有些沒什麼名氣的俄國作家作品，莫瑞連聽都沒聽過。芭芭拉對閱讀非常狂熱。莫瑞的母親還問過——她不擔心把圖書館的書帶進家門嗎？又不知道那些書有誰摸過。

芭芭拉讀了這麼多厚重的書，整個人也逐漸沉重起來。她不是真的肥胖，但她的體重多了

九、十公斤。她個子本來就高，這些多長的肉就平均分布在她的骨架上。她的臉型變了，多長的肉令她的輪廓柔和了起來，讓她看來更柔軟，也更年輕了。她的臉頰膨潤，嘴巴像塞在裡面，看似藏了許多祕密。她有時——其實她現在也會——露出渾然忘我的表情，像個小女孩似地。最近她讀的書都很薄，都是捷克、日本或羅馬尼亞作家的書，但她整個人還是很沉重。她依舊留著黑色長髮，只是臉龐周圍的鬢髮已白，彷彿罩上了一層面紗。

莫瑞和芭芭拉開車下山，車子由崎嶇蜿蜒的山路駛向方格狀的平坦農地。為著某個特殊的緣由，他們要去瓦利。兩週前，芭芭拉在臀部摸到一個硬塊。當時她剛從池塘游泳上岸，正在擦乾身體——那是夏天最後一波熱浪，也是她那年最後一次游泳。硬塊約莫彈珠大小，她說：「如果我沒發胖，可能會更早發現也說不定。」感覺上沒特別後悔或緊張不安。她跟莫瑞談起這個硬塊，就好像在講蛀牙，只是個必須解決的小麻煩罷了。她在瓦利的醫院動手術拿掉了硬塊，要看切片檢查的報告。

「屁股有可能長癌嗎？」她問醫生。「太丟人了！」

醫生說這硬塊可能是會轉移的惡性細胞，原發的位置在身體別處。像是一則密封的信件。這可能是個謎——惡性細胞的來源可能永遠找不到（如果事後證實真的是惡性細胞的話）。「在我們搞清楚之前，未來會怎樣還很難說。」醫生回答。

昨天醫生辦公室的櫃檯小姐打電話來，說報告結果出來了。她替芭芭拉預約這天下午的時間，到醫生在瓦利的辦公室看報告。

「就這樣？」莫瑞問。

「哪樣？」

「她打來只說這樣？」

「她只是櫃檯小姐而已，她本來就應該這樣講。」

他們開車駛過一排排玉米，玉米已經長到八、九呎高。農夫隨時可以開始收割。距離正午約莫兩、三小時了，但此時的陽光曬在玉米梗上，依然將玉米梗曬得閃著黃銅般的金色。他們駛過齊整的光影，一哩又一哩。

昨夜他們很晚睡，看了一部老片，《寂寞松林徑》。莫瑞小時候在瓦利的羅西戲院看過。他只記得女主角的弟弟巴迪被殺了，亨利．方達雕了松木棺材。

想到這裡，他開始唱：「喔，他們砍下老松，拖到磨坊。」又忽然說：「我老是覺得，那首歌是電影裡的歌。」

芭芭拉接著唱：「做一副松木棺材，給我的小甜心。」然後她說：「不要這麼神經質。」

「我哪有。」莫瑞說。「我忘記接下來怎麼唱了。」

「你不要跟我一起進候診室等，感覺很糟。你去湖邊等。我會去日落臺階那邊。」

他們開過了碧翠絲．沙維奇以前養馬的農場。她一度開了間騎術學校，但開不久。她養馬，非得以此維生不可，她堅持了很久，人也一直待在農場，大概到四、五年前才把馬全部賣掉，人大概也搬走了吧。他們並不知道她搬去哪，曾經在鎮上看過她幾次，但都沒有和她交談。以前他們開車經過農場看到馬，其中一人便會說：「不知道維克多後來怎樣了。」他們不是每次都會重複這樣的對話，大概一年一次吧，當其中一人開口，另一人便會回答「天知道」之類的話。但自從碧翠絲和馬搬離此地後，他們就懶得再重複這樣的對話了。

維克多初次來到百貨公司時，店員嚇得四散奔逃。莫瑞跟芭芭拉說，就像貓闖進了鴿群。而且說真的，莫瑞繼承的這家百貨，很多老員工還真的長得像鴿子——一群灰髮的老小姐，雖然沒結婚生子但身材壯碩，胸部豐滿。因此不難想像她們一見到維克多，雙峰間頓時警覺地浮起一層溼冷的細小汗珠。其中一名店員啪嗒啪嗒跑上樓，到莫瑞的辦公室告訴他外頭來了個外國人，沒人聽得懂他到底要買什麼。

原來他要買的是工作服。要聽懂他說什麼不難（畢竟他在英國住過幾年），讓齊格勒的店員驚慌失措的，不是維克多的波蘭口音，而是他的長相。莫瑞立刻就將維克多歸類到芭芭拉那一類人，只是維克多外型更出色，而且令人不安。莫瑞曾一邊看著芭芭拉一邊想著，這真是個不可多得的女孩。但不管怎樣她仍是個女孩，他在床上仍想要她（他們如今已結婚七年）。維克多之所以吸引他注意，是因為他就像毛色光滑又散發王侯氣質的動物——金色的帕洛米諾馬，自信果敢卻又敏感纖細，對自己引起的騷動感到靦腆。你會想主動說些什麼來緩和氣氛，卻又不失恭敬，同時撫摸馬兒發亮的頸項，如果牠願意讓你摸的話。

莫瑞說：「喔，工作服啊。」

維克多高挑清瘦，行為舉止看起來優雅有教養。兩人熟稔之後常去英國交易所大飯店的咖啡廳，那裡的女服務生有天對他說：「不好意思，我和同事們正在打賭，可以請問你多高嗎？」

「一百九十五公分。」維克多回答。

「才一百九十五公分？我們還以為你兩百多公分呢。」

他的皮膚是淡淡的橄欖色，深金髮色，雙眼是晶亮的藍。他的眼睛有點外凸，眼皮則從未完全睜開過。一口大牙沾了黃斑，和他的手指一樣，都是尼古丁的痕跡。他始終菸不離手。他一頭霧水打量著齊格勒店裡的工裝褲時，也正在吸菸。這些工作服的褲腿都太短了。

他說他和妻子都是英國人，在鎮的邊界買了座農場。莫瑞想在沒有人的地方跟他說話，免得有店員在一旁興奮地晃來晃去，所以帶他沿街走到英國交易所大飯店。維克多說的農場他知道，他覺得那地方不怎麼樣。但維克多說他們不打算務農，而是打算養馬，經營騎術學校。維克多問了莫瑞的看法，做這個能成嗎？這邊有錢人家的女孩夠多嗎？「我覺得如果要開騎術學校，學生一定得是有錢人家的女孩，她們才是騎馬的人。」

「你可以在市區的報上登廣告，她們夏天就有可能來學。」莫瑞說。

「當然，夏令營。騎術夏令營。這邊和美國的小孩都會去夏令營，不是嗎？」

維克多對這個想法感到很開心。他初來乍到，這裡一切都令他感到怪異，但也都可接受。冬天——真的從十月到五月都結霜嗎？雪真的會積到窗臺那麼高？沒煮開的井水可以喝嗎？會不會得傷寒？砍哪種柴來燒最能取暖？

事後，莫瑞記不得頭一天維克多問了哪些問題，或者實際的問題和一般的、私人的問題，是否有明確的界線。他覺得沒有——維克多的問題都混在一起。他只要有疑惑，就會開口。那些建築是什麼時候蓋的？人們主要信仰的宗教是什麼？信得很虔誠嗎？那個看起來像大人物的是誰？那個愁眉苦臉的女人呢？這邊的人都從事什麼行業？這邊有人喜歡煽動鼓譟嗎？思想開放的人？富豪？共產黨員？這邊的犯罪都是哪種類型？上一次謀殺案是什麼時候？婚外情的人數是不是多到了一個程度？莫瑞打高爾夫嗎？有遊艇嗎？員工會尊稱他為「先生」嗎？（不怎麼打。沒有。不會。）不管莫瑞回答什麼，維克多湛藍的雙眼裡都閃著愉悅的光芒。他把長腿伸出咖啡廳的卡座，雙手交疊放在後腦杓。他盡情地享受這段時光，品味這一切。很快莫瑞就講到他爺爺在屋頂上灑錢的事，還有他父親的深色套裝和背面整片絲緞的背心，以及他想當牧師的念頭。

「但你沒當成？」

「我就是不信了。」莫瑞老是覺得，講到這時他必須咧嘴笑一下。「那真是——」

「我知道。」

維克多去百貨公司找莫瑞時，不會問店員他是否有空見客，便逕自走上通往莫瑞那小鳥籠般辦公室的斜坡。坡道兩旁有緞鐵欄杆，大概和莫瑞一樣高——一百七十五公分吧。維克多試圖不要引人注意，但他一來便理所當然地驚動了整間百貨，引起眾人注意，有人疑惑，也有人興奮不已。莫瑞通常都會知道他何時來，但他假裝不知道。而維克多來的時候，會把他那顆閃閃發亮的頭靠在牆上，正好卡在兩支雕飾尖柱之間，想給莫瑞一個驚喜。他被自己的傻樣逗笑了。

莫瑞感到受寵若驚，到了難以用語言表達的程度。

當然，維克多也有自己的故事。他比莫瑞大十歲，大戰開打時他十九歲，在華沙讀書。他上過飛行課，但沒拿到飛行員執照。儘管如此，他還是跑去波蘭空軍停放飛機的臨時簡易機場——德軍入侵波蘭那天早晨，他跟朋友鬧著玩跑進去的。他們惡作劇般地將幾架飛機開上天，一路飛往瑞典。在那之後，他回到英國，加入了隸屬英國皇家空軍的波蘭空軍。他出過幾次任務，結果在飛經法國上空時遭擊落。他跳傘逃生，藏身在樹林間，吃田裡的生馬鈴薯；後來在法國地下反抗軍的援助下逃往西班牙邊界，終於返回英國。讓他萬分沮喪的是他被永久禁止飛行，因為他知道太多了。如果他再次被擊落、俘虜、審問，那可就危險了，他知道太多內情。

他萬分沮喪，又閒不下來，人人都覺得他是個麻煩，只好派給他一個任務——或多或少算是祕密任務吧，他被派往土耳其，擔任情報網中的一員，幫助經由巴爾幹半島逃亡的人。主要是波蘭人，還有些其他地方的人。

維克多在大戰中出生入死時，莫瑞和朋友在學校做模型飛機，在腳踏車庫裡做了個駕駛艙，假裝要去轟炸德國。

「可是你真的相信他講的那些？」芭芭拉問。

「他們真的在被德國人抓到前，開了波蘭的飛機去瑞典，而且真的有人在飛過法國上空時被擊落逃生啊。」莫瑞固執地說。

「你真的認為像維克多這麼顯眼的人能逃得過？這麼顯眼的人會被派去出祕密任務？要執行祕密任務的人必須長得像亞歷·間尼斯[3]才行吧。」

「可能就是他太醒目所以才無害啊。」莫瑞回嘴。「說不定就是因為，他看起來絕對不會被指派去執行祕密任務，所以沒人會懷疑他。」

或許這是第一次，莫瑞感覺芭芭拉的憤世嫉俗很惱人，這種完全不假思索的態度，就像她有某種怪癖，不自覺的反射動作。

兩人的這段談話，是在維克多和碧翠絲過來晚餐之後的事情。莫瑞對於維克多和芭芭拉要見面這件事很焦慮。他想介紹雙方認識，幾乎是想向維克多炫耀芭芭拉，又要向芭芭拉炫耀維克多。但是，當機會來臨，他們全都表現不佳，每個人看起來一臉冷淡，興趣缺缺，緊張兮兮，說話帶刺。

晚餐派對在五月底，那天怪異地冷，雨下個不停。他們的孩子（五歲的費莉西蒂和三歲的亞當）在屋裡玩了一天，擋著芭芭拉做事，弄亂她打掃好的客廳，到了睡覺時間還精力旺盛，不願意乖乖躺下。那個季節天黑得晚，早早送孩子上床一點幫助也沒有。孩子們輪流來要水喝，喊胃痛，抱怨上週有隻狗差點咬了費莉西蒂。最後一擊是亞當上半身只穿著睡衣，下半身什麼也沒穿地衝進客廳，大喊：「我要餅餅！我要餅餅！」「餅餅」是嬰兒牙牙學語時說的，意思是「餅乾」。這個詞亞當現在已經不用了，很可能是費莉西蒂教他講的，搞不好還在姊姊的指示下排練過。莫瑞迅速地一把將他抱起，走進兒童房，順便打了一下他沒穿褲子的小屁股，接著也連帶打了費莉西蒂一下，才搓著雙手走回客廳。他討厭熱中管教孩子、執行家規的家長，卻不得不扮演這個角色。兒童臥房的門關著，卻掩不住孩子們拉長又報復意味深厚的哭號。

客人來訪後，每件事都不對勁。莫瑞開門時就熱情洋溢地吟起詩來：「栗樹落花如火炬燃燒，山楂落花在風中遠揚！」他想應著當下的季節景色和詩，以為碧翠絲會欣賞英國詩。維克多笑得心不在焉，問：「什麼？你說什麼？」碧翠絲回答：「是首詩。」語氣就像有人問：「那跑過路上的是什麼？」而她答道：「土撥鼠。」

那晚，維克多沒有表現他的樂天與幽默。他睜著大大的藍眼，露齒而笑，但笑聲聽起來很勉為其難，活力全失，就連他的皮膚也黯淡無光，油灰煩膩。他看起來就像莫瑞記憶裡童話故事的王子雕像，王子有珠寶做成的眼睛，被摘下來賣了救濟貧民。故事結局，王子全身上下當作皮膚的金葉子也為了同樣的理由被剝光了。王子瞎了之後，有隻小燕子來幫他，當他唯一的朋友。

整間房子都是料理的味道。芭芭拉做了烤豬肉，她還照著新食譜做了馬鈴薯，將馬鈴薯切片並擺上塗抹奶油的烤盤，再送進烤箱。莫瑞覺得太油了，而且有點生。其他蔬菜則煮得太

3【編註】Alec Guinness（1914-2000），英國演員，曾以《桂河大橋》獲得奧斯卡最佳男主角。

久，因為孩子們一直在廚房裡，惹得芭芭拉分心，她被孩子們搞得精疲力盡。飯後甜點胡桃派太甜了，派皮也太焦。碧翠絲甚至連一口都沒吃，她也沒把自己盤子裡的馬鈴薯吃完。亞當衝進客廳突擊他們時，她一點也沒笑。說不定她認為小孩就是該好好管教，像馬一樣嚴謹地排成一列。

莫瑞回想起他認識的愛馬女子，還真找不出一個他喜歡的。她們都心胸狹隘，有正義感但缺乏幽默，而且通常都長得不好看。碧翠絲的膚色像是玫瑰，但更接近生肉般的粉紅。她的髮色黯淡泛灰，毫無造型可言。她沒搽口紅——這在當時算是怪僻。可能是為了表達她的虔誠信仰，或者表示她認為自在就好，對打扮不屑一顧。她穿著蘑菇色的洋裝，腰帶鬆鬆地繫著，明明白白地宣告她對這頓晚餐沒什麼期待，也不想為此妥協，費心打扮。

芭芭拉則就不同了，她穿著黃橘銅三色的亮面棉裙，腰間繫緊了黑腰帶，低領黑襯衫，還戴了俗麗的大圓圈耳環。芭芭拉有一點，莫瑞始終不懂，也很不好意思（有些事他不懂但很為她驕傲），就是芭芭拉對這些又俗麗又招搖的服飾的品味。像是低領口的衣服，緊繃的寬版腰帶，緊身七分褲等等。她會去瓦利街上展現她的好身材，對那個時代的風格來說太張揚了——或是那個時代的其中一種風格吧，她不走奧黛麗・赫本風，而是蒂娜・路易斯風。莫瑞對此感到尷尬、困窘，心裡百般糾結，難以啟齒。他覺得她做的事，與她的嚴肅性格、冷漠超然的態度、尖酸苛薄的說話方式，一點也不搭配。莫瑞的母親可能早就預料過，她會做出這種事。（「我確定她是個好女孩，但我不確定她是否受過什麼良好教育。」他母親說過這樣的話。而莫瑞也清楚，她指的不是芭芭拉讀過的書或在校成績。）更令人煩惱的是，她的行為舉止和她對性事的態度一點也不協調。至少和莫瑞過去認識的她不同——他必須假設自己在這方面無所不知。她在這方面不是真的很熱情，有時他覺得她假裝比實際上更熱情。他看到這種衣服就會想到這一點，而這也是他不能對她開口的原因。這些衣服總給人一種不可靠的感覺，太大膽，太超過。他願意見到芭芭拉各種不好相處的特質，或許像是她很嚴厲，待人不寬厚，強硬不妥協——但絕不是讓她出醜或看起來可憐的樣子。

餐桌中央擺了一束紫丁香，擋住上菜的空間，花瓣亂七八糟地散落桌巾上。莫瑞看著那束花，愈看愈覺得討厭，最後他說（以一個好丈夫的姿態說出的厭倦語氣）：「芭芭拉——我們桌上一定要擺花嗎？這些花擋在中間，害我們沒辦法好好說話。」

但那一刻其實沒人交談。

芭芭拉傾身向前，露出乳溝，一副無所謂的模樣。她一言不發抽走那束花，好幾片花瓣就這麼掉落在餐桌和肉盤上。她的一只耳環也掉進蘋果醬裡。

他們本來應該要笑的，卻沒有人笑。芭芭拉陰沉地掃了莫瑞一眼，莫瑞以為客人們也許會跟著起身，也許會拋下沒人想吃的食物和不投機的對話，離開餐桌。他們也許會趁機告辭。

維克多用湯匙從蘋果醬裡撈出耳環，用自己的餐巾擦拭乾淨，向芭芭拉微微欠身，將耳環放在她的盤子旁邊。他說：「妳令我想起某本書的女主角，我一直在想那是誰。」

芭芭拉將耳環重新戴好。碧翠絲的眼神則越過（或者說穿過）她丈夫的頭，看著雅緻但不貴的壁紙——象牙白的底色，上面有奶油色的圓形雕飾；莫瑞的母親為園丁的小屋挑的。

「答案是卡捷琳娜・伊萬諾芙娜・維爾諾夫策娃[4]。」維克多說。「她是那個未婚妻——」

「我知道她是誰。」芭芭拉答道。「我覺得她是個討人厭的。」

她忽然閉口不說了，莫瑞心知那是什麼意思，她本來要說：「討人厭的爛貨。」

「都是碧翠絲啦。」莫瑞幫芭芭拉洗碗時說。他已經為了紫丁香的事道歉，他說都是碧翠絲讓他緊張，毀了整頓晚餐：「維克多在她身邊很不自在。他在她身邊就縮頭藏尾的。」他覺得碧翠絲天生就是個剋夫的女人。她突出的骨架，她微溼的裙子。

「我不覺得他們有影響到我。」芭芭拉說。就是那晚，他們聊到醒目的人與祕密任務。那晚最後他們喝了點酒，笑談亞當與費莉西蒂做的事。

維克多變得通常在晚上來訪，很明顯那頓失敗的晚餐對他而言，並沒有造成這段友誼的嫌隙或阻礙。事實上反而讓他更自在了。現在他能談談自己的婚姻，不是抱怨也不是解釋，就是說說「碧翠絲她想……」或「碧翠絲認為……」而他也相信他們能理解。

過一陣子他的話匣子就開了。

「我還沒蓋好給馬住的穀倉，碧翠絲很不耐煩，但我得先解決排水問題吧！穀倉的磚瓦也還沒送到。總之農場的氣氛不太好，但今年夏天很美好，我在這過得很開心。」

最後他終於說：「錢都是碧翠絲在管，你們知道嗎？所以她有義務打給裝管線的人吧！不對——難道我搞錯了？」這跟莫瑞最初猜測的一樣。

「他是為了錢才娶她的，現在他得聽她的話工作了吧。不過他倒是有時間來閒聊嘛。」芭芭拉說。

「他又不能從早到晚都在工作。他白天都不來喝咖啡了。」莫瑞答道。

這就是他們談論維克多的方式——芭芭拉嘲諷，莫瑞護航，已然成為一種遊戲。看到芭芭拉沒有將維克多視為不受歡迎的客人，莫瑞很放心。維克多傍晚來訪，她也沒有綳著一張臉。

他通常在莫瑞割完草，收好割草機的時候來，或是在他忙著收拾小孩丟滿地的玩具，把小孩玩的水池排乾，把他母親草坪上的灑水器移開的時候（他的母親一如往常，夏天會花點時間到奧卡納根湖的山谷避暑）。維克多會試著一起幫忙處理這些家務事，像個全神貫注又溫和的機器人。做完之後，他們會搬兩張木製的戶外躺椅，到草坪中間坐下。他們可以聽見芭芭拉在廚房忙碌的聲音，她不開燈，她說，燈會照得她很熱。她忙完會沖個澡，光著腿，赤腳來到草坪，長髮還是溼的，飄著檸檬香皂的氣味。莫瑞會進屋去弄三杯飲料，琴湯尼加點冰塊和萊姆。他經常忘記芭芭拉沒有把萊姆放在冰箱，所以會大喊「萊姆在哪裡？」或「妳是不是忘記買萊姆？」維克

---

4 【編註】《卡拉馬助夫兄弟們》的女性人物之一，外表亮眼，性格鮮明。

多則會空出他的躺椅，直接伸展四肢躺在草地上，嘴裡刁著的香菸在逐漸暗下的夜色中亮著。他們抬頭望向天空，試著找到人造衛星——這在當時少見又新奇。他們能聽見灑水器的聲音，有時還有遠處傳來的尖叫、警車的警笛、笑聲。那是從沿街敞開的窗戶和紗門中傳來的，電視節目的聲音。偶爾會有關上紗門的聲響，人們暫時不看電視節目，對著後院吵鬧、喊叫。後院同樣也有人坐著小酌，仰望夜空，就像他們一樣。這就是尋常人家的生活，清晰可聞，卻又彼此無涉。飄浮在屋前山毛櫸和楓樹的枝椏交錯的樹蔭下，或在屋後的空地。就好像人們待在同一個房間，彼此談笑，在睡夢的邊緣飄浮。冰塊在杯中輕輕碰撞的聲音，雖然看不見，卻令人沉思、舒心。

有時他們三人會玩一種遊戲，芭芭拉發明的，或是不知從哪裡改編的。遊戲叫「柳橙與蘋果」，全家駕車出遊時，她會玩這個讓小孩不要吵鬧。這是個選擇遊戲，可以很簡單，也可以很難。你可以從「花生醬還是燕麥粥」開始，到「花生醬還是蘋果醬」，這比較難。真正困難的在於，兩個選項你要不是都很喜歡，就是都很討厭，或是兩個根本不能比較的東西。根本不可能贏。這遊戲好玩的地方就是想出很折磨人的選項，或是享受被折磨的感覺。當有人終於受不了地大喊：「我放棄。我受不了了。這太蠢了。我不要再想了！」

你比較想吃新鮮的玉米，還是自家製的草莓冰淇淋？

你比較想要在酷熱的天氣裡一頭跳進冰冷的湖水，還是在暴風雪中穿越沼澤後，走進正在烤麵包的溫暖廚房？

你偏好和赫魯雪夫夫人做愛，還是和艾森豪夫人做愛？

你寧願吃一片冷掉的肥豬肉，還是在同濟會午宴上聽人演講？

農場愈來愈糟，井水不能喝了，馬鈴薯染上凋萎病，頂端都枯掉了。五花八門的昆蟲入侵房子，排水溝也還沒蓋好。但這些與人的惡意比起來都不算什麼。一天晚上，芭芭拉還沒加入他們之前，維克多告訴莫瑞：「我再也沒辦法在農場吃飯了，以後每餐都必須到咖啡館吃。」

「情況有這麼糟？」莫瑞問道。

「不是，不是。一直都很糟，但我現在發現的事是最恐怖的。」是毒藥。維克多說他找到一瓶氫氰酸，他不知道碧翠絲保存這東西多久了，但他認為不會太久。農場裡用不到這個東西，他只能想到一個用途。

「肯定不是。她不會做這種事，她又沒瘋。她不是會下毒的那種人。」莫瑞答道。

「但你又不知道。你又不知道她是哪種人，也不知道她可能會做出什麼事。你覺得她不會下毒，但她可是英國人。英國一堆謀殺啊，還經常發生在男女之間、夫妻之間。我沒辦法在她的房子裡吃飯了，甚至連睡覺都不知道安不安全。昨晚我在她身旁醒來，她睡著時全身冷得跟蛇一樣。我下床後去另一個房間打地鋪。」

莫瑞想起有間給管理員住的小屋，空著很多年了，在後頭的店面三樓。

他說：「嗯，如果你真的這樣想，如果你真的想搬出來……」後來，維克多懷著驚訝、如釋重負與感激接受了這個提議。莫瑞說：「芭芭拉會幫你把房間打掃乾淨。」

那時他根本沒想到，他自己，或是維克多，都可以把骯髒的房間打掃乾淨。芭芭拉自己也沒想到，雖然她對下毒一事非常懷疑，但她隔天就把房間清理乾淨，鋪好床單，放了毛巾，準備了鍋碗瓢盆。「他死了對她有什麼好處？」

維克多很快就找到工作，負責在夜間守衛鹽礦坑的地面機械。他喜歡在夜晚工作，他沒辦法再用車了，於是他半夜走路去上班，早晨再走回公寓。如果莫瑞早上八點半前就到店裡，會聽見維克多爬上後面樓梯的聲音。不知道他睡得好不好？白天太陽熾亮，房間又小，屋頂又平。

「我睡得很香。我煮飯，吃飯，然後睡覺，很自在。很久沒這麼和平啦。」維克多說。

某天，下午還不到傍晚時刻，莫瑞意外地提早到家了。

有幾個字，忽然就在他腦海中成形，都是很老套但很灰暗的想法。**有一天，我忽然在不該回家的時間進了家門**……有哪個男人在不該返家的時間回家，卻發現意外的美妙驚喜？

他在不該回家的時間回家後發現——不是一起躺在床上的維克多和芭芭拉；維克多不在屋內——屋裡根本沒人。他也不在院子裡。院子裡的是亞當，在塑膠泳池裡嘩啦啦地潑水玩。芭芭拉在泳池邊不遠處，躺在褪色的被單上。那條被單是他們家去湖濱玩時用的，上頭還沾了防曬油的汙漬。她穿著露背黑色泳衣，很像束腹，幾年就會退流行的那種款式。這件泳衣下擺在大腿的地方收尾，將腰、腹、臀的部位收窄，集中托高胸部，讓雙峰像保麗龍那麼堅挺。她的手臂、雙腿、胸部和肩膀在陽光下看起來格外白皙，只是進屋後就會像曬過的棕褐色。她身旁擺著一本攤開的書，但她沒在看，她仰躺著，雙手放在身旁兩側。紗門後的莫瑞正要開口叫她，卻沒能出聲。

為什麼不叫她？他看見她抬起一隻手遮住眼睛，接著抬起臀部，輕輕地變換姿勢。這個動作看上去十分自然、隨意，就像人的身體在無意識間調整姿勢。那為什麼莫瑞覺得這不是無意的？有一點猶疑、蓄意，一種自覺，那肉體輕微的隆起與下降令他明白（他畢竟很清楚她的身體），這女人不是獨自一人。至少在她腦海中，她不是獨自一人。

莫瑞移到水槽邊的窗戶，從後巷看不到他家後院，店後面是送貨的車道，旁邊有一排高大的西洋杉圍籬。不過，從公寓三樓的窗口有可能看得見後院——就是芭芭拉躺著的那一塊地方。芭芭拉沒在公寓裡掛窗簾，而莫瑞就這樣看見維克多坐在那扇窗邊，維克多搬了張椅子到窗前，這樣他就能愜意地坐在那邊欣賞景色。他臉上有種怪異的神情，彷彿戴了防毒面具。

莫瑞回到臥房，拿出新買的雙筒望遠鏡（本來是為了去鄉間散步和教孩子認識鳥類買的），輕手輕腳地穿過屋子。在外頭玩水的亞當弄出很大的聲音。

當他透過望遠鏡看見維克多時，他看見了很像自己的臉——那張臉同樣也藏在望遠鏡後面。原來維克多也有望遠鏡，他透過望遠鏡正在看芭芭拉。

維克多似乎沒穿衣服（至少他看得見的部分是赤裸的）。燠熱的小房間內，維克多坐在直背椅上。莫瑞可以感受到那房裡的熱度與汗意，被汗水弄得滑溜的硬椅墊，男人強而有力但控制得宜、集中專注的興奮。他又看著芭芭拉，感受到她在任人侵犯的同時，身體表面散發出的光澤，匯聚在肌膚上的能量。她不是平躺著，在那小小的翻身與顫動之間，陣陣漣漪在她身上漾開來。騷亂，攪動，變換姿勢，讓莫瑞不忍卒睹。光天化日之下，在她自己的孩子面前，在自家後院，她躺在草地上誘惑維克多，答允他——喔不，她已經主動迎上前了，兩人共唱一齣精采絕倫的雙簧。既淫穢，又迷人，又令人無法忍受。

莫瑞可以看見自己——一個拿著望遠鏡的男人，看著另一個男人用望遠鏡看一個女人。電影裡的場景。一齣喜劇。

他不知道該去哪，他不能走進後院阻止這一切，也不能明知道店樓上正在弄什麼鬼，卻還是走回店裡。他離開房子，走向他母親的車庫，開車出門。現在他可以在剛才那串字上加上一些新的字了：**有一天，我忽然在不該回家的時間進了家門。我明白我的人生已經走樣了**。

但他還是不懂。他說，我的人生已經走樣了，有人改變了我的人生，但我還是一點也不明白。

他繞著瓦利的後街開了一陣，開過鐵道，一路駛向鄉間。一切看似如常，卻怎麼看都像是可恨的複製物。他敞開車窗試著讓微風吹入車內，但他開得太慢了，所以根本沒什麼風。他開出了市區，不必遵守速限，但車速依然在速限之內。一輛卡車駛過他身邊時對他按了下喇叭，就在磚廠前面，卡車的喇叭聲和磚塊上炫目的陽光一下子全擊中了他，猛然撞擊他的頭，他彷彿宿醉一般嗚咽了起來。

日復一日，災禍環伺的日子即便有歡騰的時刻，感覺也像在槍口之下。他感到自己的房子透明了，他的生活也透明了——雖然屹立著——他自己則是陌生人了，躡手躡腳，心懷惡意地觀察著一切。還有什麼難堪事要攤在他眼前？晚餐時他女兒說：「媽咪，為什麼今年夏天我們都不去湖邊？」很難相信她什麼都不知道。

「妳有去呀。」芭芭拉說。「妳有和海瑟的媽媽一起去。」

「可是為什麼妳跟我還有亞當沒去？」

「亞當跟我喜歡待在家裡。」芭芭拉的語氣聽起來相當有把握，語調卻很溫婉。「我覺得和那群媽媽聊天很煩。」

「妳不喜歡海瑟的媽媽嗎？」

「當然喜歡。」

「妳才不喜歡。」

「我喜歡她們，我只是懶得，費莉西蒂，我不愛交際。」

「妳根本不喜歡她們。」費莉西蒂滿意地說。她離開餐桌。彷彿為了讓莫瑞高興似地，芭芭拉開始描述那群媽媽去湖畔時的全套裝備：折疊椅、陽傘、充氣玩具、充氣軟墊、毛巾和換洗衣物、乳液、防曬油、消毒液、OK繃、遮陽帽、檸檬水、酷愛牌調味果汁、自製冰棒和健康食品等等。「這樣才能讓那些小野獸別吵著要吃薯條。」芭芭拉說。「除非有小孩跑進湖裡，否則她們才不會看湖水一眼。她們都在聊小孩的氣喘或去哪裡買最便宜的T恤。」

維克多還是會在傍晚來訪，他們仍然坐在後院喝琴酒。現在三人玩遊戲、不著邊際亂聊時，維克多和芭芭拉都會讓莫瑞主導，報以讚賞的笑聲，若他說了任何一個笑話，或是看到流星，他倆都會讚賞叫好。莫瑞經常讓他倆單獨待在一起。他進廚房去拿多一點琴酒或冰塊，或者假意聽見有孩子在哭，進屋看看情況。他想像維克多修長的光腳溜出涼鞋，輕輕擦過、揉捏芭芭拉主動伸出的小腿肚、伸長的大腿。他們的雙手在能觸及彼此身體的任何部位游移，雖然很冒險，但唇舌也可能交纏在一起。然而當他故意大聲走回後院時，他們總會謹慎地分開，談論一些普通到很刻意的話題。

維克多必須比平常還要早離開，去鹽礦上班。「回去鹽礦囉。」他會這麼說——很多本地人都會說這句玩笑話[5]，但現在情形剛好和字面上的意思一模一樣。

維克多離開後，莫瑞會和芭芭拉做愛，他從來沒對她這麼粗暴過，也沒這麼恣意妄為過，帶有一種絕望和墮落感。這是毀滅吧，他想。他腦海中出現了另一句話：**這是愛的毀滅**。完事後他很快就睡著了，醒來後他又再度占有她。她全然地順從、被動，然後在早餐時和莫瑞吻別，帶著一種奇異、嶄新、閃耀的同情。每天太陽如常照耀，尤其在早晨，陽光刺痛他的眼睛。他們傍晚喝得更多了——現在要喝三或四杯，以前是兩杯——莫瑞也在調酒裡加了更多琴酒。

每天下午總有個時刻，莫瑞覺得再也無法待在店裡了，他就會開車去鄉間晃晃。他駛過內陸的幾個小鎮——羅根、喀斯塔、達比丘。有時他開到獵場那麼遠；小時候獵場為他父親所有，現在屬於他了。他會在這裡停車，下車散步，或是坐在小屋的臺階上。小屋荒廢許久，入口被木板封住了。有時他竟感覺，在煩惱憂愁裡亦有一種痛苦的歡欣。有人將他洗劫一空，將他從生活中徹底解放了出來。

每年夏天，他們都會去採黑莓，那年夏天也不例外。全家人找了個週日，沿著鄉間小路採黑莓。莫瑞、芭芭拉、亞當和費莉西蒂採了一大堆，回家路上還在農夫的路邊小攤買了甜玉米。芭芭拉會做一年一度才有的晚餐，菜色是第一批收成的新鮮玉米配第一批新鮮黑莓派。今年，他們還在採黑莓時就變天了；買玉米時，農夫的妻子正忙著關上小攤子的遮篷，把沒賣出去的作物搬上卡車後車廂。他們是她的最後一批客人。雲層轉黑，他們已經許久未吹過這樣的冷風，強風刮起樹枝，扯下乾枯的葉片。剛開始只有幾滴雨大力拍在擋風玻璃上，但當他們抵達瓦利時，非得穿過整座成形的暴風雨不可。屋裡很冷，莫瑞打開暖氣爐。隨著第一波熱氣蒸騰，地下室的氣味也在整間屋裡擴散——被遺忘的洞穴的氣味，有樹根、泥土、潮溼的混凝土。

莫瑞冒雨出去收回灑水器和塑膠泳池，把草坪椅胡亂往屋簷下一塞。

「夏天結束了嗎？」他一邊問芭芭拉，一邊甩掉頭上的雨水。

孩子們在看迪士尼，煮玉米的熱氣使窗玻璃蒙上一層霧氣。他們吃了晚餐，莫瑞哄孩子上床

5 【編註】曾暗指俄羅斯將囚犯送往西伯利亞鹽礦工作。

的時候，芭芭拉負責洗碗。當他關上兒童房的門，走進廚房，他發現芭芭拉坐在幾乎全黑的廚房，在餐桌邊喝著咖啡。她身上是去年冬天的毛衣。

「維克多怎麼樣？」莫瑞問道。他打開燈。「妳在他房間裡有放毯子嗎？」

「沒。」芭芭拉回答。

「那他今晚會很冷，那棟房子裡沒暖氣。」

「他會冷的話可以自己來拿毯子。」芭芭拉說。

「他才不會來拿。」莫瑞回道。

「幹麼不來？」

「他就是不會來。」

莫瑞去走廊上的壁櫥找了兩床厚毯子，帶回廚房。

「妳不覺得妳最好把這些帶過去？」他將毯子放在她面前的桌上。

「怎麼不是你去？」芭芭拉問。「你又知道他在了？」

莫瑞走到水槽邊的窗戶看了看。「他的燈是亮的。他在。」

芭芭拉僵硬地起身，打了個冷顫，好像她一直都抱著自己抱得太緊，現在才感到一陣寒冷。

「妳穿那件毛衣夠嗎？要穿外套嗎？妳要不要先梳個頭？」莫瑞問。

她走進臥室，出來時穿著她的白色緞子襯衫和黑長褲。她梳了頭髮，微微塗了點新脣膏。與她曬黑的臉一比，她的脣白得要命。

莫瑞問：「不穿外套？」

「我很快回來，不會感冒。」

他把毯子掛在她手臂上，為她開門。

「今天是禮拜天。門會鎖起來。」她說。

「喔對。」莫瑞說。從廚房掛鉤上拿下備用鑰匙。他向她確認她知道哪支鑰匙可以開那棟房子的側門。

他望著她白襯衫的微光消失，接著快步走過屋子，大力呼吸。他在臥房停下，撿起她剛脫下的衣物。牛仔褲、襯衫、毛衣。他拿起衣物湊往自己的臉，嗅聞著。他想，這就像遊戲吧。他想看她是否連內褲都換了。他把牛仔褲拿起來抖了抖，沒看見內褲。他看了看衣物籃，也沒看到。她有可能狡猾到把內褲藏在孩子們的東西底下嗎？現在狡猾又有什麼用？

她的牛仔褲有穿過一陣子還沒洗的味道——不只是體味，還有勞動過後的氣味。他可以聞到洗衣粉，以及沉積已久的食物氣味。褲子上還有她今晚做派皮時隨手擦在上面的麵粉。襯衫上則有肥皂味、汗味，說不定還有菸味。是菸味嗎——香菸？他不確定是不是菸味，於是又聞了一次。他想起他母親說過，芭芭拉不是很有教養。他母親的衣物絕對不會沾上這些身體與生活的氣味。她那句話可能是指芭芭拉沒有教養，但也可能是指她很放蕩？放蕩的女人。當他聽見人們這麼說，他腦海中總是浮現沒扣釦子的襯衫，一件件衣服滑落身體，暗示著這具身體的慾望，隨時對任何人開放。現在他認為這詞只是代表不受約束。不受約束的女人，沒定性，不可信，隨時都可能離開。她離開自己的原生家庭，徹底離開她的家人。他應該早就明白她會怎麼離開他了不是嗎？

他怎麼會始終不明白呢？

他早就明白一定會有出乎意料的事。

他走回廚房（應該說是踉踉蹌蹌走進去），給自己倒了半杯琴酒，不加通寧水也不加冰塊。他想到更不堪的事，他母親放下心上的一塊大石頭，展開快樂的新生活。她可以把孩子接過去照顧，他和孩子可以搬去他母親那裡住。或者孩子可以搬過去，他留在這裡，喝他的琴酒。芭芭拉和維克多可能會來看他，仍舊是朋友。他們可能會成家——邀請他傍晚過去坐坐，而他也可能會去。

才不會。他們才不會想起他。他們連想起他也不會，而是會遠走高飛。

莫瑞還小的時候很少打架。他滿有交際手腕的，也很有幽默感。但某天他還是與人起了衝突，被打趴在瓦利學校操場上，大概昏倒了半分鐘。他恍恍惚惚地仰躺著，看見上方樹枝上的葉片變成鳥——黑色，然後是白色的陽光穿過葉隙，葉子在風中微微擺動。他被打進了一個自在的微風吹拂的空間，在那裡每個形狀都明亮且變幻不定，而他亦然。他躺在那裡想著：**這種事終於輪到我頭上了**。

從湖濱到崖頂上的公園，要爬七十八級階梯，這段路程被稱作「日落臺階」。階梯旁有個路牌，從六月初到九月底，天天都會告知遊客日落的時間。路牌上寫「可以看兩次日落」，還畫著箭頭指向臺階。路牌的意思是，如果你跑得很快，從階梯底跑到頂端，就能看見夕陽的弧線落進地平線兩次。遊客都以為，這個連看兩次日落的構想、告知日落時間，是瓦利的古老傳統。其實不過是當地商會想出來的妙點子。

湖畔步道是新的，公園裡復古風的戶外音樂臺也是新的。這裡之前從未蓋過戶外音樂臺，遊客都很滿意這些刻意營造的新設施——莫瑞不怎麼反對。他自己就從事觀光業，而且現在連當地人都很滿意。六〇年代的夏天，莫瑞花了很多時間在鄉間四處開車繞繞，每一樣東西看起來都被連根拔起，清除殆盡，不然就是放著發爛，棄如敝屣。新的機械破壞了農田的規畫，為了拓寬道路，樹被砍倒，鄉間的商店、學校和房屋都荒廢了。所有人似乎都嚮往著停車場、購物中心、柔順平滑的郊區草坪。莫瑞必須接受自己跟不上時代的事實，彷彿這些事物只是偶然出現、曇花一現的最後的東西了。

面對著這樣的時代，無疑地出現了破舊立新的狂潮，幾個月之後，他自己也加入了這個行列。

然而現在看來，潮流又轉回了莫瑞的老派思想這一端。人們開始整修老宅，新蓋的房子也要加蓋復古風的遮篷門廊。幾乎人人都喜歡高聳遮蔭的大樹、小雜貨店、抽水幫浦、穀倉、鞦韆，零零星星的小角落。但莫瑞自己不是很喜歡，也沒能在這些復古裡頭找到多少慰藉。

當他走過湖畔步道的盡頭，到湖濱那一排茂密的雪松那邊去，他坐在一塊巨石上。起初他發覺這是一塊美麗又怪異的大石頭，上頭有條線橫過，好像被對角切割過似地。但石頭的兩半卻又再次合起，不太密就是了——花紋不太整齊。他懂一點地質學，知道這條線是斷層造成的，因此這塊大石一定是距此一百哩外的前寒武紀地盾的產物。這是在上個冰河期之前就成型的岩石，遠比它現在坐落的這片湖岸還要古老。細看這塊岩石的皺褶和裂痕，上面的岩層在波浪的拍打下漸漸硬化，像一層又一層的奶油。

他不再研究這塊岩石了，只是坐著，看著湖水，一條藍綠色的線橫過地平線，如此精緻，彷彿用藍綠色墨水畫過。接著一直延伸到防波堤前，都是清澈的亮藍色。往岸邊看，漸層的綠色和銀色的波浪拍打著湖岸。法國人把這座湖稱為「甜蜜的海」。不過，湖水當然會隨著時間改變，隨著風和湖底被攪上來的髒東西，顏色可能變得醜陋難看。

人們會坐在這裡欣賞湖水，他們絕對不會坐著欣賞隨風搖擺的草原或麥浪。但它們都是隨風起舞的波浪啊，為什麼只看湖？一定是湖水沖刷磨損的方式與眾不同，令人目不轉睛。湖水始終復歸——啃噬、改變著湖岸。

同樣的事也發生在人身上，有人以這種方式死去。他見過他父親這樣死去，還有其他人。以一種不斷磨損的方式消失——層層消磨，直到露出光亮的駭骨。

他沒特別看著哪個方向，但他知道芭芭拉是何時走過來的。他轉身，看見她在臺階頂端。高大的芭芭拉，裹著手織的小麥色秋日羊毛披肩往下走，腳步不特別快或慢，也不扶欄杆——以她一貫慎重卻淡漠的方式。她的舉止顯示不出什麼跡象。

芭芭拉打開後門時，頭髮全淋溼了，溼黏地一條條掛在頭上，襯衫上全是水漬。

「你在幹麼？」她問。「你在喝什麼？你只喝琴酒沒兌水？」

莫瑞說了一句他們再也不會提起但也忘不掉的話：「他沒要你？」

芭芭拉走近餐桌，將他的頭拉向自己溼透的襯衫和壓得他疼痛的小鈕釦，狠狠用力按向她堅挺的雙乳之間。「我們不要再提這件事了。」她回答。「絕不再提，好嗎？」現在他可以聞到她身上的香菸味了，還有陌生肌膚的氣息。她緊緊抱住他，直到他應聲：「好。」

她謹守承諾，即使後來他告訴她，維克多搭早班公車離開了，留下一張紙條給他倆。她沒說要看那張紙條，連碰也沒碰，也沒問寫了些什麼。

（我很感激你們，現在我的錢存夠了，我想是時候換個地方生活了。我應該會去蒙特婁吧，那邊可以自在地說法語。）

芭芭拉在臺階底下彎腰撿起了一個白色的東西。她和莫瑞沿著步道走向彼此，很快地莫瑞就看清楚她撿了什麼：一個白色氣球，有點沒氣了，皺巴巴的。

「你看這個。」芭芭拉走向他時說。她讀起掛在氣球繩上的一張卡片：「『安東尼．伯勒。十二歲。喬利耶小學。康普頓，伊利諾州。十月十五日。』這是三天前的。氣球有可能在三天之內飛這麼遠過來嗎？

「我沒事。」她接著說。「沒長什麼東西。不是什麼不好的東西。沒什麼好擔心的。」

「天啊。」莫瑞回答。他抱緊她的雙臂，深深吸著她灰白髮間樹葉與廚房氣味交織的氣息。

「你在發抖？」她問。

他不覺得他有。

當莫瑞看見她出現在臺階頂端時，他消去了閃過他腦海裡的那句話——在這段漫長的婚姻裡，輕鬆地，不帶罪惡感地消去：**別再讓我失望了**。

他看向她手中的卡片，說：「這上面還有一行字。『我最喜歡的書：《大地英豪》。』」

「噢，都是寫給老師看的啦。」芭芭拉說，用她一貫的輕蔑笑聲，褒貶參半。「騙誰啊。」

冰相

奧斯丁・柯比特過世前三週（他坐船遊湖發生意外，那湖名之前從沒人聽他提起過），在羅根的克勞福德百貨男裝部，三面全身鏡環繞之下，看著鏡中的自己。他穿著酒紅色運動衫，配奶油白、咖啡、酒紅三色相間的格紋長褲。這些衣物都經過免燙處理，不會皺皺的。

「聽我的。」傑瑞・克勞福德告訴他。「襯衫顏色深一點，長褲顏色淺一點準沒錯。這樣搭配保證年輕。」

奧斯丁乾笑了幾聲。「你有沒有聽過一句話，『老羊裝小羊』？」

「那是形容女士。」傑瑞回道。「不管怎樣，時代變了啊。現在沒有專門給老先生和老太太穿的衣服了。一種風格，人人都能穿。」

等奧斯丁習慣了身上的衣服後，傑瑞就會推薦他買條顏色相襯的圍巾和乳白色套頭毛衣。只要能粉飾的，奧斯丁都願意穿上。大約一年前，他妻子過世，聯合教會終於找到新牧師（年過七十的奧斯丁已經正式退休，卻仍退而不休。教會議論紛紛要不要找新牧師、該付給新牧師多少薪水時，他仍會來代班），他瘦了很多，肌肉萎縮，曾經的大肚子也塌陷下來，完全是老男人樣了。他的脖子皺了，鼻子變長，臉頰也鬆垮垮地垂下來，成了隻瘦巴巴的老公雞——雖然瘦，卻還很強悍，有足夠的精力迎接第二次婚姻。

「長褲要改小一點。」傑瑞說。「你有時間等我們改好，對吧？你的大喜之日是什麼時候啊？」

奧斯丁就要去夏威夷結婚了；他妻子，或者說未來的妻子就住在那。他選了幾週後的某一天。

多倫多道明銀行的菲爾．史戴多曼這時走了進來，雖然奧斯丁過去是他的牧師，他從背影卻認不出奧斯丁。他從沒看過奧斯丁這樣打扮。

菲爾講了他愛講的「愛滋」笑話——傑瑞來不及攔住他。

那個紐芬蘭人幹麼把保險套戴在耳朵上？

因為他不想買助聽器[1]。

接著奧斯丁轉過身來，沒說「嗯，我是不知道你們怎麼想，但我覺得愛滋病沒什麼好笑的」或「不知道紐芬蘭人怎麼取笑休倫郡人啊」，卻說「真有趣」，還笑了。

真有趣。然後他又問了菲爾自己這一身新衣服如何。「你覺得他們看我穿這樣跑去夏威夷會不會笑？」

凱琳結束了馬路導護的下午班，去甜甜圈店喝咖啡時，聽到了這件事。她坐在櫃檯，聽見坐在她背後某桌的幾個男人談論。她坐在高腳椅上，身體一轉，向他們說：「欸，我可以跟你們說，他跟以前不一樣了。我每天都能看到他，這件事我最清楚。」

凱琳身材高瘦，皮膚粗糙，聲音嘶啞，一頭金髮接近髮根處卻長出了幾吋黑髮。她放任黑髮生長，髮長到也該剪了，她卻沒去。過去她可是非常骨感的金髮女郎，坐在丈夫摩托車後座的模樣嬌羞可人。然而如今她變得有點怪——但也不至於太古怪，否則當不成馬路導護，就算有奧斯丁·柯比特的推薦也不行。她會突然打斷別人談話，身上永遠是那一套牛仔褲和老舊海軍藍粗呢外套，臉上神情總是冷硬又疑神疑鬼，而且從不掩飾對前夫的怨恨。她會在前夫車上用手指亂畫：**偽基督徒**、**噁爛偽君子**、**卑鄙小人布倫特．達普雷**。沒人知道她還寫過**拉撒路是爛人**，因為她（趁著晚上）跑回去用袖子擦掉了。幹麼這麼大費周章？因為這不但危險，還可能讓她惹上麻煩——不是去見警長，而是與超自然現象扯上一丁點關係的那種麻煩。她對聖經裡的拉撒路沒有半點意見，純粹是對「拉撒路之家」有意見，那是布倫特管理的地方，他現在也住在那裡。

凱琳現在的住處，是她和布倫特之前幾個月住的地方——五金行樓上後方的一個大房間，房內有一角凹處（充當嬰兒房），另一頭則是廚房。她大部分的時間都在奧斯丁家打掃房子，幫他打點去夏威夷前的事務。奧斯丁目前仍住在龐迪切里街上的牧師寓所；教會已經幫來接任的新

---

1 【譯註】助聽器為 hearing aids。

牧師蓋了新房子，屋況相當好，有露臺和雙車位——這年頭牧師的妻子通常也有工作，如果她們能當護理師或老師，整個社區都能受益。如此一來他們必定需要兩輛車。舊的牧師寓所是灰白色磚屋，門廊和三角牆都漆上藍色飾邊，要整修得花好大一番力氣。得鋪絕緣層、噴砂、重新油漆、換新窗框、浴室換上新磁磚。凱琳有時晚上走回家，路上滿腦子都在想要是那房子是她的，她又有錢的話會怎麼裝潢。

奧斯丁給她看席拉．布拉瑟斯的照片，就是他要娶的女人。其實那是張三人合照——奧斯丁、他的妻子、席拉．布拉瑟斯，一起站在小木屋前合影，旁邊還有幾棵松樹。那是個度假村，也是他（或者說他們）初次遇見席拉的地方。奧斯丁穿著他的牧師立領黑襯衫，表情閃閃躲躲的，帶著他一慣歉然的牧師笑容。他的妻子沒和他看同一個方向，花朵領巾打成一個大蝴蝶結，被風吹得不斷拂著他的脖子。蓬蓬的白髮，修長的身形，很時髦的樣子。席拉．布拉瑟斯（布拉瑟斯先生的遺孀）直直看著前方，像是三人之中唯一真正開心的人，一頭金髮剪得很短，俐落地梳到臉的兩邊，咖啡色長褲，白色長袖衣服，胸部和肚子都圓凸凸的。她直盯著鏡頭，似乎完全不擔心照片拍出來會怎麼樣。

「她看起來很快樂。」凱琳說。

「嗯，那個時候她還不知道自己會嫁給我。」

他給她看一張風景明信片，是席拉住的城鎮；他即將在夏威夷落腳的地方。還有一張照片是席拉住的房子，都是低矮的樓房，顏色不是白色就是帶點粉紅，街燈柱上掛著的花籃花朵滿溢，城鎮的主街中央有一排棕櫚樹。背景是深藍綠色的天，還有用彷彿絲質緞帶的草寫體寫著城鎮的名字——是一個夏威夷名，根本不知怎麼發音，也完全記不住。飄浮在空中的城鎮名，就像其他飄浮在空中的事物一樣理所當然。至於房子，光看照片你幾乎認不出來——隱藏在豔紅、粉紅和金黃色的花朵、樹木和矮樹叢之間，只能看見陽臺的一小部分。不過屋前就是海，沙灘如奶油般純淨，碎浪如寶石般閃亮。這裡就是奧斯丁．柯比特即將與可愛親切的席拉一起散步的地方，難怪他要買這麼一大堆新衣服了。

奧斯丁要凱琳做的事，就是把所有東西清理乾淨。就連他的書、舊打字機、妻子與孩子的照片也是。他兒子住在丹佛，女兒住在蒙特婁。他寫過信給他們，也打過電話，說他們有什麼想要的東西都可以拿走。他兒子想要飯廳的家具，下週會請卡車來載。他女兒則說自己什麼都不想拿（凱琳覺得她應該會再考慮一下，畢竟人都會想要**什麼**的吧）。所有家具、書、照片、窗簾、地毯、鍋碗瓢盆等等，全都送去拍賣倉。奧斯丁的車、兒子去年聖誕節送他的強力割草機和除雪機，也一起送去拍賣。這些會等奧斯丁去夏威夷後再賣，所得會全部捐贈給拉撒路之家。拉撒路之家是奧斯丁還是牧師時創辦的，不過那時他取的名字其實是「改造之家」。然而現在大家決定——其實是布倫特．達普雷決定的——最好改個比較有宗教氣息、有基督教意味的名字。

最初，奧斯丁想把身邊所有東西都捐給這間機構，然後他想到，與其讓他們使用妻子的碗盤，坐妻子的印花布沙發，不如把賣東西的錢給他們，讓他們自己決定怎麼花、買喜歡的東西，感覺更加尊重。

「要是他們拿了錢去買樂透呢？你不覺得這對他們是很大的誘惑嗎？」凱琳問他。

「人生中沒有誘惑的話，可就一事無成了。」奧斯丁笑著說。那笑容真令人惱火。「要是他們贏了樂透呢？」

「布倫特．達普雷可是個卑鄙小人呢。」

布倫特已經全權接管了奧斯丁創辦的拉撒路之家，當初這機構是收容想戒酒、想脫離人生困境的人，現在則成了某種重生之處——可以徹夜禱告、唱歌、怨嘆與告解。這就是布倫特的管理方式，要比奧斯丁更強調宗教意味。當初幫布倫特戒酒的就是奧斯丁，奧斯丁不斷鼓勵他、監督他，直到讓他脫離原有的渾渾噩噩，幫助他過上嶄新的生活。他讓布倫特運用來自教會和政府的錢管理這個機構，不過他犯了個大錯，就是他以為自己能讓布倫特安安分分待在這裡。布倫特一旦走上了這條聖路，就開始過河拆橋，立刻棄守奧斯丁謹慎低調的管理方式，在奧斯丁親自主持的教會排擠他（不過也因為這些人想要一個更嚴格、激進的基督教會）。奧斯丁就這樣被請出了拉撒路之家和教會；而布倫特就這樣輕而易舉地對新來的牧師頤指氣使。儘管如此（或者正因如此），奧斯丁還是想把賣東西的錢給拉撒路之家。

「畢竟，誰有資格說布倫特的管理方式，沒有比我的更接近上帝？」他說。

現在的凱琳已經什麼都敢說了，她回奧斯丁：「別害我吐出來好嗎。」

奧斯丁說，她要記得把上班的時間記錄完整，這樣她才能領到應得的酬勞。此外，如果這裡有什麼她想要的東西就告訴他，他們可以討論看看。

「在合理的範圍之內。如果妳說想要車子或除雪機，我想我有責任拒絕，因為要是給了妳，就是騙了拉撒路之家的人啦。拿吸塵器好不好？」他說。

難道他就是這樣看待她的——老是想著怎麼打掃房子的人？不過那吸塵器也算得上古董了。

「我敢打賭，你告訴布倫特我要來處理這一堆東西時，他說了什麼。我打賭他會說：『你確定不找個律師來查一下她？』對吧！他是不是這樣講？」她說。

奧斯丁沒有正面回答，只說：「我為什麼要相信律師，而不相信妳？」

「你就是這樣跟他說的？」

「我是跟妳說。我認為，信任這種事，不是相信，就是完全不信。當你決定信任別人，就得從身邊的人開始。」

奧斯丁極少提到上帝，然而你會感覺上帝就在他的字裡行間，就像他說的這些話，讓人很不自在——凱琳就覺得有種脆弱沿著脊椎往上爬。你會暗自希望這種話他只講一次，聽完就算了。

四年前，凱琳和布倫特仍是夫妻，還沒有小孩，也還沒搬到五金行樓上。他們住在一間舊屠宰場。那是間廉價公寓，房東是莫里斯．弗戴斯，從前還真的是屠宰場。潮溼的天氣，凱琳就能聞到豬味，而且她總是會聞到另一股味道，她覺得是血味。布倫特因此到處聞家裡的牆壁，還趴下檢查地板，卻沒有嗅到她說的氣味。不過他除了自己肚裡散發出的酒氣之外，還能聞到什麼？布倫特那時酗酒，但還不到整天都不省人事。他加入了「老三」曲棍球隊（隊名的意思是「年過三十」和「資深的資格」），事實上他年紀比凱琳大很多，而且還對外宣稱他一定要喝過酒再打球。他曾在佛戴斯建設公司工作過一陣子，又到鎮公所工作，負責砍樹。工作時若能喝酒，他是一定要喝的。下班後他就去「魚與獵物」酒吧，或是綠色小棧汽車旅館的「油膩天堂」酒吧。某天晚上，油膩天堂酒吧外停著一輛推土機，他居然坐進去發動推土機，一路開過整個鎮，直到魚與獵物酒吧門口才停下。當然他後來被捕了，罪名是不當駕駛推土機，成了整個鎮的大笑話。嘲笑他的人，沒一個去警局幫他付罰款，布倫特因此變得更野蠻了。又有一晚，他拆掉了自家公寓的樓梯。他不是一怒之下才拆的，而是思考過後有條有理地，一階一柱地拆。他邊拆邊下樓，留著凱琳在樓上拚命咒罵他。一開始她還在笑他——她自己那時也喝了點啤酒——但當她發現他是來真的，她真的被困在樓上了，才開始瘋狂咒罵。膽小的鄰居只敢從布倫特身後的門縫裡窺看這一切。

隔天下午，布倫特回家時很驚訝，或說裝得很驚訝。「**樓梯臺階**是怎麼啦！」他大吼。他在前廳裡用力跺腳，皺紋滿布的臉因為疲倦和興奮而抽動著，藍色的眼睛迅速張望，臉上微笑既純真又充滿一肚子計謀。「該死的莫里斯！該死的樓梯塌了！我一定要狠狠告死他！他媽的幹！」被留在樓上的凱琳除了半盒早餐米穀片（還沒有牛奶）和一罐黃豆之外，什麼也沒得吃。她想過打電話請人帶梯子來，但她太氣了，脾氣也很倔強；如果布倫特就是想讓她挨餓，她就餓給他看。她就偏要讓自己餓到。

那時還真的是結束的開始、改變的開始。布倫特跑去找莫里斯．弗戴斯，打算揍他一頓，揚言要狠狠告死他；結果莫里斯理性冷靜地與他談了好一陣子，直到布倫特決定不揍他也不告他，而是要自我了斷。莫里斯打給奧斯丁．柯比特；他聲望高，知道怎麼對待走投無路的人。奧斯丁沒能勸布倫特戒酒或讓他上教堂，卻說服了他打消自殺的念頭。而過了幾年，布倫特和凱琳的寶寶過世時，奧斯丁是他們唯一認識能打電話求救的牧師。他去看他們，想討論葬禮時，布倫特已經把家裡能喝的所有東西都喝光了，還外出找酒繼續喝。奧斯丁跟著他，在他接下來狂喝猛喝的五天內寸步不離（除了主持寶寶葬禮時離開了一下）。奧斯丁接下來一週都在照顧爛醉的他，又花了一個月和他說話，或是陪他坐著。直到布倫特決定再也不喝酒了，因為有人讓他認識了上帝。奧斯丁說，布倫特的意思是，有人讓他接觸到自己生命的圓滿，以及內心深處自我的力量。布倫特說這一點都不是為了他自己，而是為了上帝。

有陣子，凱琳會跟著布倫特一起去奧斯丁的教會，她不介意。雖然她看得出來，上教會也制不住布倫特。她看著他唱讚美詩時跳上跳下，握緊拳頭揮舞手臂，整個人蓄勢待發。這跟他灌了三、四瓶啤酒，還打算繼續狂喝沒什麼分別，整個人像是要迸裂一般。很快地，他就迸出了奧斯丁的掌握，把持了教會大部分的勢力。大多信眾希望能自在點，想要大聲禱告、唱歌，就算吵一點也沒關係，不要只是安安靜靜地聽臺上布道。他們一直期待教會能改頭換面，等了好久。

她完全不意外。就連布倫特學會怎麼填表單、管理自我形象、得到政府補助，甚至他接管了奧斯丁引領他進入的「改造之家」，再把奧斯丁趕出去的種種一切，她都不意外。他這個人，一向什麼都做得出來。她更不意外的是——過去，當她不想繼續派對狂歡，想要兩點準時上床睡覺，他就暴跳如雷，但現在她只要喝一杯啤酒、抽一根菸，他照樣大發雷霆。他說給她一週時間決定，不再喝酒也不再抽菸，並承認耶穌基督是她唯一的救主。一週。凱琳說她才不需要這麼久，布倫特離開後，她戒了菸，也幾乎戒了酒，不再去奧斯丁主持的教會。她放下了一切，但唯有對布倫特的怨恨在心中緩慢燃燒起來，逐漸在她心中滋長、壯大。某天，奧斯丁在街上攔住她，她以為自己看起來滿腔怨恨，又不再去教會，所以奧斯丁前來勸解，或許還會責備她。但他只是問她，能否來家裡幫忙照顧他妻子；她這週就要出院回家。

奧斯丁正與他女兒講電話。她住在蒙特婁，名叫梅根，約三十歲，未婚，是電視製作人。「人生有很多意想不到的事。」奧斯丁說。「妳知道，這跟妳媽一點關係都沒有。這是一種全新的生活，但我遺憾的是……不，不，我只是說，愛上帝的方式不只一種，而享受人生肯定是其中一種方式。這件事我很晚才領悟到，太晚了，所以沒能讓妳媽享受到。不，罪惡感是一種罪，也是誘惑，我說過有很多可憐人喜歡沉浸在罪惡感裡。遺憾又是另一回事了，人生這麼長，怎麼可能毫無遺憾？」

果然沒錯，凱琳想著，梅根果然有想要的東西。父女倆又在電話上講了一陣子——奧斯丁說他可能會學高爾夫，別笑，還有席拉參加了一個劇本朗讀會，他覺得自己在那裡會表現得很出色，畢竟他一輩子都在講壇上口若懸河、長篇大論。談話到這邊便結束了，奧斯丁走到廚房（這是老式的房子，電話放在前廳）抬頭看著凱琳；她正在清空高處的碗櫥。

「這就是親子啊，凱琳。」他開口，嘆氣再嘆氣，表情帶著幽默。「唉，當我們一決定要……要有孩子，就等於是織了一張彼此糾結的網。孩子們希望我們永遠不變，永遠都扮演父母的角色。要是哪天我們做了他們認為我們不會做的事，他們就崩潰了。」

「我想她總會習慣的。」凱琳說。話中感覺沒什麼同情。

「噢，她會的，她會的，可憐的梅根。」

他說他要去鎮上剪頭髮。他不想等留長了再剪，因為他剛剪完頭髮會看起來很呆，他自己也覺得呆。他笑的時候嘴角向下撇，先上揚，再下垂。快速衰老的跡象在他身上到處可見——臉頰肉垮下，成為脖子上的肉垂，胸膛凹陷，贅肉堆成怪異突起的小肚子。時光的河流在他身上留下乾涸的河道，深刻的痕跡。但奧斯丁的語氣（當然是他的倔脾氣使然）就好像他步履輕盈，蓄勢待發，無論走到哪裡都逍遙自在。

過沒多久電話又響了，凱琳必須爬下梯子去接。

「凱琳嗎？是妳嗎，凱琳？我是梅根！」

「妳爸爸剛出門去剪頭髮了。」

「那好，好，幸好。這樣我才有機會跟妳講話。我一直希望有這個機會。」

「噢。」凱琳回答。

「凱琳，嗯，聽我說，我知道為人子女的，成年之後遇到父母這種狀況，大概就是我現在這種反應。我不喜歡這樣，我自己很不喜歡。但我沒辦法啊，我很懷疑。我想知道到底是怎樣？他還好嗎？妳覺得呢？妳覺得他現在要娶的那個女人怎麼樣？」

「我只看過她的照片。」凱琳回答。

「我現在非常忙，沒辦法丟下一切回家跟他好好談一談。反正他那個人，妳也很難跟他好好談。他很愛講大道理，看起來很開明，但實際上很封閉。他從來就不是很會跟人相處，妳懂我意思嗎？他從來沒為自己做過什麼，都是為了別人。他就喜歡去找需要幫助的人，超喜歡的。嗯，妳知道的，就連請妳來家裡，照顧我媽——也不完全是為了我媽好，或為了他自己。」

凱琳可以想像梅根的樣子，柔順的中分黑長髮過肩，眼妝濃厚，古銅色的皮膚與塗了淡粉唇膏的嘴，衣著得體，身材豐滿。就算從來沒見過她，難道她的聲音不會令人聯想到這幅畫面嗎？聲音如此順耳，滿是真心誠意。每個字眼都上了一層光，話語之間帶著些微感激。彷彿自說自話，有點太超過了。她是不是喝醉了？

「我們就老實說吧，凱琳。我媽很虛榮。」（對，她真的醉了。）「嗯，她絕對很有一套，被人拖過來又拖過去，老是去一些鬼地方做善事。但她這人實在不是行善的料。然後現在呢，**現在**，他全不管啦，丟下一切跑去過好日子啦，夏威夷耶！這不是很詭異嗎？」

「詭異。」凱琳在電視上聽過這個字，也聽過一些人（大多是青少年）說過這個字。她知道梅根說的不是教會市集[2]。不過，這個字還是讓她想起梅根的母親當年規畫的教會市集，用心策畫某種風格，花樣還要年年翻新。某一年是擺出條紋洋傘，在人行道上設咖啡座。隔年是德文郡午茶，還搭了玫瑰棚架。接著她又想起梅根的母親躺在客廳印花布沙發上的樣子——化療後衰弱又蠟黃的臉，快禿的頭上包著有襯墊的印花大方巾。當凱琳走進客廳時；她依然能抬起頭，用一種虛弱卻帶點做作的驚訝問道：「妳想要什麼東西嗎，凱琳？」這本該是凱琳問的話，她卻拿來問凱琳。

詭異。**市集**。**虛榮**。梅根挖苦她母親時，凱琳至少也該說：「我知道啊。」但她所能想到的只有：「梅根，打長途電話很花錢耶。」

「還管什麼錢啊，凱琳！我們是在講**我爸**耶！我們是在說他腦袋到底清不清楚？他是不是瘋了啊？凱琳！」

隔天是從丹佛打來的電話，唐，奧斯丁的兒子，打來告訴他父親，說他要接收飯廳家具的事還是算了，運費太貴。奧斯丁說好，這筆錢可以有更好的用途。他兒子問，那家具怎麼辦？奧斯丁只好被迫解釋起拍賣倉還有凱琳來幫忙處理的事。

「當然，當然，一點都不麻煩。」奧斯丁說。「他們會把收到的東西和賣了多少錢全列成清

2 【譯註】梅根說的是 bizarre。凱琳聯想到的是發音相似的 bazaars。

單。他們要寄副本來也很容易。我知道他們已經有電腦了，這裡早就不是中古時代啦……」

奧斯丁又說：「是啊，我之前就希望你對這筆錢是這麼想的，我打從心裡想這麼做。你和你妹妹現在都把自己照顧得很好，我有這樣的孩子真幸運……

「老年退休金，還有我牧師的退休金。我還能想要什麼？還有這位女士，這位女士，我可以告訴你，她叫席拉——可以這麼說吧，她不缺錢……」他兒子應該是說了什麼，他笑得很淘氣。

他掛斷電話後，告訴凱琳：「嗯，我兒子擔心我的財務，我女兒擔心我的神智。就是心智和情緒的狀況。這就是男人和女人看待事情的方式，也是表達不安的方式，不過底下是同一件事。汰舊換新，事物更替。」

不過，反正唐不會記得這屋裡的一切東西。他怎麼可能記得？葬禮那天他在，但他太太沒來；她懷孕了，挺著個大肚子沒辦法來。她不來，自然就沒人替他留意這些瑣事。男人對這一類的事不會記得多清楚。他只要了物品清單，好表現出對一切了如指掌的樣子。別想唬弄他，或他爸爸。

是有幾樣東西，凱琳會拿走，而且沒人會知道她從哪裡拿的。沒人會去她家。一個柳樹圖案的盤子。藍灰色花朵圖樣的窗簾。紅寶石色的玻璃小水瓶，瓶身圓胖胖的，附有銀色蓋子。一張當桌巾用的白色錦緞，她細心熨燙到整張像結霜的雪地般發亮，還有搭配成套的大張餐巾。桌巾本身就有一個小孩那麼重，餐巾放在玻璃酒杯裡就像百合花綻放——如果她有玻璃酒杯的話。最初她裝進大衣口袋裡的，是六支銀湯匙。她當然知道不要去打銀製茶具組與昂貴盤子的主意，但她還是忍不住一直看著那幾個帶著長柄的粉紅玻璃甜點盤。她可以想像自己家裡如果有了這些東西，會蛻變成什麼樣子，更可以感覺到這些精緻器皿帶給她的平靜與滿足。坐在這些精緻物品齊備的房間裡，她哪裡也不用去，也不必再想起布倫特，苦苦思考折磨他的方法。坐在這種房間裡的人，要是碰上誰來找麻煩，對方肯定會被狠狠修理。

妳可有想要什麼東西嗎？

奧斯丁出發那週的禮拜一（他週六就要飛去夏威夷），來了冬天的第一場暴風雪。西邊颳來的風吹過湖面，從早到晚都下著大雪。週一、二學校關閉，所以凱琳不必去當導護。但她在家裡坐不住，便穿上粗呢大衣，用羊毛圍巾裹住頭和半張臉，吃力地走過被雪覆蓋的街道，到牧師寓所去。

屋內很冷，冷風從門縫和窗縫裡不停吹進來。廚房西面牆上的碗櫥，碗盤凍得像冰一樣。奧斯丁穿戴整齊，卻躺在客廳沙發上，身上裹著各式被子和毯子。他沒在看書或看電視，也沒有打著盹。她覺得他只是在——看著空氣發呆。她幫他泡了杯即溶咖啡。

「你覺得這場雪週六前會停嗎？」她問。她有種感覺，如果他週六沒出發，也許就不會走了。整件事都會算了，定好的計畫就這麼崩盤。

「終究會停的。」他答道。「我沒什麼好擔心。」

凱琳的寶寶就是在這樣的風雪天死的。那天下午，布倫特和他朋友羅伯一邊看電視一邊喝酒，凱琳說寶寶病了，她需要錢坐計程車帶寶寶去看醫生。布倫特叫她滾開，他覺得她只是沒事找麻煩，而她也確實有點這個意思——寶寶之前吐過一次，哀哀哭泣著，他卻不怎麼關心。大概晚餐時候，羅伯回去了，布倫特才去抱寶寶玩，忘了他身體不舒服。「寶寶怎麼燙得和木炭一樣！」他對凱琳大吼，問她為什麼不去找醫生，為什麼不帶寶寶去醫院。「你來告訴我為什麼啊！」凱琳回嘴，兩人吵了起來。「你自己說不用去醫院的。」凱琳說。「好啊，不去就不去。」布倫特打電話給計程車行，但車行說風雪太大了不能派車，他和凱琳這才驚覺外面早就颳起暴風雪。他又打給醫院問該怎麼辦，醫護人員說把寶寶用溼布包起來，看會不會退燒。他們照做了，午夜風雪轉小，街上也出現了幾台鏟雪車，他們趕緊把寶寶送到醫院，然而寶寶還是死了。或許不管他們做了什麼，寶寶還是逃不過這一劫，他得的是腦膜炎。即使他是個被細心照顧、萬般呵護的小寶寶，出生在父親不會醉酒、父母不會吵架的家庭，可能還是在劫難逃。反正他可能還是會死。

布倫特有心把錯都攬在自己身上，有時他覺得他們兩人都有錯。他那樣的懺悔，對他而言就像拿顆糖果放在嘴裡吸吮。凱琳叫他閉嘴，**閉上你那張嘴**。

她說：「反正他八成還是會死。」

週二下午風雪停了，凱琳穿上大衣，出門剷掉牧師寓所門前走道的雪。氣溫似乎更低了，天空清澈無雲，奧斯丁說我們一起去湖邊走走吧，去看看冰。假如一年剛開始就有這麼大的風雪，風把浪推到岸邊時，浪會凍結。湖邊處處都是冰雪，凝結成奇異的形狀。人們通常會來湖上拍照，報紙常會刊出形狀最美的結冰。奧斯丁也想拍幾張照片，他說到了夏威夷就可以給當地人看看。所以凱琳也鏟了車道的雪，兩人一起出發，奧斯丁開車非常小心。到了湖邊，卻沒半個人，因為太冷了。奧斯丁顫巍巍地走下木製人行道的時候（或者該說是木製人行道所在的地方，因為都被雪蓋住了），一路抓著凱琳。柳樹被雪壓彎，成串的冰珠垂到地上。西面射來的陽光從柳樹枝椏間透出來，使冰珠近似整面晶瑩剔透的珍珠牆。冰在鐵絲網高圍籬的孔隙間穿梭，織成彷彿蜂巢的結晶。湖浪拍擊岸邊結成的冰，形成冰堆和洞穴，直抵這片開放水域的邊緣，造就了不可思議的美景。湖邊所有的遊樂設施，兒童的鞦韆和攀爬架，都被冰雪變化成了不同的風景。有的下垂像管風琴的管子，有的被冰雪掩埋，像是才刻了一半的雕像，有的冰狀如人、動物、天使、怪獸，不過全都未完成。

奧斯丁獨自站著拍照時，凱琳很緊張。她覺得他站得很不穩。如果他跌倒怎麼辦？他可能會摔斷腿或髖骨，老人一旦摔斷髖骨就完了。就連他脫下手套操作相機，看起來都非常冒險。一個凍僵的大拇指也許就足以讓他走不了，趕不上飛機。

回到車上，他果然需要搓搓手，把手吹暖。他讓她開車。如果出了什麼嚴重的事，席拉．布拉瑟斯會不會飛來這裡，接手照顧他，搬進牧師寓所，取消他的一切安排？

「天氣真怪。」他開口。「北安大略天氣很舒服，就連小湖也不會結冰，氣溫都在冰點以上。但在這裡，我們根本逃不出冰的手掌心，因為風是直接從北美大平原吹過來的。」

「等你到了夏威夷，這些對你來說就沒差了。」凱琳堅定地回答。「不管是北安大略，北美大平原，還是這裡，都一樣。你會很高興能離開這裡的。她都沒打電話給你嗎？」
「誰？」奧斯丁問。
「**她啊**，布拉瑟斯太太。」
「喔，席拉啊。她通常都很晚打來，那邊的時間比我們早很多，夏威夷那邊。」
奧斯丁出發前一天早晨，他家裡只有凱琳一個人。電話響起，是個男人的聲音，語氣聽起來有些猶豫，悶悶不樂。
「他現在不在。」凱琳說。奧斯丁去銀行了。「等他回來，我可以請他回電給您。」
「這個嘛，這是長途電話。」男人回答。「這邊是沙夫特湖。」
「沙夫特湖啊。」凱琳重複一遍，順手在電話架子附近摸索，想找支鉛筆。
「我們只是想知道，只是想確認一下，我們有沒有搞錯他來的時間？有人得開車下去接他。所以他是三點會到珊德灣，對吧？」
凱琳停下了找鉛筆的手，最後，她開口：「我想是的，就我所知是這樣。你中午再打來一次的話，他就會在了。」
「我不確定中午那時我能不能找到電話。我現在人在這裡的飯店，但我等等要去別的地方。我想盡快留話給他好了。明天下午三點，有人會在珊德灣機場接他，好嗎？」
「好的。」凱琳回答。

「你還可以轉告他，我們也幫他安排了住處。」
「噢，好的。」
「是拖車啦，他說他不介意住拖車。嗯，我們這裡很久沒有牧師來了。」
「噢。」凱琳說。「好的，好。我會轉告他。」
她一掛上電話，就在電話上方的通訊錄找梅根的號碼，立刻撥號。電話響了三、四聲才接起，是梅根的聲音，聽來比凱琳上次聽到的還活潑。雖然活潑，但聽起來像是在奚落了。
「很抱歉，女主人現在不在家，無法接聽您的電話。請留下您的姓名、電話號碼和訊息，她會盡快回電給您。」
電話一通，凱琳就開始說，不好意思，但我有重要的事——當她被一陣「嗶」聲打斷，她才發現那是答錄機的聲音。她從頭再說一次，語速飛快，但顯然是深呼吸後準備好才說的。
「我只是想告訴妳，只是想讓妳知道，妳爸爸很好，他身體健康，心理狀況也正常，一切都好。所以妳不用擔心，他明天就要去夏威夷了。我只是在想——我只是在想上次我們在電話裡談的事。所以我想還是告訴妳一聲，別擔心。我是凱琳。」
她居然來得及一口氣說完這些話，同時聽見奧斯丁進門。在他開口問（或納悶）她人在前廳做什麼時，她的一連串問題已如連珠砲般轟過來。他去銀行了嗎？外面這麼冷，他呼吸時胸口痛不痛？拍賣倉的卡車什麼時候來？教會董事會的人什麼時候會來拿這間房子的鑰匙？他離開前（或離開後）到底會不會打電話給唐和梅根？

去了。不痛。卡車週一來。週二來拿鑰匙，但不急。如果她來不及整理完，週三再來拿也行。不打電話了。他和每個孩子要說的話都說完了。他一到那邊，會寫信給他們。兩個人都會寫。

「在你結婚後才寫？」

對。嗯。也許不會等那麼久。

他把大衣掛在樓梯扶手上，她看著他伸出一隻手握住扶手，站穩身體，卻假裝是在翻弄大衣口袋。

「你還好嗎？要不要喝杯咖啡？」她問。

好一陣子他什麼也沒說，游移的眼神看向她身後。有誰能相信這個步履蹣跚、日漸枯瘦的老人，就要娶一個能給他慰藉的寡婦，從現在起就要過著在陽光下的海灘散步的日子？這才不是他會做的事，永遠不可能。他是勞碌命，任由毫無感激之心的人將他的人生消耗殆盡，好比布倫特那種忘恩負義的人。同時他居然還能騙過大家，以為他轉性了，否則，一定會有人阻止他，不讓他去。然後他再偷偷溜走，愚弄眾人，享受這一切。

不過他真的是在大衣口袋裡找東西，最後翻出了一品脫的威士忌。

「幫我倒一點在杯子裡。咖啡不用了。我只是想要謹慎點，免得著涼。」他說。

她拿威士忌給他時，他坐在樓梯上，顫抖著把酒喝下。他前後搖晃著頭，彷彿在讓自己清醒一點。然後他站起身，說：「好多了。噢，真的好很多了。好，之前我拍的那些冰的照片，凱琳，妳下週可以去幫我拿嗎？我把錢留給妳？照片還沒洗好。」

外面當然很冷，他又剛進門，整個人還是很蒼白。如果放根蠟燭在他臉前，燭光大概也會透過去吧，彷彿他是蠟像或精緻瓷器。

「你要留給我地址啊。這樣我才知道要寄到哪。」她回道。

「等我寫信給妳再寄過來。這樣最好。」

＊＊＊

所以最後她擁有的就是這一整卷冰的照片，與那堆她中意的舊物。照片裡的天空藍得不可思議，但鐵絲網圍籬間凝結的冰，還有管風琴管子形狀的冰就不太容易看清了。拍照時，應該要有個人站在那的，才看得出冰實際的大小。她真應該拍下奧斯丁——早已人間蒸發的奧斯丁。他就和冰一樣完全蒸發了，除非春天到來後屍體被湖水沖上岸。融冰，溺水，兩者就這樣一併消失。凱琳時不時就把這些照片拿出來看，看看這些扭曲畸形、成塊的白冰。奧斯丁拍的照片，看久了，到頭來，她感覺他人就在裡面。照片中的他毫無蹤影，卻充滿光亮。

如今她覺得，他早就知道了。就在最後關頭，他知道她發現了他的計畫，明白了他的真實用意。無論你是多麼獨自一人，多麼機警又決心堅定，難道你不需要一個知曉一切的人嗎？她可以為他成為那個人。他們彼此都知道對方已經知情，卻從不說破，這就是他們之間超越尋常關係的連結。每當她想起這件事，她感覺備受肯定——這是最意想不到的事。

她把一張照片放進信封，寄給梅根（她還把牆上寫有地址和電話號碼的通訊錄撕了下來，以防萬一）。她也寄了一張給唐。再一張，貼上郵票，寫好地址，寄給鎮上另一端的布倫特。她沒在照片上寫字，也沒留下便條，她以後不會再打擾這些人了。其實，再過不久她也要離開這裡了。

她只是想讓他們困惑不已。

恩慈

芭格絲對著拉布拉多地區深藍色指頭般形狀的陸地說了聲「再會」，望著這塊地逐漸在眼前消失。船從蒙特婁啟航後已是第三天，現在正通過貝爾島海峽。

「現在我非得撐到多佛白崖不可囉。」她說。她扮了個鬼臉，雙眼圓睜，嘟起櫻桃小嘴，那善於歌唱的嘴，歌手的嘴，彷彿她就算遇到了什麼討厭的麻煩事也只能接受。「假如撐不到那裡，就把我丟下船餵魚吧。」

芭格絲是將死之人了，但她生病前本來就身材苗條，皮膚白皙，所以病後外表看起來也沒什麼觸目驚心的改變。一頭亮銀白髮由女兒艾佛芮剪成俏麗蓬鬆的鮑伯頭。她的慘白一點也不令人感到陰森，身上的寬鬆上衣和卡夫坦長袍是艾佛芮幫她做的，可以遮掩手臂和上半身。她原先的表情，幽默中帶著僵硬的悲傷，漸漸地增添了疲憊與困苦。但她看起來情況並不差，咳嗽也控制得宜。

「真是個笑話。」她對艾佛芮說，彷彿是要對方記住那句餵魚的話。這趟旅行是艾佛芮出的錢，她那從未謀面的父親留給她一筆錢，她拿出一些付旅費。她們安排行程時還不知道會發生什麼事——或者還不知事情會像現在這樣發生得這麼快。

「說實在的，我原本還打算賴著妳不走，多折磨妳幾年呢。」芭格絲說。「我看起來好點了，妳不覺得嗎？總之，今天早上看起來好多了。我吃了東西，等一下還想去散個步。昨天妳不在的時候，我走到了欄杆那邊。」

她們在甲板上有個小艙房，外面還擺了張椅子給芭格絲坐。艙房窗戶下方還有張長椅，現在是艾佛芮坐著。早晨時來坐的是一位多倫多大學的教授，芭格絲稱他為她的仰慕者，或是「那個混蛋教授」。

這件事發生在七〇年代晚期，某個七月，一艘挪威籍的載客貨輪上。這趟橫越北大西洋的旅程晴空正好，海面平靜無波，玻璃般閃亮。

芭格絲的真名，當然，是茱恩。她的全名和藝名是茱恩・羅傑斯。最近這一年三個月以來，她沒再公開唱歌，近來八個月也沒再去音樂學院教課。有幾個學生會在傍晚和週六到她在休倫街的公寓上課，艾佛芮會用鋼琴幫他們伴奏。艾佛芮在音樂學院的辦公室上班，每天都騎腳踏車回家吃午餐，看看芭格絲是否安好。但她總說自己回家不是這個原因，而是藉口要吃特製午餐——脫脂牛奶、小麥胚芽和一根香蕉，一起放到食物調理機打糊。艾佛芮總是想要減重。

芭格絲曾經在婚禮上獻唱，也曾受雇與教堂唱詩班一起唱歌（當然她負責獨唱），唱過的曲子有〈彌賽亞〉和〈馬太受難曲〉，也唱過吉爾伯特和蘇利文的作品。她還在多倫多上演的多齣歌劇中擔任配角，與著名的外國巨星一起演出。五〇年代有一陣子，她和某位醉酒成性的男高音一起主持廣播節目，卻也被他的酩酊大醉拖累，兩人都被解雇。艾佛芮成長的年代，人人都知道茱恩·羅傑斯的大名，至少在艾佛芮身邊的這群人之中，她母親的名字無人不知。如果遇見有人沒聽過這名字，艾佛芮會比芭格絲還驚訝。

船上的人也沒聽過這名字，旅客大概有三十位，一半是加拿大人，大多來自多倫多，但也沒聽過她。「我媽媽唱的是『柴琳娜』。」艾佛芮初次和教授聊天時說。「就是《唐·喬凡尼》裡的柴琳娜，一九六四年的事情。」她那時十歲，記憶中充滿光輝燦爛的年代。憂心、騷亂、危急——她母親喉嚨痛，後來靠著做瑜伽治好了。戲服是農婦的裝扮，粉紅和金色的荷葉邊蓬蓬裙，底下還要穿好幾層襯裙。多麼光輝燦爛。

「親愛的，柴琳娜可不是什麼人人都懂的字眼。」芭格絲事後對她說。「再說，教授都很笨的，比一般人還愚蠢。我大可以裝好心，說教授懂很多我們不懂的事，但我認為啊，他們懂個屁。」

但是，每天早上她都讓那個教授坐在她身邊，說些關於自己的事。她告訴艾佛芮她都聽了些什麼。他早餐前會在甲板上散步一小時，在他住的地方則是一天散步六英哩。幾年前他娶了個年輕太太萊斯莉（芭格絲說這女人又蠢又笨），在大學鬧出了一些醜聞。在這之前，他早已因為拈花惹草的習性而樹敵不少，同僚對他嫉妒不滿，後來他又與元配離婚，娶了比他長子還要小一歲的年輕女孩，鬧得沸沸揚揚。之後某些人存心讓他難堪，他們也真的成功了。他是生物學家，卻為人文學院的學生設計了某種通識課程——他稱之為「科文課」，內容生動活潑又容易學習，希望藉此有些教學上的突破。他獲得了校方高層的許可，卻被自己的系所同事拆臺。他們憑空設計出許多冗贅愚蠢的必備資格與先決條件。他只好提前退休。

芭格絲說：「我覺得我聽夠了。我沒辦法一直把注意力放在這種事情上。而且，有時候老男人真的不適合和年輕女人在一起，年輕也可能很無聊啊。噢，對，男人和年紀大一點的女人在一起還比較自在，她的想法，記得的事情，那個步調——對，就是她的想法跟記得的事，那個步調就是與老男人比較契合。真是受不了男人！」

那時教授的年輕妻子萊斯莉正坐在甲板上刺繡，繡的是餐廳椅子的布套。這是她做的第三只，總共有六只要做。她坐在兩個女人中間，她們正高興地欣賞她繡的花樣（被稱作「都鐸玫瑰」），幾個人說著自己繡過什麼花樣，說著這些花樣和家裡的家具多麼相配。萊斯莉坐在她們中間，看上去備受保護。她的皮膚柔軟粉嫩，一頭褐髮，青春點滴流逝。她是讓人想親切對待的類型，但當她從提包中拿出繡品時，芭格絲對她並不怎麼親切。

「噢，妳看看。」芭格絲開口。她雙手一揮，甩甩她纖細的手指，「我這雙手啊，」她說，適時咳了一陣，「這雙手做過滿多見不得人的事，但我必須說，我還真沒拿過什麼縫衣針、繡花針、鉤針之類的東西，如果我手邊有別針，我連縫顆釦子都懶咧。所以，我還真的不懂得欣賞這些東西啊，親愛的。」

萊斯莉的丈夫笑了出來。

艾佛芮心想，芭格絲說的不完全是實話，因為教她縫紉的就是芭格絲。母女倆都很認真看待穿著，也都留心時尚，當成一個好玩的閒暇娛樂。過去兩個人相處時最愉快的時光就是剪布，拿大頭針別起來，憑著靈感拼貼出各式各樣的東西。

芭格絲在船上穿的卡夫坦長袍和寬鬆上衣，就是絲、天鵝絨、鮮豔花紋的棉布和鉤針蕾絲拼貼起來的——都是艾佛芮在二手商店買的舊洋裝、窗簾和桌巾上面剪下的布料。船上有個積極交際的美國女人珍寧，大大稱讚了這些衣服。

「妳在哪裡找到這麼美的衣服？」珍寧問。芭格絲回答：「是艾佛芮啦，都是艾佛芮做的。她是不是很聰明？」

「她真是天才。妳真是天才，艾佛芮。」珍寧說。

「她應該去做戲服的。我老是這麼告訴她。」芭格絲說。

「對啊，妳怎麼不去做戲服？」珍寧幫腔。

艾佛芮臉紅了，想不出什麼話來讓眼前對她微笑的兩個人冷靜一些。

芭格絲又說：「不過我很高興她沒去做戲服。還好有她在我身邊。艾佛芮是我的寶貝。」

珍寧在甲板上散步，走到芭格絲聽不見的地方後，她問艾佛芮：「妳不介意告訴我妳幾歲吧？」

艾佛芮回答二十三。珍寧嘆了口氣。她說自己四十二了，已婚，但先生沒陪她來。她有張曬成古銅色的長臉，嘴上塗著粉紫的亮面脣膏，髮長及肩，又厚又光滑，彷彿一塊橡木板似地。經常有人以為她是加州人，但她其實來自威斯康辛州一個小城，她在那裡主持過廣播叩應節目。她的聲音低沉，令人信服，聽來很宜人，即使她說出來的是困難、悲傷和羞愧的事也一樣。

她說：「妳母親真有魅力。」

艾佛芮回答：「大家要不是覺得她有魅力，就是受不了她。」

「她生病很久了嗎？」

「她正在逐漸康復啦。她去年春天得了肺炎。」艾佛芮回答。母女二人早就套好了遇到這類問題該怎麼回答。

珍寧和芭格絲之間，顯然是珍寧比較急著想和對方當朋友。不過芭格絲還是不知不覺間進入她慣常的不冷不熱社交模式，對珍寧說了些那位教授的事，透露自己給他取的綽號：「浮士德博士」。他的妻子則是「都鐸玫瑰」。珍寧覺得實在貼切又好笑。噢，取得真妙啊，她說。

她還不知道芭格絲給她取的綽號。愛現女。

艾佛芮在甲板上四處閒晃，聽聽人們都說些什麼。她以為乘船旅行就應該要逃離「這一切」，而「這一切」指的大概就是你的人生、生活方式、家裡的那個你。然而她側耳聽到的各種談話，卻顯示人們的行徑正好相反，大家忙著建立自己的地位——談論自己的工作如何、小孩如何、花園和餐廳又如何，忙著交換水果蛋糕的食譜，分享堆肥的做法，如何與媳婦相處以及怎麼投資。生病的經過，背叛的來龍去脈，買賣房地產的詳細過程。**我說過——我做過——我一直都相信——嗯，我是不知道你啦，但我——**

艾佛芮看向大海，默默經過這一切，心裡好奇著人怎麼非得這樣。人是怎麼學會這麼倔強、執拗，這麼堅持自己發言的機會？

我去年秋天把它全面整修成藍灰色。

我恐怕永遠都看不出來歌劇的魅力。

最後一句是教授說的，自認為可以稍微打擊一下芭格絲。可是他為什麼要用恐怕這個字？

艾佛芮沒辦法獨自散步太久，因為她也有自己的仰慕者。他會偷偷跟蹤她，再突然在欄杆邊攔住她。他是從加拿大蒙特婁來的藝術家，在餐廳時坐在她對面。第一天晚餐，他被其他人問到平常都畫些什麼，他說自己最新的作品是一個九呎高的人像，整身纏上繃帶，繃帶上寫滿摘錄自美國獨立宣言的句子。好幾個美國人有禮貌地回答，真有趣啊。藝術家繃著臉冷笑道，聽你們這麼說我很高興。

「可是為什麼——」珍寧開口，用她擅長訪問的機智口才回應談話間的敵意（聲音特別溫和，充滿友好，更加警覺，加上十分感興趣的笑容）：「為什麼你不採用一些加拿大的句子呢？」

「對啊，我也好奇。」艾佛芮接著說。有時她會用這個方法加入談話，就是試著重複或延伸別人說過的話，通常沒什麼用就是了。

原來，引用加拿大的句子是這名藝術家的痛處。曾有藝評家對此抨擊，指控他缺乏國家意識，而刻意忽略他想透過作品傳達的重點。藝術家沒理睬珍寧，而是從餐廳就一直跟著艾佛芮，對她滔滔不絕了好幾個小時，並且在高談闊論之時對她產生了異常的迷戀。隔天早上，他等著邀請她一起吃早餐，之後又問她是否擔任過模特兒。

「**我**？」艾佛芮反問。「我太胖了。」

他說自己指的不是穿時裝的那種模特兒；如果他是另一種藝術家（她猜測「另一種」可能就是他鄙視的那種），他會立刻選她當模特兒。她那厚實美好的大腿（她當時穿著短褲，後來就不再穿了），她那融化焦糖般的長髮，方正的肩膀，不受約束的腰身，她有女神般的身材，女神般的色澤，掌管豐收的女神。他說，她沉著臉的樣子純淨而稚氣。

艾佛芮想，她一定要記得保持微笑。

他的個子矮壯結實，膚色黝黑，看起來脾氣暴躁。芭格絲幫他取的綽號是「羅特列克」[1]。

曾有幾個男人愛過艾佛芮，有兩次，她答應嫁給對方，後來卻覺得還是早點脫身為好。她也和訂婚對象上過床，大概兩到三人吧。實際上應該是四人。她墮胎過一次。她不是性冷感（她自己不這麼認為），但她在床上總是太拘束，擔心受怕，而對方放開她時又總是一副鬆了口氣的模樣。

她應付這名藝術家的方式，是早上和他聊聊。早晨的她感覺自信十足，可說是無憂無慮。她不會和他坐一起，下午和晚上也與他保持一定距離。她應對的其中一招，就是和珍寧培養關係。這也還好，只要珍寧一直說自己的事，別把話題轉到艾佛芮身上就行。

「妳母親真是有氣勢，又很有魅力。」珍寧說。「但有魅力的人通常都很強勢，很愛事事主導。妳和她一起住是嗎？」

艾佛芮說，是啊。珍寧回道：「噢，我真抱歉，希望我沒有多管閒事？沒有冒犯到妳？」

說真的，艾佛芮只是很困惑，不過她也習慣了。為什麼人們總是立刻就認定她笨呢？

「妳知道的，我真的太習慣訪問人了。其實我很不擅長閒聊，如果沒在工作，我早就忘記怎麼和別人說話了。我這人就是太直來直往，又對別人的事太有**興趣**，真需要有人指點我一下啊。」珍寧說。

她說，她這趟旅程就是要讓自己回歸現實生活，看看不對著麥克風喋喋不休時，是否能找到自己究竟是誰。還要看看自己在婚姻生活之外，究竟是什麼樣的人。她說她和先生有個約定，每隔一段時間，他們就會各自來場單獨的小旅行，測試彼此關係的界線。

艾佛芮可以想像芭格絲若是聽到這番話會說什麼。「測試彼此關係的界線啊，她指的是在船上亂搞吧。」芭格絲說。

珍寧說她不排除在船上談場戀愛的可能性。也就是說，在她把船上可能的男人一一打量過之前，她不排除有這個可能。不過一旦她打量完，便也就放棄了。還能找誰？那個藝術家既矮小醜陋、又討厭美國人。這也不代表他完全出局，但他很迷戀艾佛芮，所以算了。那個教授帶著妻子一起來，珍寧可不想和他在衣櫥裡手忙腳亂地做那件事。他又嘮叨，眼皮上長了一堆小肉疣，而

1 【譯註】Toulouse-Lautrec（1864-1901），法國畫家，身材矮壯，皮膚黝黑。

他又剛和芭格絲交上朋友。其他男人也因為各種原因出局——要不是帶著妻子，就是太老不想取悅她，或是太年輕她不想討好。有的男人互有好感，或是對船員比較有興趣。她還是利用時間來好好保養肌膚，讀本書，就這麼直到旅程結束吧。

「不然，妳會選誰呢？如果妳來幫我選一個？」她問艾佛芮。

「船長怎麼樣？」艾佛芮回答。

「高明。」珍寧讚道。「希望不大，但選得實在高明。」

事後，她得知船長的年紀還算可以。五十四歲，已婚，但太太在卑爾根，他有三個孩子，都已經成年，或差不多快要成年。他不是挪威人，而是蘇格蘭人，出生在愛丁堡。他十六歲就出海，擔任這艘船的船長十年了。珍寧會知道這麼多，是直接問出來的。她告訴船長她要幫雜誌寫篇載客貨輪的文章（她可能真的會寫）。他便為她導覽了整艘船，還介紹了他專用的船長室。她認為這是個好預兆。

船長室窗明几淨，裡面有張照片，是個大塊頭的親切女人，穿著厚毛衣。旁邊有本書，是他正在讀的約翰．勒卡雷作品。

「他不會對她表示什麼的。他太精明了，精明的蘇格蘭人。」芭格絲說。

艾佛芮不假思索就洩露了珍寧的心裡話（如果那些算心裡話），她習慣回家向芭格絲報告所有大小事，花邊趣聞——不管那個家是休倫街上的公寓，還是甲板上的小艙房。把所有的一切，都倒進烹煮各種八卦爆料的大鍋裡。芭格絲自己就是誘人爆料八卦的高手，經常從不可能的消息來源中挖到錯綜複雜的祕密。就艾佛芮所知，芭格絲還真沒守過什麼祕密。

芭格絲說她早就見識過珍寧那類的人，外表光鮮亮麗，骨子裡是禍水災星。她對艾佛芮說，和珍寧交朋友真是錯了，但她表面上還是與珍寧保持友好。她對珍寧說了許多艾佛芮之前就聽過的事。

她說起了艾佛芮的父親，沒把他描述成混蛋或她的仰慕者，只說他是個謹慎的老傢伙。對她而言，他是老了——四十幾歲，他當時在紐約當醫生，芭格絲也住在那裡，她是來紐約闖蕩的年輕歌手。她喉嚨痛去看醫生，她人生中最煩惱的就是喉嚨痛。

「眼耳鼻喉科的醫生。我哪知道他不是看診完就算了？」芭格絲說。

當然，他已經成家了，他來過多倫多一次，參加醫學研討會，就是那次他看到了艾佛芮。

「她站在嬰兒床裡，一看到他，哀號得跟鬼一樣。我跟他說，你覺得她有沒有遺傳到我的聲音？但他那時沒心情開玩笑，她把他嚇跑了。這老傢伙個性很謹慎，我想他這輩子應該就只出軌過這一次吧。」

芭格絲說：「我老是滿口髒話，我喜歡嘛，早在大家流行這麼說話之前我就喜歡了。艾佛芮剛開始上學，老師打電話給我，讓我去學校談談。她說她很擔心艾佛芮的某些用字，例如她弄斷鉛筆或什麼東西時，她會說『喔，靠』，或是『喔，幹』。她在家聽到我說什麼，她就說什麼。我從來不會警告她，我就是想她會自己懂吧。可是她怎麼會懂呢？可憐的艾佛芮。我真是個很糟糕的媽媽，而且這還不是最糟的，妳覺得我會自己跟那個老師承認，坦白艾佛芮會說髒話都是因為學我？才不會！我表現得像個淑女。噢，是這樣啊，噢，真的很感謝妳告訴我這些，噢，這樣啊。我真是個壞人。艾佛芮當然都知道，是不是啊，艾佛芮？」

艾佛芮說，是，她知道。

到了第四天，芭格絲不再下樓去餐廳吃晚餐。

「我發現到了晚上，我氣色就不大好。我不想讓那個教授倒胃口。他可能不像表面看來那麼喜歡老女人。」她說。

她說她早餐和午餐已經吃得夠多了。「我吃最好的一餐永遠是早餐，而且在這裡，我早餐吃得可豐盛了。」

晚餐後，艾佛芮幫她帶了點麵包卷和水果。

「太好了。我晚點吃。」芭格絲說。

她必須坐著睡。

「說不定護理師有氧氣呢。」艾佛芮說。船上沒有醫生，但是有個護理師。芭格絲才不想找護理師來，也不想要氧氣。

「這樣不算嚴重啦。」她指的是自己會忽然大咳特咳。「沒有聽起來那麼嚴重，只是偶爾會發作。我想通了——我為什麼會受這種苦。妳看，我從來不抽菸，所以，大概是我在教堂唱歌卻根本不信上帝？不過，不是。我想是《真善美》吧。瑪麗亞。上帝討厭那種東西。」

晚上，艾佛芮和珍寧通常會和藝術家還有挪威籍的大副一起玩牌。途中，艾佛芮會回甲板幾次，看看芭格絲的情況。如果芭格絲沒睡著，就是假裝睡著了。床邊的水果和小圓麵包，她一點都沒碰。艾佛芮提早離開牌局，但，儘管她累到眼睛都睜不開了，她依然不會立刻就寢。她悄悄溜進小艙房，拿回小圓麵包，回到甲板上。她就這麼坐在窗戶下的長椅上，吃了起來。平靜無風的暖夜，窗戶總是大開著。艾佛芮坐著，盡可能安靜地嚼著小圓麵包，小心翼翼地咬下酥脆美味的酥皮。也許人在海上就會這樣，聞到大海的氣息，她就餓了起來。但也許，她只是想要有人愛上她——這股張力如影隨形。通常在這種情形下，她會發胖。

她可以聽見芭格絲的呼吸，先是一陣急促，然後停下，忽快忽慢，有時阻滯，有時打鼾，最後總算恢復平穩。她可以聽見芭格絲半睡半醒、輾轉反側，忽地在床上坐直身體。她也能看見來甲板上散步的船長，她不知道他有沒有看見她，從他的肢體語言看不出任何跡象，他也從來不會望向她的方向，只是平視前方。他只有在晚上會出來走動，這樣才可以盡可能不與人社交。他繞著欄杆走動，來來回回，踱來踱去。艾佛芮則依然靜靜坐著——她自覺像隻樹叢裡的狐狸，夜間出沒的動物，盯著他。但她覺得即使自己動動手腳，出聲叫喚，他也不會被驚擾。無疑地，他對船上的一切動靜都了如指掌，他知道她人在那裡，但出於禮貌沒去打擾她，或者他避開她是為了給彼此保留一點空間。

她想到珍寧對船長的盤算，心裡也同意芭格絲說的，珍寧注定會失敗。如果他們另有發展，艾佛芮反而會失望。在她看來，船長似乎不是個飢渴的男人。他不需要去打擾妳、奉承妳、撩撥妳，或在半途把妳擱下。他沒有那種**看著我**、**聽我說**、**仰慕我**、**為我付出**的種種樣子。一點也沒有。他腦裡想的是別的事。這艘船、大海、天氣、貨物、船員、任務；這些形形色色的船上乘客，想必他早就看多了，對他而言只是另一種貨物，需要另一種特殊的關照。有的無所事事、孱弱病痛、飢渴好色、悲痛傷心，有的好奇、急躁、頑皮、孤僻。過去他早就什麼人都看過了。他一見到人就心裡有數，但也僅止於他需要知道的事情罷了。他應該早就看穿了珍寧的意圖，這種人他見多了。

他是怎麼決定何時回船艙的？難道他自己計時，計算自己的步伐？他的頭髮灰白，腰桿直挺，腰間厚實，但那不代表他放縱口腹之欲，而是權力在握，安然自在的象徵。芭格絲沒為他想出什麼綽號，只是叫他「精明的蘇格蘭人」，除此之外她就不感興趣了。芭格絲抓不到他什麼把柄，他也沒有引人議論的浮誇言行，更沒有吹過什麼一戳就破的牛皮。他是早已定型的男人，不是那種投機取巧、擅長操弄，身邊有人可利用就利用的人。

某個夜晚，船長出現之前，艾佛芮聽見歌聲，是芭格絲在唱歌。她聽見芭格絲醒來，打理好自己，唱起了歌。

在芭格絲的最後幾個月，為了示範給學生看，她上課時偶爾會唱一小段樂句，非常小心的低吟。但她現在不那樣唱了。她輕聲地唱，就像以前練習那樣，為了正式演出保留力氣。不過她唱得真摯，力道恰如其分，帶著完美無瑕——或者，幾乎完美無瑕的甜美。

「親愛的，你會看到的。」芭格絲的歌聲就和她過去一樣，她在擺餐具時唱歌，或在公寓裡望向窗外的雨時唱歌，像是幫畫打上一層淡淡的草圖，只要她願意，她就能為畫增添豐富的色彩。她那時也許是在等人，或是追求難以企及的幸福，或者只是在為演唱會準備罷了。

「親愛的，你會看到的，
假如你乖乖的，
這兒有一帖良藥，
你會喜歡的。」[2]

艾佛芮聽見她開始唱歌，即刻抬起頭，身體隨之緊繃，彷彿遇到了什麼危難。但母親沒有出聲叫喚她，所以她就待在原地。等待最初的警戒過了，她便有了同樣的感覺；母親唱歌時，她總會體驗到的。門不費吹灰之力地敞開了，門後是個光亮的空間，揭示了仁慈與肅穆。渴求已久的，神聖的喜悅與肅穆，展示了一種對你無所求的仁慈。你什麼都不必做，只需要接受這亮光的指示。一切就此不同。就在那個時刻，芭格絲的歌聲戛然而止，轉瞬消失，毫無蹤影，彷彿像是

2【譯註】《唐・喬凡尼》著名的詠嘆調。

芭格絲親手奪走了它。芭格絲可以暗示這不過是個小把戲，沒什麼大不了的，還可以暗示，你這麼在意，還真是傻啊。這是芭格絲不得不獻給世人的天賦才能。

好啦，就這些了，不客氣。

沒什麼特別的。

芭格絲有個祕密，她起先毫不遮掩，後來又守口如瓶——不僅是對艾佛芮，對所有人都是如此。

艾佛芮沒什麼音樂天分，感謝主。

芭格絲剛唱完，船長就踏上甲板。說不定他出來時剛好聽到歌曲結尾，或者他早就在陰影處禮貌地等待她唱完。他照常散步。艾佛芮在一旁看著，一如往常。

艾佛芮能在她腦海裡唱歌，但即使是在腦海裡唱，她也從不唱能聯想到芭格絲的歌。她不唱柴琳娜的歌曲，也不唱神劇裡的女高音部，就連〈別了，新斯科細亞〉或類似的民謠都不考慮。芭格絲老是嘲笑這些民謠過於濫情，但她自己唱來卻如天籟美妙。艾佛芮會唱一首讚美詩，她已經不記得是從哪裡學來的了。不是從芭格絲那裡學的，一般來說她不喜歡讚美詩。艾佛芮必定是從教會學來的。她小時候，芭格絲去教會唱詩班擔任獨唱時，她就得和母親一起去。

這首讚美詩的開頭是這樣：「耶和華是我牧者」。艾佛芮不知道這是否改編自〈詩篇〉——她不常去教會，沒那麼懂〈詩篇〉。這首讚美詩的每個字，她都牢牢記得，而她得承認，裡頭充滿了奮發的自我意識，直接了當的勝利，還有，尤其是某一句，帶有稚氣的沾沾自喜：

在我敵人面前
祢為我擺設筵席

當她看著船長在她面前踱步，腦中一邊唱著這些字詞之時，她是如此愉悅、安心、不理智。而後來，當她安安穩穩地走向欄杆時，也是這般心情。

我一生一世
必有恩惠慈愛隨著我；
我且要住在耶和華的殿中，
直到永遠。

她寂靜的歌聲包藏著她對自己說的故事，每晚在甲板上，她都為這個故事編織出更多情節。（艾佛芮常給自己編故事——對她而言，編故事就和作夢一樣不可避免。）她的歌聲是一面牆，隔開了她的內心世界和外在世界，豎立在她的身體與鋪天蓋地襲來的繁星之間，與宛如黑鏡的北大西洋之間。

芭格絲連午餐都不下來吃了。她還是會去吃早餐，那時她精神好，大概能維持到餐後一小時左右。她說，她不來吃飯並非身體更不舒服，而是懶得再聽人說話、與人交談。她也不再唱歌了，至少艾佛芮能聽得到的時候，她不再唱了。

第九個晚上，也是船在英國港口城市提伯利靠岸前的最後一晚，珍寧在自己的艙房裡開了派對。珍寧的艙房是甲板上最大最好的一間，派對提供了香檳（她帶香檳上船就是為了這個），還有威士忌和其他酒類，再加上魚子醬、葡萄、成堆的煙燻鮭魚、韃靼牛肉、起司和薄麵餅，都是趁廚房不注意偷偷拿來的。「我真是浪費呀。」她說道。「我太開心啦，我很快就要當背包客大玩歐洲，去雞舍偷雞蛋啦。我不管，我要把你們所有人的地址都記下來，等我哪天沒錢就跑去和你們住。不准笑我！」

芭格絲本來要去派對的，為了保留體力，她整天都待在床上，連早餐都沒下去吃。她起身盥洗，再拿枕頭撐住背，坐在床上好化妝。她的妝化得很美，眼睛和其他地方全都顧到了。她還把頭髮梳開、梳蓬，噴上髮膠，穿上登臺獨唱時穿的禮服，那是艾佛芮親手為她做的——幾乎是筆直的剪裁，卻足夠寬鬆的長禮服。深紫色的絲綢，袖子寬大，帶有絢麗多彩的粉紅與銀色絲緞滾邊。

「是茄紫色的呢。」芭格絲說。她回身蕩起裙擺，揚起一陣閃亮斑斕，但這一轉身卻讓她站不穩，只好立刻坐下。

「我應該要修個指甲的，不過等等吧，我太緊張了。」她說。
「我可以幫妳修。」艾佛芮說，她把頭髮用髮夾夾好。
「妳要幫我修嗎？但我想還是算了，我還是不要去派對了，待在這裡休息比較好。明天我得把自己打理好，看起來體體面面的，明天就要上岸了啊。」
艾佛芮幫她換下禮服，洗臉，穿回睡衣，再幫她躺回床上。
「這件禮服不穿出去讓人看看真是罪過。」芭格絲說。「妳先等等，這件衣服做了就是要穿出去給人看，妳應該要穿的，妳穿吧。拜託。」
艾佛芮不覺得自己適合這種紫色，但她最終還是脫下身上的綠色禮服，換上芭格絲這件。她沿著走廊一路走到派對，覺得尷尬，不甘不願又荒謬。不過還好，眾人都好好打扮了一番，有些人隆重地盛裝出席。就連男士們多少也想方設法打扮了一下。藝術家穿著一件舊燕尾服外套配牛仔褲。教授則是一身白西裝，只是剪裁鬆垮垮的，看起來像是擁有廣大農園的花花公子。珍寧身穿黑色緊身小禮服，搭配有縫線的黑絲襪和頗具分量的金首飾。萊斯莉全身裹在奶油白的塔夫綢之中，上頭綴有紅色與粉紅玫瑰的花樣，光滑的質料被她渾圓的臀部撐起來，像是一朵巨大玫瑰；而教授就對那花瓣不停地輕拍撫摸，盡情享受，像是才剛迷上她的樣子。她的表情看上去既安心又自豪，羞羞怯怯地綻放她的美麗。
「妳母親不來派對嗎？」教授問艾佛芮。
「她覺得派對很無聊。」艾佛芮回答。

「我想她覺得很多事情都很無聊吧。」教授接著說。「我發現表演藝術這行的人都這樣，我懂。他們必須專注在自己身上。」

「看看這是誰——是自由女神像嗎？」藝術家靠過來，手指掠過艾佛芮的絲質禮服。「裡面到底有沒有藏著什麼女人呀？」

艾佛芮早就聽說他和珍寧最近在討論自己，猜測她可能是同性戀，芭格絲不是她母親，而是有錢又善妒的情人。

「裡面藏的是個女人還是一塊水泥啊？」他說著，手就隔著絲綢按在她臀部上。

艾佛芮不在乎，反正這是她看見他的最後一晚了。再說她喝著酒，她喜歡喝酒，尤其是香檳。香檳不會讓她興奮，而是令一切都模糊不清，可以包容。

她先和大副聊天。他和山裡的女孩訂了婚，有禮貌地表達了對她沒有男女之意。

她又和廚師聊天，是個長相端莊大方的女人，在挪威的高中教過幾年英文，現在則是決心讓人生裡多一點冒險。珍寧曾告訴艾佛芮，這廚師和藝術家應是有過不可告人的關係，而廚師對艾佛芮雖然態度友好，卻帶著某種程度的挑釁與諷刺，艾佛芮想傳聞可能是真的。

她和萊斯莉聊天。萊斯莉說她曾是豎琴家，年輕時在飯店的晚餐時段彈奏，蕨類盆栽後的教授很快便相中了她，眾人以為她當時就是學生，其實不是，是他們開始交往之後，教授才幫她註冊了一些課程，好讓她能聰明點。她一邊啜飲香檳，一邊咯咯輕笑著，說那一點也不管用。她抗拒變得聰明，也放棄了豎琴。

珍寧悄悄靠近艾佛芮，聲音盡可能壓低，像是要說什麼祕密。「妳要拿她怎麼辦？」她問。「妳在英國要做什麼？要怎麼帶她上火車？這可不能胡鬧。」

「別擔心。」艾佛芮回答。

「我有些事沒告訴妳。」珍寧說。「我必須去一下洗手間，回來後我有事要和妳說。」

艾佛芮暗暗希望，珍寧不是要透露更多藝術家的八卦，或是建議她如何照料芭格絲。但珍寧要說的不是這些。她從洗手間回來後，說的是她自己的事。她說，之前她聲稱自己是來度假的，其實不然，她是被先生趕出來的。她先生迷上了電臺門口的接待員，是個風騷的蠢貨，成天就是坐在櫃檯修指甲，偶爾接個電話。她先生認為他和珍寧雖然當不成夫妻，應該還能是朋友，他還是會去她家，喝她的酒，聊聊他的情人有多美麗迷人。像是他的情人是怎麼坐在床上，裸著身，做什麼呢——還能做什麼？修指甲嘛。他希望珍寧和他一起放聲大笑，同情他怎麼就糊裡糊塗地陷入了這種糊裡糊塗的戀愛。而她還真的做到了。珍寧做到了。有時她會照著他想要的去做，聽他說戀愛故事，看著家裡的酒逐漸喝光。他說他愛珍寧——她就像自己從未有過的妹妹。但如今珍寧打算把他從自己的人生中連根拔起，她要遠走天涯，為自己而活。

雖然只剩最後一點時間，她對船長還是有希望。此時船長已經放下香檳，喝起了威士忌。

廚師端來擺滿咖啡的托盤，讓不喝酒的人也能有飲料，也讓想醒酒的人早點清醒。結果，終於有人拿起咖啡時，卻發現奶油已經變味了——大概是在溫暖的室內放了一陣子的緣故。廚師神色自若地端走了咖啡，並保證會換上新鮮的。「早上拿來做薄煎餅一樣很好吃。混著紅糖一起澆在薄煎餅上。」她說。

珍寧說曾有人告訴她，船上的牛奶若酸掉了，你就會開始懷疑，船上是不是有人過世了。

「我以為這是某種迷信。但他說不是，這是有根據的。重點就在冰。船上的人把所有的冰都拿去保存遺體，牛奶就變酸了。他說他早就知道，在熱帶地區航行的船就會發生這種事。」珍寧說。

有人開玩笑地問船長，這艘船是否發生過同樣的事。

他說就他所知，並沒有發生過。「而且我們冰箱空間很大。」他回道。

「不管怎樣，你都會為他們海葬，對吧？你可以在海上幫人證婚，也可以主持葬禮，對吧？還是你會把遺體冰起來，送他們回家？」珍寧問。

「我們會視具體情況而定。」船長回答。

但又有人開口問了——他自己遇過這種事嗎？這裡保存過遺體嗎？舉辦過海葬嗎？

「有個年輕小伙子，是我們船員，因為盲腸炎死了。據我們所知他沒有家人，所以我們為他舉行海葬。」

「仔細想想，這個說法還真有趣。」萊斯莉接口。她對什麼都能咯咯嬌笑。「海葬。」

「還有一次——」船長接下去說：「還有一次，是位女士。」

他接著對珍寧、艾佛芮還有站在旁邊的幾個人說了一個故事。（不包含萊斯莉，她先生把她帶走了。）

船長說，幾年前，一對姊妹上船旅遊，當時船跑的是南大西洋的另一條航線，姊妹倆看起來相差了二十歲，但那純粹是因為其中一位病得很重。她的年紀或許沒那麼大——也或許她根本就不是姊姊。更可能姊妹倆都是三十多歲，都未婚，沒生病的那位非常漂亮。

「是我人生中見過最漂亮的女人。」船長嚴肅地說，像在形容什麼景致或建築物。

她是絕色美人，但除了對她姊姊之外誰都不理會。她姊姊或許是心臟有問題，整天關在艙房裡。妹妹習慣晚上來到甲板，坐在她們艙房窗外的長椅上，偶爾會在房間和欄杆之間走走，但從來不會離開窗戶太遠。船長猜測，她應該是想待在能聽見房內動靜的距離之內，以防她姊姊臨時有什麼需要（那時船上還沒有配置醫護人員）。船長夜晚出來散步時，就能看到她坐在那裡。但他會假裝沒看見，因為她似乎不想被看見，也不想和人打招呼。

但有一晚，船長散步走過時，聽見她開口叫他。她叫喚的聲音十分輕柔，他幾乎聽不見。他走向長椅，她說，船長，我很抱歉，我姊姊剛剛死了。

我很抱歉，我姊姊剛剛死了。

她帶他進入艙房，她說的完全沒錯，她姊姊躺在門旁邊的床上，眼睛半閉著，才剛過世。

「場面有點混亂，這種事情有時就是這樣。我從她的反應判斷，事發時她不在房內，在外面。」船長說。

船長和女子皆不發一語，他們開始著手整理，清理遺體，為她套上衣服，闔上雙眼。結束後，船長問他應該通知誰。誰都不必，女子回答。沒有別人了，就只有我們姊妹倆。船長接著問，妳想要舉行海葬嗎。她回答，是的。那就明天吧，他說明天早上——她接著說，為什麼要等呢，不能現在嗎？

這麼做自然好，只是船長不會主動提議她這麼做。有人過世了，船上的乘客，甚至是船員們，愈少人知道愈好。而且當時是夏天，南大西洋暑氣逼人，他們拿了張床單裹住遺體，通過房間敞開透氣的窗戶將遺體運出來。遺體很輕，她姊姊已經病到瘦骨嶙峋，他們把遺體運到欄杆邊，接著，船長說他要去拿些繩子來將遺體綁好，以免遺體落下時床單飄走。她問，用絲巾不行嗎？接著跑回房間，拿出各種花色的絲巾和飾帶，質料與成色極美。他用這些物事將遺體綁好，又說他要去拿手冊，好念主持葬禮該說的話。女子笑了並說，你拿手冊到這裡來有什麼用？現在天太黑了，根本看不見。他看得出來她害怕獨自守著遺體，而她也是對的，天色太暗，根本看不清字。他本來可以拿手電筒來的，但，當時他不知道自己有沒有想到這一點。他實在不想留她一人在這，看她這副模樣，他實在不放心。

他問，那他該說些什麼，念一些祈禱文嗎？

都可以，她回答。於是他念了一段《主禱文》——他不確定她有沒有跟著一起念。他接著說了些像是主耶穌基督，我們以祢的名，將這女人葬入深海，求祢垂憐她的靈魂，這類的話。他們抬起遺體，將之翻過欄杆，落下時幾乎沒有濺起什麼水花。

她問，就是這樣了嗎。他回答是的。他只要再填些表格，開張死亡證明便可以了。她的死因是什麼呢，他問。是心臟病發嗎？他不自覺納悶，自己是不是被下了什麼咒，怎麼之前沒問這個問題。

噢，她回答，是我殺了她。

「我就知道！」珍寧大喊。「我就知道是謀殺！」

船長和女子走回房間窗戶外的長椅下坐著。房內現在如聖誕節一般燈火通明。他問她這麼說是什麼意思。她回答，她一直都坐在這裡，也就是她現在坐的地方，而她聽見姊姊在叫她。她知道姊姊情況不妙，知道發生了什麼事——姊姊該打針了。但她絲毫不動。她試圖挪動身體——意思是，她腦中一直想移動，也看見自己走進房間拿出針筒，看見自己幫姊姊打針。但她就是沒有反應。她迫使自己起身，卻還是沒能做到，如石頭般坐在原處。她再也動不了，就像你躲不掉夢中即將來臨的災禍。她坐在那裡，直到她知道姊姊已經死去，然後船長走近，她出聲喚他。

船長告訴她，妳沒有殺妳姊姊。

無論如何她都會死的，他說。她不是快死了嗎？如果不是今晚，也快了？噢，是的，她回答。或許是吧。不是或許，船長說，是一定。一定的。他會在死亡證明寫死因是心臟病，就是這樣，到此為止。所以現在妳得冷靜下來，他說。妳現在知道一切都會沒事的。

他有蘇格蘭口音，「冷靜」（calm）和「小羊」（lamb）押同一個韻。

好，女子回答，她明白整件事的那個部分會沒事的。我不後悔，她說。但我想你應該要記得你做過的事情。

「然後她走到欄杆邊。當然我有跟著她，因為我不確定她究竟想做什麼。接著她唱了一首讚美詩，就這樣。我猜那是她想為葬禮做的吧。她唱得很小聲，幾乎聽不見，但那首讚美詩我知道，我想不起來該怎麼唱，不過那首讚美詩我很熟悉。」船長說。

「我一生一世必有恩惠慈愛……」艾佛芮接著唱了起來，聲音很輕卻十分肯定。珍寧聽了，捏了她的腰一下，驚呼：「哇，真厲害！」

船長的臉上也閃過片刻的驚訝，然後他說：「我相信應該就是這首了。」他說不定曾經對艾佛芮透露過什麼，或許是這個故事鮮為人知的片段。「應該就是了。」

艾佛芮說：「我只知道這首讚美詩。」

「不過，這故事就結束了？沒有提到她們家族有什麼財產？或者她們兩個都愛上了同一個男人？都沒有？好吧，這又不是電視劇。」珍寧問。

船長說對，這不是電視劇。

艾佛芮相信，她知道這故事沒說出來的是什麼。她怎麼可能需要追問？這就是她的故事。她知道，女子唱完讚美詩，船長就將她扶在欄杆上的手拉過來，握著她的手，拿到嘴邊輕吻了一下，先是親吻手背，然後是手心。手心（palm）也和小羊（lamb）押韻。她那隻手，才剛為死者服務過。

這故事有好幾個版本，在某些版本裡，船長做的事就這樣，這也足夠了。不過在其他版本，他可沒這麼容易滿足。而她亦然。她和他一起入內，沿著走道進入燈火通明的房間，兩人就在那張床上做愛。根據他的說法，就是那張他們才換過床單、清潔過的床，把睡在那張床上的人和其中一張床單，一併葬入大海深處。他們就倒臥在這張床上，因為等不及去到窗下的另一張床，只想盡快開始做愛。兩人一直交歡到破曉之時，那感受持續良久，久到足夠他倆此生仔細回味。

有時他們關了燈，有時他們一點也不在乎。

船長每次說起這個故事，都把母女說成姊妹，說他把船駕駛到南大西洋，而且每次都不提結局，也略過關於自己的細節。但艾佛芮相信，他說的是她的故事。就是她在甲板上，夜復一夜對她自己說的故事，那全然私密的心事，如今則換人說給她聽。她編織的故事，他拿了過去，說了出來，祕密安然無恙。

相信這種事確實有可能發生，令她如釋重負，如此獨特，散發著光芒，像一尾在水中發光的魚。

芭格絲那晚並沒有死，她兩週後才過世，在愛丁堡皇家醫院。她居然能撐著身體，搭火車到那麼遠的地方。

她過世時，艾佛芮不在她身邊。她人在幾個街區外，吃著外賣店的烤馬鈴薯。

芭格絲在人生最後尚能清楚表達的日子裡，給皇家醫院的評語是：「不覺得這名字很**舊世界**嗎？」

艾佛芮在病房待了整天之後出來吃點東西，驚訝地發現天色居然還這麼亮，街上有這麼多精力充沛、穿著鮮豔的人，說著法語和德語，或許還有很多她聽不懂的語言。每年此時，船長的家鄉都會舉行慶典。

艾佛芮坐飛機將芭格絲的遺體帶回家，葬禮在多倫多舉行，放著優美的音樂。她發現身旁坐著的人也是從蘇格蘭回來的加拿大人——一名曾經打過知名業餘高爾夫球賽的年輕人，表現卻沒有自己預期中來得好。兩人感到彼此同是天涯淪落人，而他們一個不懂運動，另一個不了解音樂，很快地便對彼此的世界感到好奇，覺得對方迷人充滿魅力。他住在多倫多，出現在葬禮中是合情合理的事。

很快地，他與艾佛芮結婚了，過一陣子，他倆在彼此眼中沒那麼和善，也沒那麼有魅力了，艾佛芮開始想，她選了這個丈夫，主要是芭格絲肯定會覺得她這麼做荒謬可笑。他倆離了婚。

艾佛芮後來又遇見另一個男人，年紀比她大很多，是高中的戲劇老師，也當舞臺劇導演。他很有才華，個性不怎麼好——目中無人，態度無禮，總是冷嘲熱諷，令人不安。這種人，大家要不是覺得很有魅力，就是很討厭他。他一直努力不要扯上任何情感關係。

然而艾佛芮懷了孕，兩人最終還是結了婚。兩人都希望能生個女兒。

艾佛芮再也沒有見過那艘船上的人，也沒再聽過他們的消息。

艾佛芮接受了船長的給予，不必再肩負重任，謝天謝地。在深色絲質禮服的包裹下，她像一尾閃閃發光的魚自在倘佯。

她和船長互道晚安，鄭重地握了手。他倆雙手相觸的那一瞬間，肌膚微微閃爍。

噢，風采似

I——獨眼龍

他們人都在飯廳裡。飯廳裡，除了瓷器櫃前方的地上鋪了張地毯之外，整片上光的地板就這麼露出來。這裡沒有太多家具——就是一張長桌、幾把椅子、鋼琴，還有瓷器櫃而已。窗戶上裝的木製百葉窗全都關上了，百葉窗漆成帶灰的暗藍色。好些葉片和窗框上的油漆斑駁掉落，其中一些是瓊的傑作，她用指甲摳的。

這天羅根非常熱，百葉窗外的世界，白光中浮動著暑氣，遠方的樹木和山丘轉為透明，狗兒忙著尋找鄰近的汲水幫浦和飲水檯附近的小水坑。

他們母親的幾個女性友人在飯廳裡，是擔任學校老師的嘉西．托爾，還是火車站站長的妻子？母親的友人都是活力充沛的女性，個性獨立自主不受拘束，即便現實中不能如此，她們也展現了此種態度。

＊＊＊

吊扇下的長桌上，兩個女人攤開紙牌，正在算命。她們談天說笑；瓊覺得那副模樣很撩人，彷彿在密謀算計著什麼。莫里斯趴在地上寫著筆記本，內容是他這週賣出了幾本《新自由》雜誌，誰已經付款，誰尚未付款等等。十五歲的他看上去生活不虞匱乏，表現友善，但拘謹寡言，戴著眼鏡，其中一邊鏡片是深色的。

莫里斯四歲那年，他在鄰近小溪那側院子裡的高草叢中晃來晃去，被放在那裡的耙子絆倒，耙齒朝上。他整個人跌在上面，眉毛和眼皮嚴重受損，耙齒擦破了一邊眼球。事發時瓊還是個小嬰兒，她只記得他留下了一條疤，瞎了一隻眼，從此戴著單邊深色鏡片的眼鏡。

那支耙子是一個流浪漢留在那裡的，他們母親說。她告訴流浪漢，如果他把核桃樹下的落葉耙乾淨，就給他三明治吃。她給了他一支耙子，下次她再往外看時他已經不見了。她猜想他說不定是耙累了，或是氣她居然不先給他東西吃就要他做事。她忘了去外面看看，找一下耙子放在哪裡。她身邊沒有任何男人幫忙，這半年多以來，她發生了三件事，她必須獨自苦撐下去：瓊出生，丈夫車禍過世（她相信他一直在酗酒，但他那時沒醉），以及莫里斯摔在耙子上的意外。

她從未帶莫里斯去多倫多看醫生，詢問專科醫生有無修復疤痕的辦法，或是詢求醫生對那隻傷眼的建議。她沒錢。但，難道她不能借錢嗎（瓊長大後對此很疑惑）？難道她不能去獅子會請他們幫忙，就像他們偶爾會救濟遇上緊急狀況的窮人？不，不行，她不能去。她不信他們一家是獅子會救濟窮人的那種窮困，他們住在大房子裡，對街的三棟小房子都是他們的，可以收租，他們還擁有貯木場，雖然有時人力裁減到只剩下一名員工。（他們母親喜歡自稱「弗戴斯媽媽」，因為有一齣收音機肥皂劇，裡面的寡婦「柏金斯媽媽」也擁有一間貯木場。）他們沒有真正窮人擁有的那種權利。

瓊更不能理解的是，為何莫里斯本人從未行動。莫里斯現在擁有大筆財產，而問題也早就不是錢了。莫里斯保了政府的健保，也和其他人一樣按時繳保費。對瓊而言，他對寵溺小孩、個人責任和稅賦不當的看法非常右派，但他還是乖乖繳納健保費用。難道他不想享受一點應有的權益嗎？動手術把眼皮整得好看一點？裝個唯妙唯肖的新義眼？聽說現在的義眼靈敏地不可思議，能與另一隻真眼的動作和諧一致。他只需要跑一趟診所，做個小手術，即使必須操煩什麼，也只是護理比較麻煩罷了。

其實真正需要的，是莫里斯必須承認他想要改變。命運給你佩上了不幸的標記，而你想摘掉，這不是什麼丟臉的事。

母親帶朋友到家裡來，一起喝蘭姆酒可樂。這個家散漫頹靡的風氣，如果被瓊和莫里斯的學校同學看見了，多半都會大吃一驚。他們母親抽菸，酷暑時喝蘭姆酒可樂。莫里斯十二歲時，她就讓他抽菸還有開車（他不喜歡蘭姆酒）。母親從未提起「不幸」這個字，倒是時不時會提起流浪漢和耙子。但如今，莫里斯的眼睛或許已被視為某種特殊的裝飾品。她的確讓孩子們感到自己參與了某種特別的事物，卻不是因為他們爺爺創立了貯木場——她笑稱他只是個走運的伐木工。她自己也只是無名小卒，搬到鎮上時在銀行擔任職員。這份特殊也無關於他們住在一棟冰冷又不好打理的大房子裡，而是因為某些私密、外人無從得知的，存在他們這個小家庭裡的事。這種「特別」是他們開玩笑、談論是非的方式。他們私底下會幫鎮民取綽號——大部分是母親取的，幾乎鎮上所有人她都取了綽號。她很懂詩，應該是從學校或不知哪裡學來的。不管是誰，她都能想出幾句荒唐又令人印象深刻的詩句來概括對方的特質。通常她往窗外看，嘴裡念出幾句詩，兄妹倆就知道經過外頭的是誰。有時她在攪拌粥，也會隨興吟上幾句詩。（他們偶爾晚餐和早餐會吃粥，因為便宜。）

莫里斯喜歡說雙關語的笑話，這是他的堅持，老是不顧告誡，陽奉陰違，所以母親總是假裝被他搞得火冒三丈。有一次母親告訴他，如果他再這樣開玩笑，她就要把整碗糖倒在他的馬鈴薯泥上。他不聽，母親真的倒了。

弗戴斯家總是有股異味，氣味來自被封死的房間牆壁灰泥和壁紙裡，來自閒置煙囪裡的鳥屍，也來自擺放床單毛巾的櫥櫃裡的鼠屎。飯廳和客廳中間的拱道上有幾扇木門，現在都關著，只剩飯廳還有在使用。前廳與側廳用廉價隔板馬馬虎虎隔著。他們不買木炭，火爐壞了也不修理，只靠著從貯木場拿回來的碎木塊，點燃兩個爐子取暖。不過這些都不重要，他們生活的匱乏、困窘與撙節都不重要。那什麼才重要？玩笑與好運才重要。他們很幸運，是正常婚姻的產物，而這段婚姻的幸福還持續了五年。還有派對、舞會、年少輕狂時的種種大膽嬉鬧，樣樣都證明了這些幸福確實存在。提醒這段狂歡歲月的物品隨處可見——黑膠唱片、精緻布料縫製的寬鬆洋裝（杏桃色喬其紗、翠綠雲紋絲綢），還有內附銀色長頸瓶的野餐籃。這種幸福毫不低調，是與朋友一起打扮得花枝招展，飲酒作樂的幸福。這些朋友泰半都來自其他地區，甚至遠從多倫多而來。如今這些朋友已然散去，許多人都遭逢命運的重擊，在那幾年忽然散盡家財，面臨人生的曲折困頓。

他們聽見有人用敲門環猛敲前門。有教養的人絕對不會這麼做。

「我知道，我知道是誰。一定是瘋子巴特勒太太。你們要跟我賭什麼？」母親說。她把腳上的帆布鞋蹭掉，小心拉開拱道上的幾扇門，連一點吱吱嘎嘎的聲響都沒發出。她踮起腳尖走向閒置客廳的前窗，這樣她就能從百葉窗的葉片間窺見前門的門廊。「噢，靠。還真的是咧。」她說。

巴特勒太太住在對街三間水泥房子裡的其中一間，母親是她的房東。她滿頭白髮，卻喜歡將頭髮往上一攏，用各色天鵝絨拼成的頭巾包起來。她經年累月都穿著同一件黑色長大衣，習慣在街上攔下小孩，問他們問題。你剛下課要回家嗎？你必須乖乖待在家嗎？你媽媽知道你嚼口香糖嗎？你是不是把瓶蓋丟到我家院子？

「噢，靠。還真是不想見誰，誰就來了。」母親說。

巴特勒太太並不常拜訪，她偶爾過來一下，有時是亂七八糟東拉西扯抱怨，有時則是帶來急迫的壞消息。不過都是鬼扯。接下來好幾週，她經過他們家時大步疾走而過，看都不看一眼。她那頭部往前伸長的模樣，完全破壞了自己一襲黑衣的高雅，而且心不在焉，一副被冒犯的樣子，不停喃喃自語。

敲門環又響了，母親輕輕地走向通往前廳的門口，然後她就站在那裡不動。前門很大，其中一邊鑲著彩色玻璃，花樣交錯繁複，如此一來從外面就不容易看見內部。另一邊的彩色玻璃破了（有一晚我們玩得太瘋了，母親說），用薄木板擋起來。母親就這樣站在門口，開始學狗叫。汪汪汪，她叫著，像隻獨自被關在家的生氣小狗。巴特勒太太包著頭巾的頭抵在玻璃上，試著看清裡頭的動靜。但她看不見，小狗叫得更大聲了，憤怒狂吠，激動怒吼，其中隱藏著母親想說的話：**走開**，**走開**，**走開**。**瘋婆子**，**瘋婆子**，**瘋婆子**。**走開**，**瘋婆子**，**走開**。

巴特勒太太在門外酷熱的空氣中站了一下，擋住了透進玻璃的陽光。

下次她來訪時說：「我都不知道你們有養狗。」

「我們沒養啊。從來沒養過狗。我一直想養一隻，但都沒養過。」母親說。

「我有一天過來，沒人在家，沒人開門，但我對天發誓，我聽到狗在叫。」

「說不定是妳的內耳有問題呢，巴特勒太太。妳應該問醫生啊。」

母親事後說：「我覺得我可以輕輕鬆鬆就變成一隻狗。我的名字可以叫『跳跳』。」

他們幫巴特勒太太取了個綽號，幫可樂太太，幫可太太，最後定案是卡幫可太太。真適合她。瓊雖然不懂「卡幫可」[1]是什麼意思，但她也知道這綽號很傳神，令人立刻聯想到這鄰居的表情和特質，總給人一種疙疙瘩瘩、死死板板、僵硬笨拙的感覺。

卡幫可太太有個女兒，名叫瑪蒂達。她沒有丈夫，就只有這麼一個女兒。弗戴斯一家晚餐後總會坐在側門的門廊邊談天小憩，他們母親會抽菸，也讓莫里斯像個一家之主一樣抽菸。此時，他們或許會看見瑪蒂達從屋子的轉角出現，也許是去很晚才關門的糖果店，或是趁圖書館關門前去借書。她身邊從來沒有朋友。誰會帶朋友去卡幫可太太做主的那個家？但瑪蒂達看上去似乎並不寂寞，也不面露羞怯或悶悶不樂。她總是打扮得很漂亮，卡幫可太太擅長縫紉——事實上，這就是她賺錢的方式。她幫吉利斯比百貨公司的女裝部和男裝部裁縫、改衣服。她都讓瑪蒂達穿淡色衣服，經常搭配白色長筒襪。

「長髮公主，長髮公主，把妳的金髮放下來。」他們母親看見瑪蒂達走過時輕輕地說。「她怎麼可能是卡幫可太太的女兒？沒道理啊！」

母親說這一定事有蹊蹺，萬一她猜測的哪個版本其實是真的，她完全不會意外（完完全全、徹徹底底不會意外噢）。一、瑪蒂達其實是哪個富家千金的小孩。二、瑪蒂達是某次婚外情的結果，卡幫可太太只是被雇來照顧她的。三、說不定瑪蒂達從嬰兒時就被綁架了，她對自己的身世

---

1 【譯註】Carbuncle，有癰、腫塊之意。

一無所知。「這種事還真的有可能發生咧。」母親說。

會有這麼一番推測，是因為瑪蒂達的美，實在是一種被囚禁的公主的美。她的美就像是故事書裡的插畫，淡褐色大波浪長髮，飄動時閃著金色光芒，在染出來的黃銅色金髮大流行之前，她的髮色才是貨真價實的金髮。白裡透紅的肌膚，淡藍色的大眼睛，「人性本善」，瓊想到瑪蒂達的時候，腦海裡不知怎麼就會蹦出這句話。瑪蒂達淡藍色的雙眼、肌膚、表情，確實都溫溫的，柔柔的，流露出柔順、淡然、善良——但搞不好也有點傻。故事裡的公主不是都傻裡傻氣的？美麗金髮的腦袋之下不是都有點空空的？不是都懷著無藥可救的慈悲心，天真地願意犧牲自己？這一切特質在瑪蒂達十二、三歲時就已顯而易見，這也是莫里斯的年紀，她和莫里斯在學校同一個班，但她成績相當好，所以這大概表示她一點也不傻。大家都知道她是拼字比賽冠軍。

瓊搜集了關於瑪蒂達的所有消息，逐漸對她穿的每套衣服都了如指掌。瓊會仔細規畫遇見她的時機，她們都住同一個街區，因而成功過很多次。被愛搞得暈頭轉向的瓊，對瑪蒂達外表的每個微小變化都一清二楚。今天她的頭髮是往前撥、披在肩上，還是撥到臉頰兩側後方？她今天有沒有擦透明指甲油？穿的是不是那件淡藍色螺縈罩衫，領口有細細的蕾絲花邊，讓她看起來飄渺又溫柔？還是穿那件漿挺的白色棉質襯衫，讓她像個十足的好學生？瑪蒂達有一串粉紅透明玻璃珠項鍊，瓊只要看見她白嫩的脖頸上掛著那串項鍊，雙手手臂內側就會冒出一層纖小的汗珠。

瓊還一度幫她想了別的名字，「瑪蒂達」令人聯想到髒汙的窗簾、灰色的帳篷掀門、皮膚鬆垮垮的老女人。「雪倫」怎麼樣？「莉莉安」？「伊莉莎白」？然後，瓊也不知怎麼地，「瑪蒂達」

這個名字忽然就蛻變了，開始如銀般閃亮。「瑪蒂達」之中的「蒂」（til）就是銀（silver），但不是金屬的銀，在瓊腦中，她的芳名宛如一匹緞子，閃動著耀眼的光芒。

打招呼極為重要，瓊等著那幾秒來臨時，脖頸上的脈搏怦怦跳著。當然，瑪蒂達必定會先開口，她可能會說「嗨」，輕鬆愉快地、與同學打招呼的口氣。或是「哈囉」，比較溫和，稍微親密。她偶爾還會說「哈囉，瓊」，這代表她特別注意到了瓊，語氣還帶著活潑俏皮的親暱。這讓瓊立刻熱淚盈眶，羞愧又幸福的繁複感受，重重壓在她心口。

當然，這份愛隨著時間逐漸式微。所有的試驗以及興奮都會淡去，瓊對瑪蒂達·巴特勒的興趣也逐漸回歸正常。瑪蒂達自己也改變了。瓊念高中時，瑪蒂達已經在上班。她在律師事務所擔任基層職員，現在能自己賺錢了，脫離了一半母親的控制（只有「一半」是因為她仍住在家裡），整個人的風格也改變了。她似乎比較想當一般人，而不是公主。她把一頭長髮剪短，剪成當時流行的髮型，她也開始化妝，鮮紅色的口紅凸顯了唇形；一般女孩怎麼打扮，她就怎麼打扮——開衩長窄裙，領口飾有鬆軟蝴蝶結的罩衫，包頭平底鞋，原先的蒼白與脫俗消失無蹤。瓊則是打算拿獎學金，去多倫多大學念藝術和考古學。面對改頭換面的瑪蒂達，她已能冷靜自持、沉穩應對。當瑪蒂達身邊多了個男友，瓊對她的最後一丁點崇拜也消失殆盡。

這男友相當好看，約莫比瑪蒂達大十歲，黑髮逐漸稀疏，蓄著細細的鉛筆鬍，臉上神情冷漠猜疑又固執。他個子很高，與瑪蒂達走在街上時略微傾身，一隻手臂環繞著她的腰。他們常在街上來去，因為卡幫可太太極度討厭這個人，完全不讓他進自己家門。原本他沒車，後來才買的。據說他之前是飛行員，或是高級餐廳的服務生，沒人知道瑪蒂達在哪裡遇見他。他倆走路時，他的手臂下方實際上略低於瑪蒂達的腰際——張開的五指就這麼牢牢放在她臀上。瓊認為這胡作非為又放得理所當然的手，與他那陰鬱又挑釁的神情一定有什麼關聯。

不過在此之前，在瑪蒂達找到工作、剪短頭髮之前，發生了某件事，讓瓊看見了瑪蒂達之美的某個層面，或說某種效應，令她開始懷疑，瑪蒂達的美是否真的那麼無庸置疑（那時她對瑪蒂達的愛早已消逝）。她發覺在羅根這個地方，如此美貌足以讓人把妳當成跛子，或是有語言障礙。那種美貌會孤立妳——輕微畸形的人或許也會被孤立，但這種美導致的排擠卻更加嚴重，因為會讓其他人感到羞恥。瓊明白這點後，雖說她依然看見瑪蒂達想盡辦法擺脫或掩飾這種美，很是失望，但也沒那麼意外了。

巴特勒太太，或說卡幫可太太，偶爾會大剌剌入侵他們家廚房。她從不脫下身上那襲黑大衣與色彩繽紛的天鵝絨布頭巾。母親說，看她不脫大衣，你會暗自抱著希望，期待她很快就會走，三小時內你就能解脫。而且只要她還穿著大衣，無論她底下穿的是什麼恐怖的衣服都無所謂。卡幫可太太有了這身大衣，也很樂意一年到頭都穿著，從來不用換衣服。因此她身上一直散發著某種氣味——樟腦的味道，窒悶的味道。

她進屋時總是喋喋不休，都還沒看見人影，就已能聽見一串連珠炮——關於她身邊發生了什麼事啦，哪個人惹她火大啦，那陣勢就像是你早就知道什麼事或什麼人，新聞早就在報導她的生活大小事，而你居然沒跟上最新的消息。這種新聞報導，或說激烈的連珠炮，瓊最期待的是前半小時左右，而且最好在房門外偷聽，這樣她就能在話題鬼打牆前開溜。假如你打算在卡幫可太太視線範圍之內溜走，她會用挖苦的語氣問你這麼急是要去哪，或者指控你不相信她。

瓊正是如此——她人在飯廳假裝練琴，練學校聖誕節音樂會要表演的曲目，其實正在偷聽。那是瓊小學最後一年，而瑪蒂達則是高中最後一年。（莫里斯則將在聖誕節後輟學，接管貯木場的事業。）十二月中旬某個週六早晨，天色灰暗，四處結霜。今晚是高中聖誕舞會，一年之中唯一的正式舞會，即將在鎮上的軍隊集會廳舉行。

這回被卡幫可太太列入黑名單的，就是高中校長。校長是個平平庸庸的男人，名叫阿奇柏德．摩爾。正因為這名字，學生總是叫他「阿奇伯」、「阿奇伯魔」或「阿奇摸伯」。卡幫可太太說他一點也不配當校長，他受賄人盡皆知，假如你不塞錢給他，就別想從高中畢業。

「但閱卷是在多倫多進行啊。」瓊的母親好像真的聽迷糊了。有一陣子她很享受順著卡幫可太太的話演下去，偶爾溫和地出言反對，問幾個問題。

「他們都是一夥的啦。」卡幫可太太回答。「這幫人都一樣。」她繼續說，如果不是塞了錢，校長自己都沒辦法有高中學歷。他很蠢，蠢到不行，不會在黑板前解數學題，也不會翻譯拉丁文，要有人把書裡的英文字全寫到封面上，他才看得懂。前幾年他還把一個女孩的肚子搞大了。

「噢，這我可沒聽說！」瓊的母親溫婉地說。

「當然下了封口令，他得拿錢出來。」

「這樣他之前考試收的錢不就都沒了？」

「真該有人拿鞭子好好抽他一頓。」

瓊輕輕彈著鋼琴（曲子是〈耶穌，世人仰望的喜悅〉，很難彈），因為她希望能聽到那女孩的名字，或許還能聽到他們之後是怎麼處理小嬰兒的。（有一次卡幫可太太描述了鎮上某個醫生怎麼處理小嬰兒，那些嬰兒都是醫生自己在外風流放蕩的結果。）但卡幫可太太的話題卻又回到自己為何憤恨不平，似乎與舞會有關。阿奇柏德．摩爾辦舞會的方式不對，他應該要讓所有人抽籤決定舞伴，或者規定所有人都不用帶舞伴入場，兩種方式擇一。那樣的話，瑪蒂達就能去了。瑪蒂達沒有舞伴——沒有男生邀請她，而她說沒有舞伴她就不去了。卡幫可太太說她一定得去，她會逼她去。她非逼不可的原因，是瑪蒂達那身衣服要價不菲，卡幫可太太一一列出材料：網紗、塔夫綢、亮片、上半身的襯裡鋼架（無肩帶的款式）、接近六十公分的拉鍊，這身禮服是卡幫可太太自己做的，花了她數不盡的時間，而瑪蒂達居然只穿過一次。昨晚，她念的高中在鎮公所禮堂演話劇，她在臺上就穿著那套禮服，就這樣。她說沒人邀請，今晚她不會穿禮服，也不會去舞會。這都是阿奇柏德．摩爾的錯，好一個大騙子、老色鬼、大笨蛋。

瓊和她母親昨晚都去看了瑪蒂達演戲。莫里斯沒去，他再也不想和她們一起在晚上出門了，寧願在家聽收音機，或是在某本專用的筆記本隨意寫點數字，大概與貯木場的生意有關。瑪蒂達飾演的是一個年輕男子愛上的假人。回家時母親告訴莫里斯，他沒去看戲真是對極了——這齣戲蠢得可以。當然，瑪蒂達沒有臺詞，但她確實保持不動了很長一段時間，在舞臺上展示她美麗的輪廓，身上的禮服也美極了，如霜的銀色亮片，在雪白的雲上閃著晶瑩光芒。

卡幫可太太告訴瑪蒂達，她非去舞會不可。無論有沒有舞伴都得去。她得穿上禮服，套上大衣，九點前一定要出門。屆時門會上鎖，直到十一點，卡幫可太太要上床睡覺了才會開門。但瑪蒂達依然堅持不去，她說自己會坐在後院放木炭的小屋裡。其實那也不是什麼放木炭的小屋了，就只是間小屋。卡幫可太太家和弗戴斯家一樣，都買不起木炭了。

「她會凍死的。」瓊的母親第一次真的開始擔心卡幫可太太的話。

「她活該。」卡幫可太太答道。

瓊的母親看向時鐘，說她很抱歉這麼唐突，但她剛才想起她和醫生有約，得去鎮上一趟。她要去補一顆牙，而且得趕緊去，不好意思得先告辭。

所以卡幫可太太被請出門了。她嘴裡一邊嘀咕第一次聽說週六還可以補牙。而瓊的母親立刻打電話到貯木場，告訴莫里斯趕快回家。第一次爭吵就這麼開始了。

瓊第一次聽到莫里斯和母親真的吵起來。莫里斯一直說「不要」，他不願做母親要他做的事；聽起來一副別想說服他、指使他的口吻。他的語氣不像男孩對母親，倒像男人對女人說話。這男人比女人還懂狀況，而且明白她會使出什麼招數讓他讓步，他都已有接招的準備。

「那，我覺得你真的很自私。」母親說。「我覺得你只想到自己，根本不管別人。我對你太失望了。那個可憐的女孩，跟她的瘋子老媽住在一起，你懂她是什麼感覺嗎？還要去坐在**放木炭的小屋裡**？你要知道，有教養的紳士就是有該做的事。你爸如果還在，一定知道該怎麼做。」

莫里斯一聲不吭。

「又不是要你向她求婚或什麼的，這會讓你少塊肉嗎？」母親輕蔑地嘲弄他。「不然，兩塊錢一次？」

莫里斯低聲說，才不是那樣。

「我有從早到晚叫你做你不想做的事嗎？我把你當大人看，你想幹麼就幹麼，你多自由啊。可是現在，我要你拿出行動證明你真的是個大人，給你自由是對的，結果你是怎麼對我的？」

他們又吵了一陣子，莫里斯仍然強烈反抗。瓊覺得母親應該吵不贏，很驚訝她居然還沒有放棄。她確實不屈不撓。

「你不要找藉口說你不會跳舞，你明明就會，而且還是我教的。你跳得那麼優雅！」

接著，莫里斯想必答允了母親的各種要求，因為瓊接下來聽見母親說：「去穿件乾淨的毛衣。」莫里斯的靴子用力地踩在屋後的樓梯上，母親在他背後喊：「你之後一定會很慶幸自己去了！你不會後悔的！」

她打開飯廳的門，對瓊說：「我沒聽見有人彈鋼琴耶，妳已經厲害到不用練習了嗎？我上次聽妳彈這首的時候，妳彈得很爛耶。」

瓊又從頭開始彈起，不過等莫里斯下樓，摔上大門，廚房裡的母親扭開收音機，打開碗櫥，開始準備午餐備料後，她就沒繼續彈了。瓊從鋼琴椅上起身，安靜地走過飯廳，穿過門進入前廳，直直走到大門口。她把臉抵在彩色玻璃的門上。前廳很暗，如果有人站在外面透過玻璃往內看，是看不到的。但如果是從前廳裡找對位置往門外看，就可以看見東西了。彩色玻璃上以紅色最多，所以她選了紅色往外看（雖然也試過別的顏色），後來又換成藍色、金色、綠色，即使只能先看見一小片葉子，她也逐漸摸索出瞇眼往外看的技巧。

透過彩色玻璃，對街灰色水泥砌的房子變成了薰衣草紫，莫里斯站在門前，大門開著，瓊看不見是誰開的門。是瑪蒂達，還是卡幫可太太？大門邊僵硬的禿樹和紫丁香花叢，轉成血一般的殷紅。莫里斯身上鮮亮的黃色毛衣則成了一團金紅，像門口的交通號誌。

瓊的母親在屋子後方那一頭跟著收音機唱歌，渾然不知大難臨頭。瓊獨自處在大門外的動靜、大門、廚房裡唱歌的母親之間，感覺到家裡這些挑高、一半顯得空曠的房間的晦暗、冰冷、脆弱和無常。就和其他空間一樣，都是等著讓人品頭論足的空間，沒什麼特別的。沒有保護作用。她之所以有這種感覺，是因為她忽然想到母親也許弄錯了。在這件事情上——以及從她所相信的與假設的後續——她可能誤會了。

開門的是卡幫可太太，莫里斯已經轉身離開，走下臺階步向人行道，她跟在後面，他走下兩級臺階步上了人行道，連左右兩側都不看，迅速過街。他沒有奔跑，雙手持續插在口袋裡，那張帶有布滿血絲眼睛的粉紅色臉龐掛著微笑，表示眼下的一切對他而言一點都不意外。卡幫可太太穿著平時鮮少見人的鬆垮破爛家居服，一頭淡紅的亂髮活像女妖。她走到自家門口臺階頂上，停在那裡，對著他背後尖聲鬼叫起來，就連站在自家大門後的瓊都聽得見：「我們家沒慘到那個地步，還需要一個獨眼龍帶我女兒去舞會！」

II ── 碎晶冰

瓊望著在公寓大樓外割草的莫里斯，而他也正好望向瓊，像個管家。他身穿暗綠色工作褲和格子襯衫，當然，也戴著一副深色鏡片的眼鏡。他看起來精明能幹，甚至相當威嚴，但也看得出來是受人之託，必須忠人之事。看著他與自己手下一群班底工作的模樣（他的事業已從貯木場擴展到營造業），你或許會以為他是工頭 ── 目光敏銳，公平公正，有心闖出一番事業（只是這雄心仍是有限）。他不是老闆，也不是這棟公寓大樓的地主，他的臉圓了，頭有點禿了，露出的頭皮前緣有近日曬黑的痕跡和新長的斑點。他的身材厚實，但是背拱了，肩膀也圓了，還是他推割草機的身形就是這樣？是不是未婚男人都會有這種表情，或者，未婚的兒子 ── 為了照顧年老的父母（尤其是母親），臉上都會出現這種表情？某種閉塞、容忍、幾乎是謙卑的表情？她覺得她幾乎像是來拜訪某個叔叔。

時間來到一九七二年，瓊看起來比十年前更年輕。她一頭黑長髮塞到耳後，只化眼妝不上唇膏，經常穿著柔軟鮮亮的寬鬆棉布裝，或是輕盈的短罩衫，長度只能蓋住一小截大腿。她可以這樣露腿沒關係（她暗暗希望沒關係），因為她個子高，身材苗條，又有一雙穠纖合度的長腿。

他們的母親過世了。莫里斯賣了原先的房子，又蓋了（或說重建）這棟公寓，也另外蓋了其他幾棟公寓。舊家的新屋主把原先的房子改成安養院，瓊告訴她先生她要回家，意思是，回羅根，去幫莫里斯整理東西。但事實上，她知道莫里斯會把一切整理好。他做事精明幹練，總是穩重妥當。他需要的，只是瓊幫他把幾個紙箱和一個大木箱裡的東西整理出來，裡面擺滿了衣物、書籍、碗盤、照片、窗簾，這些他都不想要，也沒有地方放，只能暫時放在他公寓的地下室。

瓊結婚好幾年了，先生是記者，兩人住在渥太華。人人都知道他的名字，甚至連他的長相都知道，就算是五年前的樣子也不例外。因為他的照片就刊在雜誌最後幾頁專欄的刊頭上。不管到哪裡，瓊已經習慣被認定成他的妻子了。不過在羅根，這身分為她帶來一種特殊的優越感，大部分本地人不在乎這位記者先生的才智（他們覺得他挺憤世嫉俗的），也不在乎他的見解，但他們倒是很滿意鎮上的女孩能嫁給名人，或者說，頗具知名度的人。

她已經告訴先生，她會在羅根待一週。她抵達羅根是週日傍晚，五月下旬的一個週日。莫里斯正在修剪那年長出的第一批草。她打算週五離開羅根，週六和週日待在多倫多。如果她先生發現她沒有整整一週都和莫里斯在一起，她早已想好說詞——她後來決定，要是她幫莫里斯把物品都整理完了，她就要去拜訪一個大學時代的女性友人。或許她應該不管怎樣都先說的——這樣比較保險。她很擔心，不知道該不該讓朋友幫她一起事先套招，保守祕密。

安排這種事，她還是第一次。

這棟公寓大樓占地頗廣，窗戶面向停車場，也面向浸信會教堂。那邊曾有間停放馬車的小棚子，農夫上教堂時可以把馬匹拴著。那是棟紅磚建築，沒有陽臺，簡單樸素。

瓊擁抱了莫里斯，聞到了菸味、汽油味，柔軟、穿舊的、泛著汗味的襯衫，混著剛修剪過草皮的青草味。「噢，莫里斯，你知道你該幹麼嗎？」她得大喊才能蓋過割草機的巨響。「你該去弄個眼罩，這樣就真的像個獨眼將軍[2]啦！」

瓊每天早上都走路去郵局，她在等多倫多的某個男人寫信來，他名叫約翰．柏利爾。她寫信給他，告訴他莫里斯的名字，鎮名叫羅根，還有莫里斯的郵政信箱號碼。羅根雖然繁榮了些，但還是小到沒有郵件投遞到府的服務。

週一早上，她不覺得會有信來。週二，她真希望能收到信。週三，她自認有充分理由收到信。每天，她都失望不已，每天，她都懷疑是不是自欺欺人——這份孤掌難鳴、乏人問津的感受，原先藏在心底，現在逐漸浮上意識表層。她把某個男人的話當真了，但他根本是無心插柳。他一定再度考慮過了。

她去的那間郵局是新蓋的，低矮的磚造建築，帶點粉紅色。舊的郵局曾經令她聯想到城堡，已經被拆掉了。整個鎮的面貌也大幅改變過了，全部拆除的房屋並不多，不過大多改建過，鋁製側牆板，噴砂處理過的磚塊，顏色鮮亮的屋頂，寬敞的雙層玻璃窗，開放式的露臺不是拆了就是封起來，改成門廊。而那些開闊、蕭條的院子也都消失了（這些院子原先是編號連續的兩塊地），多出來的地都出售了，蓋了房子。新建築擠入老舊的屋子之間，全是一派郊區風格，低矮而長排的房屋，或是蓋成交錯排列的錯層式建築。庭院齊整，規畫得宜，裝飾用的灌木叢成排生長，還有圓形和新月形的花床。從前鎮民有個老習慣，會把花當成蔬菜來種，成排地栽種在豆子或馬鈴薯旁邊，如今這個習慣似乎也被遺忘了。許多濃蔭蔽天的老樹也被砍下，也許樹長到這麼老反而危險吧。破舊的房子、高高的草叢、龜裂的人行道、深深的樹蔭、未鋪路面的街道，充滿了沙塵與水坑——瓊記憶中的所有一切，都已不見蹤影。鎮上有這麼多齊整的樓房，這麼多刻意的布置，讓這裡看起來更擁擠、更狹小了。她童年的那個鎮——雜亂無章的、夢一般的羅根，只是正經歷某個階段的羅根。傾斜的木籬笆、被陽光曬到油漆起泡的牆、開著花朵的雜草，都不是這個鎮的永久表徵。像巴特勒太太這樣的人——如此執迷於以裝扮遮掩自身，似乎注定要和那個老鎮永遠綁在一起，再無任何可能了。

莫里斯的公寓只有一間臥室，他讓給了瓊，自己睡在客廳沙發。擁有兩間臥室的公寓肯定會更適合客人來訪的時候，但他或許不打算邀人來作客，或是不想訪客來得太多、太頻繁。而且他也不想失去大間公寓的租金。他必定考慮過要去住地下室的單身公寓，便能把目前住的這間一房公寓租出去，多收點租金。不過他想必覺得這麼做太過頭、太吝嗇了，令人側目。還是應該避免

---

2 【編註】原文為 Moshe Dayan（1915-1981），以色列軍人、政治家，在戰事中傷及左眼，此後佩戴黑色眼罩。

特立獨行到這種程度。

公寓的家具來自莫里斯與母親同住的房子，不過都是瓊離家後才買的。舊到像古董的都賣了，換上了相當耐用、舒適的新家具，全是莫里斯大量採購來的。瓊看到有些東西是她送的生日禮物和聖誕禮物，卻不如她先前預想，東西都和這間公寓不太搭調，也沒能讓室內增添歡樂活潑的氣氛。

有幅聖吉爾斯教堂的畫作，令她憶起她和先生在英國的那年——她讀研究所時患了思鄉病，對大西洋彼岸的情感濃厚到就連回憶起來都尷尬。如今擺在咖啡桌上的玻璃托盤，低調而醒目地展示著她送給莫里斯的一本書。是一本機械史的書籍，收錄許多機械的草圖、內部示意圖，記載了遠從攝影技術發明的年代之前，可上溯至希臘與埃及時代的各種機械。接著是從十九世紀至現代的照片——道路用機械、農務機械、工廠機械，鏡頭也分遠距或近距，俯視或仰角。有些照片強調機械運作時的情況，既精細又龐大；有些照片則努力捕捉機械像城堡一樣雄偉的畫面，或像怪獸一樣震撼。「這本書拿來送我哥真是太棒了！」瓊還記得自己當時向一起去書店的朋友說。「我哥超迷機械的。」**超迷機械**——她當時是這麼說的。

現在她不禁納悶莫里斯對這本書的真正想法。他真的喜歡嗎？他不會真的不喜歡吧。他或許會讀得糊裡糊塗、心存懷疑，因為他並沒有「超迷機械」，他是把機械拿來用——那就是機械的用處嘛。

在漫長的春夜，莫里斯會開車載她出遊。他載她在鎮上兜風，又開到鄉間，她能看見農人用機具開墾出的廣袤田地，成排成列的玉米、豆類、小麥、苜蓿，還有用強力割草機修整出的廣闊草坪，宛如公園。廢棄農舍的地窖頂上，紫丁香叢繁盛，莫里斯告訴她，這裡的農田合併重整過，他知曉其中的價值。不只是屋舍和建築，就連田地、樹木、林地和山丘，在他腦中都有能換算成現金的價值，還有這些價格多年來的漲跌起落。就像他提及的每個人，他都會界定為「成功了」或「沒成功」。此種看待事物的方式，在這個時代幾乎沒什麼人贊同。眾人覺得這種觀念無趣、老派、冷酷、有害，莫里斯卻一點也沒察覺，繼續自顧自地說著錢的話題，語氣冷靜，自得其樂。話語間時不時夾雜雙關語，說起某些人交易時發的意外之財或極大災難時，還會輕笑幾聲。

瓊邊聽莫里斯說話，偶爾回應幾句，思緒卻順著一條熟悉、無可抵擋的地下河流漂浮。她想著約翰．柏利爾，他是地質學家，曾在石油公司上班，現在則在所謂的特教學校教科學和戲劇。他過去是成功人士，現在卻不是了。幾個月前，瓊在渥太華的一個晚餐派對上認識他，他來拜訪幾個朋友，那些人正好也是瓊的朋友。他妻子沒來，不過他帶著兩個孩子一起，他告訴瓊，如果她隔天起得夠早，他可以帶她去看渥太華河上的「碎晶冰」。

她想起他的臉、他的聲音，困惑著到底是什麼力量，迫使她此時非要這個男人不可。這似乎無關她的婚姻，她在婚姻裡得到的空間夠足夠了。她和丈夫早已如膠似漆，發展出自己的一套語言、歷史、觀點。他們時時刻刻都能相互交流，卻也能讓彼此獨處。婚姻早年浮上檯面的種種痛苦不堪，如今早已緩和、消退。

她想從約翰・柏利爾身上得到的，是「他人未曾在她的婚姻中聽聞過」的事物，或許也是「他人未曾在她的人生中聽聞過」的事物。那麼這人又有何特殊之處？她並不認為他特別聰明睿智，也不太確定他是否可靠（她丈夫倒是二者兼備）。他沒有她丈夫好看，不是個**有魅力**的男人，卻迷住了她，她也早已懷疑他之前應該也吸引過其他女人。因為他表現出的濃烈，某種慎重、相當認真的態度——全都圍繞在性之上。他的性致無法被輕易滿足，無法隨意迴避。她感受到了，感受到彼此可以如此發展的指望，即便目前為止她心底毫無把握。

她丈夫也受邀去看碎晶冰，但真正早起開車去河岸的只有瓊。破曉時的陽光把天色染成粉紅，在那個天寒地凍、冰雪阻隔的冬日清晨，她前往河岸，與約翰・柏利爾、他的兩個孩子以及前一晚派對主人的兩個小孩會合。他也真的向她解釋了碎晶冰，這種冰在激流處形成，但來不及凝結成堅實的冰；當激流衝過水深處時會將這些冰掃過，立刻堆高成冰層，形成壯觀的景象。他說，這就是他們發現河床深洞的方法。他還說：「嗯，如果妳能出來——如果可能的話——可以讓我知道嗎？我真的很想見妳。妳知道我是認真的，我想見妳，很想很想。」

他給她一張小紙條，必定是早就寫好的，上面寫著郵政信箱號碼，是多倫多的郵局。他連她的手指都沒碰到。他的孩子在他身邊蹦蹦跳跳，試著吸引父親注意。我們什麼時候可以去溜冰？我們可以去戰機博物館嗎？我們可以去看蘭開斯特轟炸機嗎？（瓊想到約翰・柏利爾是和平主義者，打算回家告訴她丈夫這件事。他聽了應該會大笑。）

她確實和她丈夫說了。他調侃她：「我想那個和尚頭的無賴很中意你喔。」她丈夫怎能相信她會愛上這個人？頭上剩沒幾根頭髮了還要往前梳蓋住額頭，肩膀很窄，門牙中間還有縫。兩個前妻五個孩子，薪水微薄，說起話來容易激動又愛咬文嚼字，還宣稱自己喜歡艾倫．瓦茲[3]的作品？（就連日後攤牌的時刻來臨，他不得不相信時，他還是不信。）

她寫給他的信上說，他們可以一起吃個午餐，喝杯酒或咖啡。她沒告訴他自己究竟空下了多少時間。或許這次就只會吃頓飯、喝點東西吧，她猜想。她終究還是要去找那位女性朋友。雖然她已十分謹慎小心，卻還是把自己交了出去，聽從這男人的擺布。走去郵局的路上，她在商店櫥窗前停下來看看自己的模樣，自覺已經掙脫了牢籠，處於危機四伏的自由中。這種事她曾做過，她也不清楚為什麼，只知道她再也回不去原先的生活，變不回週日清晨河岸邊之前的那個她。她原先的生活，都是出門購物、打理家務、與法定配偶做愛、在藝廊書店打工、參加晚餐派對、假日節慶活動、去魁北克「幸運營地」滑雪場滑雪。她無法接受這就是她唯一的生活。如果心裡沒有懷抱著這樣的祕密，她就沒辦法再繼續這樣的生活。她相信自己願意這麼過下去，而為了這麼過下去，她必須擁有另一種。另一種什麼？這種探究——她仍然覺得這是一種探究。

話雖如此，她原本的盤算聽起來確實很冷酷無情。不過，若有一個人每天早晨懷著這麼猶疑不決的心情走去郵局，顫抖著屏住呼吸把鑰匙插進鎖孔，再精疲力竭、暈眩不已、彷彿被遺棄地

3 【編註】Alan Watts（1915-1973），英國哲學家、作家，以向西方闡釋佛教、道教等思想聞名。

走回莫里斯的公寓，這樣還稱得上是冷酷無情嗎？除非，這種體會也是她自我探究的一環？

當然，她在街上遇見人時自然得停下來聊聊她兒子、女兒、丈夫和渥太華的生活，她必須認出高中時期的友人，憶起童年，而這一切都顯得冗長乏味，令她惱怒。她走過的房屋本身——整潔的庭院、鮮豔的罌粟花、盛開的牡丹和芍藥，全都顯得乏味至極，令人厭惡。與她交談的人們的聲音，她感覺刺耳、愚蠢、得意洋洋。她感覺自己彷彿被掃到世界的某個角落，真實真誠的生活、堅定有力的思想、近幾年的喧鬧和活力，都完全透不進這個角落。其實這股生氣也沒怎麼透進渥太華，但至少那裡的人知道何謂趨勢，會試著模仿，多少得知外界大大小小的潮流變化。(其實瓊和她丈夫會取笑其中某些人，他們為了顯示跟得上潮流，參加那種互相揭露的團體以求自我成長，看病時會尋求主張整體療法的醫生，還戒了酒，改抽大麻。）但是在羅根，人們就連最微小的時代變化都沒聽過。隔週她回渥太華，對丈夫格外親切，有空時就急著和他閒聊。瓊會說：「如果有人拿苜蓿芽三明治給我吃，我就要感恩了。真的，那裡就是這麼糟糕。」

「不行，我沒地方。」瓊和莫里斯一起整理箱子的時候，最常掛在嘴邊的就是這句話。有些東西她以為自己想要，但實際看過後又改變了心意。「不行，我想不出來要放哪。」不行，她說，她沒辦法接收母親的舞衣，那質料是嬌貴的絲與輕薄到能透光的喬其紗。無論是誰第一次穿，都可能毀掉整件衣服。而且她女兒克萊兒對這種舞衣也不會有興趣——她的理想是當馴馬師。不行，她也沒辦法接收那五只玻璃葡萄酒杯。不行，她不能拿人造皮革裝幀的查爾斯·列佛、山謬・拉佛、喬治・博羅、A. S. M. 哈金森。「我東西太多了。」她看著莫里斯把這一大疊書放到待拍賣區，傷心地說。他把從前鋪在瓷器櫃前的那塊小地毯拿起來抖乾淨。那地毯相當貴重，以前不能照到陽光，他們也不能踩上去。

她說：「我幾個月前看到一塊完全一樣的地毯，在一家二手店看到的，甚至不是古董店耶。我在那裡找舊漫畫和海報，想當勞勃的生日禮物，就看到一塊一樣的地毯。一開始我還不知道自己在哪裡看過它，後來想起來，嚇了一大跳，好像全世界本該就只有這麼一張似的。」

「那塊地毯賣多少？」莫里斯問。

「不知道，那地毯的狀況滿好的。」

她當時還不明白，自己什麼東西都不想帶回渥太華，是因為她自己也不會在那房子裡待太久。蓄積物品、採購家飾、安排布置、填滿生活的時光，已然到了盡頭（這段時光幾年後將會回歸，而她會寧願當時至少留下那五只葡萄酒杯）。等回到渥太華，到了九月，她丈夫會問她，想不想去買些藤編家具放在家裡的日光室？想不想去那間藤編家具店，有夏季清倉特賣。一想到挑選桌椅、付清款項、把家具放在家中適當的位置，一股厭惡就竄過她全身——她終於知道問題出在哪裡。

週五早晨，郵局信箱裡出現了一封信，上頭打印著瓊的名字。她沒看郵戳，心懷感激地撕開信封，雙眼貪婪地掃過內文，讀完卻不明白其中含義。那看起來像是一次大量寄出的信件，或者說是模仿這類信來開玩笑。如果她沒照信上寫的把信寄給下一個人，信上說「大難將會臨頭」。

指甲腐爛，牙齒長青苔，下巴冒出花椰菜大的瘤，嚇跑所有的朋友。瓊心想，怎麼會這樣？難道約翰．柏利爾覺得這很適合拿來當通信暗號？她這才想到要看一下郵戳，仔細一看，發現信是從渥太華寄來的。顯然，是她兒子寄來的。勞勃就愛開這種玩笑，信封則是他父親幫他打字的。

她想到兒子封上信封時該是多麼愉快，而她撕開信封時又是何等心情。

背叛與惶惑。

近傍晚時，她和莫里斯打開大木箱，他們刻意留到最後才來整理這個箱子。她拿出一套晚禮服——男士晚禮服，還裝在塑膠套裡，像是洗好後就沒再穿過。「這一定是爸的。看，爸的舊晚禮服。」她說。

「噢不，那是我的。」莫里斯回答。他從她手中拿過晚禮服，甩下塑膠套，站直身體，雙手把晚禮服拿在胸前。「這是我的舊晚禮服。應該要掛在衣櫃裡才對啊。」

「你買這套衣服幹麼？參加婚禮？」瓊問。莫里斯有些同事偏好排場闊氣、儀式隆重，也邀請他去過幾次鋪張講究的婚禮。

「對啊，還有一些場合我會和瑪蒂達一起去。晚餐舞會之類的，要打扮得很慎重的大場面。」莫里斯答道。

「和瑪蒂達一起？」瓊吃驚地說。「瑪蒂達．**巴特勒**？」

「沒錯。她沒用夫姓。」莫里斯好似有點答非所問，瓊原本不是要問這個。「嚴格來說，我猜她是沒有夫姓。」

於是瓊又聽了一遍這個故事，才想起這故事她早就聽過了——或者說，讀過了。他們母親寫來的長信裡，把這件事描繪得有聲有色。瑪蒂達．巴特勒和男友跑了。「跑了」這個詞是母親說的，莫里斯提到時似乎無意間加重了語氣，或許這是身為人子紀念母親的方式，彷彿唯有使用母親的語言，才能好好談論，或者，才有權談論這件事。瑪蒂達和那個留小鬍子的男人跑了，結了婚。結果，她總是疑神疑鬼、無憑無據指控他人的母親，總算說對了一件事。那個男友其實早已結婚，元配在英國，他老家。他和瑪蒂達結婚三、四年後（幸好他們沒孩子），另一個妻子，或說，正牌妻子，終於找到他的下落。於是瑪蒂達的婚姻宣告無效，她回到羅根和母親一起住，在法院找了份工作。

「她怎麼會這樣？」瓊說。「天下蠢事何其多，偏偏幹了這一件。」

「嗯，她當時還年輕嘛。」莫里斯回答，話裡帶著一絲倔脾氣，或者談論這件事讓他心裡不太舒服。

「我不是指**那件事**，我是指她回來羅根。」

「嗯，她還有她媽啊。」莫里斯回答，話裡沒有什麼反諷。「我猜她也沒別人可靠了。」

他高大的身影籠罩著瓊，配上他的深色鏡片與搭在臂彎裡宛如屍體的晚禮服，看起來面色陰沉、愁眉深鎖，臉龐和頸部泛起了不規則的紅暈，浮出點點斑塊。他的下巴微微顫抖，於是他抿住下唇。他知道自己的表情洩漏了心事嗎？當他再度開口，聲音聽起來就理性多了，一副試著想說清楚的態度。他說，他猜想瑪蒂達住哪裡都無所謂，據她所說，某種程度上她的人生已經結束了。而此時，他，莫里斯，走進了她人生的此情此景。由於瑪蒂達在法院工作，偶爾必須出席社交場合，像是政治餐會、榮退餐會，總之就是各式各樣的交際。這是她工作的一部分，假如她不去也不太妥當。但她單獨出席同樣不恰當，她需要一個男伴。而這個男伴還需要搞清楚狀況，謹守分寸，不能別有企圖，要明白瑪蒂達的人生（或說部分人生）已經結束了。總而言之，她需要的男伴必須明白整個情況，她也不必向他多加解釋。「那就是我了。」莫里斯說。

「她怎麼會這樣想？」瓊問。「她又不老，我打賭她還是很美吧。那件事又不是她的錯。她還愛他嗎？」

「我覺得自己沒立場問她什麼。」

「噢，莫里斯！」瓊喊道，用一種寵愛又不置可否的語氣，話才出口她自己都嚇了一跳，這聽起來實在太像她母親。「我敢肯定她還愛著那男人。」

莫里斯走向衣櫃，掛好了晚禮服。晚禮服靜候在衣櫃裡等待召喚，以便下次瑪蒂達需要時讓莫里斯穿上，好當她稱職的男伴。

那晚，瓊意識清醒地躺在床上，望著窗外，街燈的光線穿透新萌發的葉子照在浸信會教堂方正的小塔上，她除了自己的困境之外，終於可以思考一點別的事（當然，她也想了自己的事）。她想到莫里斯和瑪蒂達共舞，想像他們在「假日飯店」宴會廳、在高爾夫俱樂部舞池，總之是能舉辦這一類社交場合的地點。他們穿著正式的過時禮服，瑪蒂達頂著上了髮膠的完美圓蓬髮型，莫里斯努力扮演有禮的男伴，臉上掛著晶瑩的汗珠。不過他或許不用努力，他們的雙人舞說不定跳得很好。他倆如此不配，卻又天生一對，各自倔強地保留著自己的缺陷，又全心全意地接納那份缺陷。要輕易地忽視或修補這些缺陷並不難，但他們永遠不會這麼做。莫里斯愛著瑪蒂達——他堅定地愛了她一輩子，不敢逾越，這份愛卻始終未能實現。而瑪蒂達始終愛著那個重婚的男人，固執地陷溺在自己犯下的錯誤裡，深陷屈辱。在瓊的心目中，他倆舞得如此沉靜、荒誕而浪漫。畢竟除了滿腦子房貸和契約的莫里斯之外，還有誰能如他一般搖身一變，變成這種浪漫主義者？

她多麼羨慕他。多麼羨慕他們。

她已經習慣一邊回想著約翰．柏利爾的聲音，一邊入睡——他說「我想見妳，很想很想」，那急切、低沉的嗓音。或者她也會想像他的臉。她想，那是張守舊的臉，修長、蒼白、骨感，她感覺極富心機而不屑一顧的微笑，那雙素淨明亮、不看也難的黑色眼睛。不過今晚她的想像力失靈了，開不了那扇通往朦朧溫柔之境的大門。她沒辦法幻想自己身在他方，只好待在這裡，躺在莫里斯家硬邦邦的單人床上，面對她真實的生活——一目了然、清晰可見。能讓莫里斯和瑪蒂達安於現狀的方法，對她沒用。自我否認、放任自己猶豫不決的慾望蔓延、誇大自己的無助，這些都沒用，都沒辦法讓她滿意。

她明白這點，也知道自己接下來該做什麼。她想得極遠。即使明知這麼做很不光彩、世人所不容，她還是任由想像力向未來飛奔，手忙腳亂地摸索下一個情人的輪廓。

不過也沒必要這麼做了。

瓊完全忘了，小鎮的郵局週六也會有信。在這裡，郵局週六還是會送信，莫里斯去他的信箱看過了，交給瓊一封信。信上定了時間地點，十分簡短，署名也只有約翰・柏利爾的簡稱。當然，這是明智的作法。如此簡潔，如此謹慎，瓊看了並不完全滿意，但也算鬆了口氣，再加上這陣子的心情轉變，就沒再掛懷這件事。

她告訴莫里斯那套早就想好的說詞（如果信早點到，她早就說了），她大學朋友知道她回來，邀她過去見面。當她洗頭和打包行李時，莫里斯開著她的車去鎮上北邊的平價加油站，幫她加滿油。

瓊揮手向莫里斯道別時，看不出他臉上有任何懷疑，但或許仍帶點失望。她一離開，他就少了兩天的伴，多了兩天的孤單，他不會承認這種感覺。或許這只是她想像的。她會這樣想像，是她感覺像是在和自己的丈夫孩子道別，向所有她認識的人道別，除了那個她即將見面的男人。所有人都被輕易地、毫無破綻地騙過去了。毫無疑問地，她心懷愧疚。她深深著迷於他們的純真，也意識到自己的人生出現了一條無法修補的裂縫。她是真心真意的——她此刻的悲傷和罪惡感都是真心的，永遠不會全然消失，但也阻撓不了她。她欣喜萬分，自覺別無選擇，只能向前。

III —— 蘿絲·瑪蒂達

露絲安·雷瑟比和瓊、莫里斯一起去墓園。瓊有點意外，但莫里斯和露絲安都一副理所當然的模樣。露絲安幫莫里斯管帳，瓊認識她好幾年了，之前可能也見過面。露絲安的長相平易近人，中等身材的中年婦女，你就算見過也不會記得她長什麼樣子。她現居莫里斯那棟樓地下室的單身公寓，已婚，但丈夫很久不見人影了。她是天主教徒，所以從沒想過離婚。她有段悲慘的過去——是家裡失火，還是孩子沒了？不過那悲劇皆已成過往，無人再提。

露絲安在他們父母墳前種了風信子球根。之前她聽莫里斯說，能在父母墳前種點東西會很不錯，她在超市看到球根特價便順手買了。適合當妻子的女人，瓊望著露絲安時心想。適合當妻子的女人，無微不至卻從容自在，全心付出卻態度淡然。她們究竟是為了什麼全心付出？

瓊目前住在多倫多，已經離婚十二年，管理一間書店，專賣藝術書籍。這份工作薪水不高，卻很愉快。她的人生一路走來都很幸運。同時也很幸運的是（她知道別人會說，她這個年紀的女人擁有這種生活很好運），她還有個情人，朋友型的情人——喬佛瑞。他們沒同居，週末見面，平日偶爾見個兩三次。喬佛瑞是名演員，很有天分，個性開朗，隨遇而安，沒什麼錢。他每月有一個週末會去蒙特婁，看看他之前同居的女人和他們的孩子。那時瓊會去看她自己的孩子，他們如今都長大了，也都原諒了她。她兒子也是個演員——實際上她就是這樣遇見喬佛瑞的。她女兒和她父親一樣是名記者。況且，有什麼好原諒的？很多父母都離婚了，大部分都是外遇惹的禍，發生的時間點也差不多。似乎所有始於五〇年代的婚姻，無論是無憂無慮，或是有不為人知的問題，到了七〇年代早期，都會分得轟轟烈烈、驚天動地（而當年的驚天動地，如今看來似乎沒必要那麼大張旗鼓）。瓊回憶起自己過去的情史，毫不後悔，只覺詫異，彷彿試過了一次高空跳傘。

她有時會來看看莫里斯，有時會要莫里斯主動聊聊那些她過去覺得難懂、無聊、可悲的事情。莫里斯慣常注意的，暗自支撐每個人人生的特殊結構，包含收入、退休金、借貸、投資、遺產——現在她也有興趣了。雖然，這些事物對她仍或多或少難以理解，但至少它們的存在不再是個悲慘的幻覺。就某些方面來說，這還令她安心，她好奇其他人怎麼相信這件事。

瓊，這個幸運的女人，有工作、有情人、有美貌——她過去的人生還沒有這麼多人對她的長相發表意見，現在倒是很多了（她現在和十四歲時一樣瘦，頭髮剪得很短，上頭還有一撮狐狸尾巴似的銀白）。現在她意識到了一種新的危險，她年輕時絕對無法想像的威脅。就算當時有人向她形容，她也無法想像。而且也很難描述，這種威脅是改變帶來的，但這種改變卻不會有人事先警告。就是這樣，猝不及防、毫無警訊，讓瓊很容易聯想到——**瓦礫**。亂石碎片。你可以俯視街道，看見陰影、光芒、磚牆、停在樹下的大卡車、躺在人行道上的狗、深色的遮陽棚，或是灰色的雪堆。你可以看見這一切事物暫時的分離狀態，在表象之下以如此費解、圓滿、必要、無法形容的方式彼此聯繫。或者，你也可以就把瓦礫當成瓦礫。只是一時狀態如此，一堆形形色色、無甚用處的，暫時的狀態。瓦礫。

瓊不想讓瓦礫這個念頭侵入腦海，她如今關注的是大家如何能不受這個念頭干擾。演戲是個絕佳的方法。她從喬佛瑞那裡學到的。不過，她演得也不是毫無漏洞。莫里斯那種生活，或說看待事物的方式，漏洞似乎會少一點。

他們開車駛過一條條街道，她發現這裡許多老屋都重現了往日的風采。十五、二十年前，大家若想讓房子看起來明顯時髦一點，會翻新大門和門廊，現在則改採用傳統式的遮棚門廊和扇形窗。當然，這是件好事。露絲安一邊指給她看一邊說明。瓊雖然附和，卻覺得這裡有些什麼很不自然，過於刻意。

莫里斯在路口停下，有個老婦人在他們前方的街區中央過街，她斜斜地跨過街道，路上有沒有人車，她一眼都沒有看。她的步伐堅定、無視周遭，甚至帶著輕蔑，那模樣竟然有點熟悉。這老婦人安全得很，路上沒車也沒有行人，只有兩個騎腳踏車的女孩。事實上，這老婦人並不怎麼老。這幾天瓊一直在修正她對別人的印象，不確定他人是老還是不太老。這名老婦人白髮垂肩，穿著寬鬆的襯衫和灰色休閒褲，以白天的氣溫來說根本不夠，雖然陽光明亮，但很冷。

「那就是瑪蒂達。」露絲安說。她說**瑪蒂達**三個字的方式——不帶姓氏，語氣容忍、取笑且疏離。這等於是在說瑪蒂達是個怪人。

「瑪蒂達！」瓊嚇了一跳，轉頭問莫里斯：「那就是瑪蒂達？她到底發生什麼事？」

回答的是後座的露絲安。「她這人就是愈來愈怪。什麼時候開始的？幾年前嗎？她穿著開始愈來愈邋遢，老覺得辦公室有人從她桌上偷東西。你如果有禮貌地和她說話，她卻會莫名其妙凶回來。說不定她性子本來就這樣。」

「**性子**？」瓊問。

「遺傳啦。」莫里斯接話，三人都笑了出來。

「我就是這個意思。」露絲安說。「她媽媽過世前，在對街的安養院住了好幾年，後來整個人都糊塗了。早在她還沒進安養院前，就能看到她鬼鬼祟祟地在院子裡，看起來好像幽靈。總之，法院後來請瑪蒂達走人，給了她一點退休金，她就一樣到處晃來晃去。有時候她會很親切和人聊天，有時卻一個字也不說。而且她從來不打扮一下，她以前可是個美女啊。」

瓊不該這麼意外，這麼吃驚。人都會變，會消失，而且不用死也會消失。有些人就死了——約翰．柏利爾就是。瓊聽說這個消息時已經是他死後幾個月了，那時她心裡感到一陣劇痛，但那股痛遠不及她在某個派對上聽見一個女人說：「噢，約翰．柏利爾啊，對啦，他不就是那個老是想拉妳去看什麼自然奇景，其實都在勾搭別人的傢伙？天啊，令人渾身發毛！」

「她自己有房子。我大概五年前賣給她的。而且她手上還有點退休金。如果她能堅持到六十五歲，應該就會沒問題了。」莫里斯說。

莫里斯挖開墓碑前的土壤，瓊和露絲安種下球根。土壤冰冷，但近來並未結霜。陽光透過修剪後的雪松和沙沙作響的白楊落下，化為長長的光束。白楊樹上仍舊有許多金葉，樹下是茂盛的青草地。

「聽那個聲音。」瓊開口，仰望著白楊樹葉。「就像水聲。」

「大家都喜歡這個聲音。」莫里斯說。「很蝦趴。」

瓊和露絲安同時哼了一聲。瓊說：「我不知道你現在還喜歡玩文字遊戲耶，莫里斯。」

露絲安接話：「他一直都是這樣。」

他們在露天水龍頭洗過手，接著又念了幾個墓碑上的姓名。

「蘿絲・瑪蒂達。」莫里斯念道。

那瞬間，瓊以為他在念另一塊墓碑上的名字，忽然她明白他心裡還想著瑪蒂達・巴特勒。

「是媽以前用來形容她的那首詩。〈蘿絲・瑪蒂達〉。」他說。

「長髮公主。」瓊附和。「媽以前就是這樣叫她的。『長髮公主，長髮公主，把妳的金髮放下來。』」

「我知道她以前都這麼說。她也說過『蘿絲・瑪蒂達』。有首詩的開頭就是這樣。」

「聽起來像某種乳液。」露絲安接話。「不是有個護膚乳液的牌子就叫『玫瑰』[4]嗎？」

莫里斯鎮定自若地背起詩來：「『噢，風采似』，詩的開頭就是那樣。『噢，風采似……』」

「噢，我真的完全不懂什麼詩啊。」露絲安伶俐地接話，口氣一點也不害臊。她問瓊：「妳

4【編註】蘿絲・瑪蒂達之中的Rose，有玫瑰之意。

對這首詩有印象嗎？」

她的眼睛真美，瓊心想，褐色的雙眼，同時透露溫柔與精明。

「有。但我想不起接下來是什麼了。」瓊回答。

莫里斯對這三個女人都說了點小謊——瓊，露絲安，瑪蒂達。莫里斯並不是愛說謊的人，他在這方面並不愚昧，但他有時也會投機取巧。他早在許久以前賣老家時就騙了瓊，她得到的錢比她應得的數目還少了一千元左右，他以為她會選點東西帶回渥太華家裡，就當是補償她，沒想到她什麼也沒拿。後來，她離婚後獨自生活，莫里斯想過要寄張支票給她，解釋賣房子那時錢算錯了。但她找到了工作，看起來並不缺錢。反正，她對錢向來沒什麼概念，也不懂怎麼理財。他就打消了念頭。

他哄騙露絲安則更複雜一點，總之他說服她將自己申報為兼職員工，但她其實不是。這樣他就不必負擔某些員工福利，可以少付點津貼給她。不過假如她事後發現真相，自己悄悄調了回來，他也不會意外。她就是這樣——從來不表明，也不爭論，但會悄悄地為自己討回公道。這公道討回了，他也不會說什麼（但假如她敢多拿一點，他會立刻發現）。她和他都相信，如果人不多加注意，使得權益受損，就是自己的錯了。無論如何，他已經打定主意要一直照顧露絲安。

如果瓊當時就發現他賣老家時少給了她錢，她大概也不會多說什麼吧。她有興趣探究的不會是錢，這方面她就是沒心眼。她有興趣探究的是，他為什麼這麼做？她會先煩惱一陣子，然後從中獲得探索的樂趣。哥哥的真實面貌會鑲在她心裡，像顆堅硬的水晶——某種陌生、精巧、能折射光線的物體，彷彿是來自異世界的寶物。

他賣房子給瑪蒂達時倒是沒騙她，她買的價格很好。但他當時告訴她，這間房子的熱水器（他約莫一年前安裝的）是全新的。當然，這不是實話。他整修自己那幾棟房子時，從不買全新家電或材料。三年前的六月，在瓦哈拉旅店的晚餐舞會上，瑪蒂達告訴他：「我的熱水器壞了，需要換新的。」

那時他們沒在跳舞，坐在繫有飄浮氣球的頂棚下，與其他人坐同一張圓桌。兩人正在喝威士忌。

「不可能會壞的啊。」莫里斯回答。

「你裝的時候是新的，當然不會壞。」瑪蒂達笑著說。「你知道我在想什麼嗎？」

他看著她，等著。

「我在想，我們喝下一杯之前應該來跳支舞！」

於是他們跳起舞來，他們共舞時總是立刻就搭配得很好，也經常加入一些特別花俏的動作；但這回，莫里斯感到瑪蒂達的身體比以往更笨重、更僵硬。她的反應比之前慢，動作又太過頭。奇怪的是她一邊對他笑，臉上表情非常生動，然而同時她的肢體動作似乎很勉強，擺頭搖肩時無不帶著挑逗的風韻。這也是他從未見過的——他根本沒見過她展現這一面。年復一年，她與他共舞總是配合得天衣無縫，一臉正經，彼此幾乎不發一語。然後，她喝了幾杯酒之後，會對他說一些心底惦念的事。她心底惦念的，永遠都是同一件事——羅恩，那個英國人。她盼望著他的消息，她始終待在這裡，甚至是當初決定回來，都是為了讓他知道哪裡可以找到她。起初她期待他會和元配離婚，後來她開始懷疑了，他曾經許下諾言，但她不相信了。她終於得到他的消息，他說自己四處奔忙，會再寫信給她。而他也真的寫了，說會再來找她。這些信都是在加拿大寄的，從距離遙遠的不同城市寄出。然後他就沒再來信。她納悶他是否還活著，想過要找私家偵探調查一番。她說，這件事除了莫里斯之外沒人知道。她的愛就是她的苦痛，誰也不許看見。

莫里斯從沒給她建議，除了跳舞需要之外，即使想安慰她，他也從未伸手碰過她。他清楚知道，她說的話，他必須自己承受。他也並不同情她，而是尊重她的一切決定。

不過在瓦哈拉旅店那晚之前，他倆之間的氣氛就已經變了。浮現了一絲尖酸、挖苦與嘲諷，他很受傷，這也不是她會做的事。但今晚才是讓他覺得一切破滅的時刻——那是他倆長久以來的相互掩飾，一起共舞的默契。他們就像其他的中年夫妻，輕快地共舞，佯裝歡樂，實際上焦慮地不想讓任何一刻冷場。她沒有提到羅恩，當然，莫里斯也沒問。有個念頭逐漸在他腦中浮現：她已經和他見面了。她已經見過羅恩，或者聽說他死了。應該是見過他比較有可能。

「我知道你可以怎麼補償我熱水器的事了。」她逗弄著他。「你可以幫我鋪草皮！我那片草皮是什麼時候撒的種子呀？難看死了，到處是雜草。我覺得，有片漂亮的草皮也不錯。我還想整修房子，裝酒紅色的百葉窗，中和一下外牆那一整片的灰色。還要在側面裝一扇大窗戶，我受不了看出去外面就是安養院。噢，莫里斯，你知道他們把你的核桃樹砍了嗎！他們把院子都剷平了，還把小溪圍起來！」

她穿了件沙沙作響的孔雀藍長禮服，銀色小圓片綴著藍色礦石的耳環垂在耳際，噴了髮膠的髮型僵硬、失去光澤，像一團凌亂的太妃糖絲。上手臂肉有些小凹坑，呼吸裡有威士忌的味道。她的香水、妝容、笑容在在都對他訴說著虛假、堅決與苦痛。她失去承受苦難的意願，失去維持性格作風的膽量，而她單純賣弄風情的愚行，則讓她失去了他的愛。

「如果你下週帶點草籽來，示範給我看怎麼種，我就請你喝一杯。說不定我還會為你做晚餐呢，這麼多年來，都沒請你來家裡吃飯，真不好意思。」她說。

「妳得先把土都翻一遍，一切都要從頭開始。」

「好，那就先把土都翻一遍！你何不週三過來呢？還是那晚你固定與露絲安．雷瑟比有約？」

她醉了，她的頭垂著，靠著他的肩膀。他可以感覺到她的耳環堆成一小團硬硬的物事，透過他的外套和襯衫抵進他的肉裡。

隔週，他派了一個工人去瑪蒂達家的草皮翻土播種，她不必付費。但那工人沒待多久，根據他的說法，瑪蒂達出來對他大吼，要他滾出她的院子。他在這裡做什麼？她自己的院子，自己會整理。你最好快滾！她對他吼。

「快滾。」莫里斯記得，母親也說過這個詞。而瑪蒂達的母親當年氣勢洶洶，渾身是刺時也會這麼說。巴特勒太太，卡幫可太太。**快給我滾**。獨眼龍。

那件事之後，他沒再見過瑪蒂達，也沒巧遇過她。如果有事必須要去法院辦理，他就讓露絲安去。他是聽說有些事情變了，但與酒紅色的百葉窗無關，與房子翻修也無關。

「噢，風采似皇族！」他們開車回公寓的路上，瓊忽然想起這一句。他們一回公寓，她就直奔書櫃——還是那個有玻璃門的老書櫃，雖然擺在這間客廳裡嫌太高，莫里斯卻沒把它賣掉。她找到了他們母親的《英國詩選集》。

「前幾行。」她說，一邊把書往後翻。

「你們怎麼不坐下來，放輕鬆點？」露絲安端著午後喝的酒進來時說。莫里斯喝摻水威士忌，瓊和露絲安則喝白蘭姆酒加汽水。兩個女人都愛喝這款調酒，這成了兩人之間的玩笑，某種予人希望的默契，她們都理解彼此日後將會需要什麼。

瓊坐著喝酒，心滿意足，手指沿著書頁往下滑，她喃喃道著：「噢，儀、儀什麼……」

「噢，儀態如天仙！」莫里斯的記憶失而復得，滿足地呼出一口大氣。

瓊想著，他們都學到了何謂特別，具體而言沒什麼遺憾了。詩的尾聲、第一口啜飲的酒、十月下午的夕陽，或許都是讓她感到如此平靜、放縱的原因。他們認知到自己有著纖細而特殊的一面，這令他們出走到外面的世界攫取自己想要的事物（無論那是愛情還是金錢）。不過這不完全是事實，對吧？莫里斯對感情的態度太過條理分明、克制自我；她對錢的態度也是如此——關於錢，她始終很笨拙，毫無經驗。

不過，在她意想不到的樂趣中也出了點狀況，臨時的小問題。她找不到那一句詩。「不在這本書裡。」她說。「怎麼可能沒有？媽知道的東西都在那裡。」她幹練地又喝了口酒，盯著書頁，然後她喊：「我知道了！我知道了！」沒多久她就找到了那首詩，念出來給他們聽時聲音裡帶著滿滿的詼諧：

「噢，風采似皇族！
噢，儀態如天仙！
所有美德與善行，
都在蘿絲．艾爾莫——蘿絲．瑪蒂達——身上盡現！」

莫里斯摘下眼鏡，他現在會在瓊面前摘了。或許他之前就在露絲安面前摘下過。他揉了揉那道疤痕，彷彿抓癢似地。那隻傷眼的瞳孔是黑的，旁邊的血管呈現灰色。看著並不令人難受。在外層的疤痕組織包覆下，那傷眼看起來就像梅乾或者石頭，無辜無害。

「原來那首詩就是這樣。」莫里斯說。「那我沒說錯嘛。」

變

喬琪亞曾修過一陣子創意寫作課程。指導老師看過她的作品後說：太多東西了，同時有太多事在進行，人物也太多了。好好想想，他告訴她。什麼是最重要的？妳想要我們注意什麼？好好想想。

最後她寫了她爺爺殺雞的故事，老師似乎很滿意。喬琪亞則自認整篇都是捏造的，她交作品時還附上一長串清單當附錄，列出所有她沒寫出來的事。老師說她期望太高了，對自己、對寫作都是。她把他弄得好累。

然而上寫作課也不是全無收穫，因為喬琪亞後來和老師同居了。他們現在仍住在一起，住在安大略一個農場，賣覆盆子，開一間小出版社。喬琪亞手邊有閒錢的時候，就去溫哥華看她兩個兒子。這個秋日週六，她搭了渡輪去維多利亞，她以前住的地方。她這麼做，是出於一股連自己都不怎麼信賴的衝動。到了下午兩、三點，當她沿著通往那棟豪華石屋的車道一路向上走時，其實步伐已經有些不穩了。從前她常來這裡看瑪雅。

之前她打電話給雷蒙時，還不確定他會不會邀請她來家裡作客。她也不確定自己到底想不想去，對方是否願意見到她，她完全沒概念。但雷蒙在她按門鈴之前就先開了門，抱住她肩頭，親了她兩下（他以前肯定沒有這個習慣吧？）接著介紹了他太太安妮。他說他之前就和她提過，他們四人是多麼要好的朋友，喬琪亞和班，他和瑪雅。非常要好的朋友。

如今瑪雅已故。喬琪亞和班離異多年。

他們一起到「家庭房」入坐，這名字是瑪雅取的，淡淡的取笑意味。

有天晚上雷蒙對班和喬琪亞說，看來瑪雅是無法生育了。「我們盡力了。」他說。「我們用了枕頭，其他方法都試過了，但還是沒成功。」

「哎唷，老兄，不能用枕頭啦。」班放聲大喊。他們那時都有些醉意。「我還以為你是這類道具的專家咧。但這事我懂，我們待會得私下聊聊。」

雷蒙是婦產科醫生。

不過那時喬琪亞已經知道瑪雅在西雅圖墮過胎，還是瑪雅的情人哈維一手安排的。哈維也是醫生，外科的。破舊建物裡一棟昏暗公寓，壞脾氣的老太太織著毛衣。醫生進來時沒穿西裝外套，帶著一個褐色紙袋。瑪雅神經兮兮地想著，袋子裡肯定裝著他的營生工具。事實上袋子裡是他的午餐——雞蛋洋蔥三明治。當醫生和狄法莒太太在瑪雅身上忙時，那味道直直朝著她臉上撲來。

瑪雅和喬琪亞眼見自己的丈夫互開玩笑，只是不露聲色地相視而笑。

如今，雷蒙曾經的褐色鬈髮變得銀白蓬鬆，臉上多了皺紋，卻絲毫不見風霜劇變的痕跡——沒有眼袋、沒有雙下巴、沒有酗酒的紅暈、沒有落魄之人喜愛嘲諷的頹廢。他身材仍舊修長挺拔，氣宇軒昂，身上氣味依然清新，一塵不染，舉止得宜，衣著高檔。他年老時必定是個優雅善感的老人，臉上掛著熱心男孩般的笑容。瑪雅曾悶悶不樂地說過，他們兩人臉上都有這種光采，她是在說雷蒙與班。也許我們應該把他們用醋醃起來，她說。

這個房間變得比雷蒙本身還多，一整套的象牙白皮革沙發，取代了瑪雅的織錦布沙發。當然，從前放在「鴉片房」的所有雜物，瑪雅的抱枕、靠墊、蒲葦草、縫上許多小鏡子的繽紛華麗大象擺飾——都不見了。房間的色調是淺米和象牙白，柔軟舒適，令人安心，就像雷蒙這位新任金髮妻子。她此刻坐在雷蒙坐的那張椅子的扶手上，有技巧地將他的手臂拉過來環住她，將他的手掌放在她大腿上。她穿著光滑的白色長褲，奶油白繡花毛衣和金飾。雷蒙輕拍了她幾下，又是親暱，又是不悅。

「妳等一下還要去別的地方是不是？去買點東西？」他問。

「好好好。你們要敘舊是吧。」他妻子說。她對喬琪亞笑了笑。「沒關係。我真的得去買點東西。」她說。

她出門後，雷蒙幫自己和喬琪亞都倒了點酒。「安妮對酒實在是，自尋煩惱。」他說。「她連鹽罐都不擺在餐桌上，還丟掉了家裡的窗簾，就是不想聞到瑪雅的菸味。我知道妳心裡大概在想什麼：我的朋友雷蒙現在找了個金髮俏妞。但她其實是個正派的好女孩，性格也穩重。她之前就在我辦公室了，妳知道的，瑪雅過世之前好一陣子就在了。我的意思是，我是請她來**上班的**，沒其他意思！她也沒外表看起來年輕，她三十六了。」

喬琪亞其實認為安妮有四十歲了。她已經覺得有點煩了，卻還是得交代一下自己的近況。沒有，她目前未婚。對，她有工作。她和朋友住一起，兩人有座農場，還有間出版社。不怎麼穩定，沒賺多少錢。很有意思。是男的朋友，對。

「我也不知道怎麼回事，完全沒有班的消息了。上次我聽說他住在船上。」雷蒙說。

「他和他太太每年夏天都會出海，在西岸一帶。冬天他們就去夏威夷。海軍現在准許提前退休了。」喬琪亞回道。

「那太好了。」雷蒙說。

看著雷蒙，喬琪亞想著她完全不知道班如今是什麼模樣。他是否也長了滿頭白髮，腰間變得厚實？因為這些正是她如今的寫照——她成了發福的女人，健康的橄欖色皮膚，頭頂白髮彷彿羽冠，衣著寬鬆花俏。她想起班時，仍是那個英俊的海軍軍官，無可挑剔的標準海軍樣貌——敏銳、嚴肅、內斂，看上去一副勇敢無懼，渴望接收指令的神情。她兩個兒子手邊想必有他的照片。他們都會去看他，度假時會去他的船上。或許她去看兒子時，他們會把父親的照片收起來。或許他們是想保護他（連照片一起），畢竟她曾深深傷害了他。

去瑪雅家的路上（其實是雷蒙家），喬琪亞走過了另一棟房子。她本可以輕易避開的。那棟房子在橡樹灣，事實上她還得特地轉往另一個方向走一段才看得到。

那仍是她和班在維多利亞《移民報》房地產專欄上看到的房子。獨棟平房，有數個房間，置身如畫的橡樹叢間，楊梅、山茱萸、窗邊座、壁爐、菱形格板窗，極具特色。喬琪亞佇立大門外，感受到一股早料到會襲來的痛楚。班曾在這修剪草坪，孩子們曾在這裡的矮樹叢間踏出小徑，建造自己的祕密基地，還為他們家的黑貓「多米諾」獵殺的小鳥與蛇布置了一座小墓園。她仍能完整無缺地回憶起房子內部的模樣——她和班費力用砂紙磨過的橡木地板，一起油漆的牆壁，她拔完智齒後昏沉沉躺著等待麻藥退去的房間，班在旁邊為她大聲讀《都柏林人》。她不記得那篇小說的篇名了，是個羞怯愛詩的年輕人與他美麗刻薄妻子的故事。可憐的傢伙，班讀完之後說。

班的興趣是運動，學生時代又很受歡迎；他喜歡小說，這點倒令人意外。

她真該離這一帶遠遠的，這裡的每一處她都走過，走過掛滿金色扁平葉片的栗子樹下，走過紅色枝幹的楊梅樹，走過高大的奧勒岡櫟樹。這些櫟樹總讓她想到童話故事、歐洲的森林、伐木工、女巫。她所踏過的每一處，每一步都是自責，說著，**何必呢，何必呢，何必呢**。她早就知道她會自責——她就是追求這個——而她這麼做，其中又帶點矯情的意味。矯情且無謂。她早就知道。但她每踏一步，都在罵自己糊塗，挑自己的錯，**何必呢，何必呢，何必呢，錯了，白費力氣，錯了，白費力氣**。

雷蒙讓喬琪亞看看花園，說那是為瑪雅蓋的，在她離世前幾個月。花園是瑪雅設計的，之後她就躺在織錦布沙發上，看著它完工（雷蒙說，有時她手上還點著菸就打起了瞌睡，沙發因此燒過兩次）。

喬琪亞看見一座池塘，池邊繞著一圈石頭，中央有座小島。島上立著一頭相貌凶異的石獸，水從牠口中噴出——是山羊嗎？池邊種著茂密的大濱菊、粉紅和紫色的大波斯菊、低矮品種的松樹和柏樹，還有某種迷你的樹，紅葉上帶著光澤。現在她可以更仔細觀察小島，島上有覆滿青苔的石牆——是座荒廢的小塔。

雷蒙說：「她雇了個年輕小伙子來做的。她就躺在那裡看著他做事，整個夏天。她整天就只是躺著，看他弄她的花園。他忙了一陣之後會進屋來，他們會一起喝杯茶，聊聊花園。妳知道，瑪雅不光只是設計，還很會想像。她會告訴他，她是怎麼想像這座花園的，然後他就會照她說的去做。我是說，這對他們兩人而言不只是花園，他們把它想像成某個國家，還為國家命名，而池塘就是這個國家的湖，湖周圍是森林，還有不同部落與派系之間居住的領土。這樣妳大概懂了吧？」

「嗯。」喬琪亞回答。

「瑪雅的想像力實在很高明，她真應該去寫奇幻或科幻小說什麼的，總是一堆鬼點子，毫無疑問。但如果要她把這創造力用在正經事，那就沒辦法了。那隻山羊是那個國家其中一尊神明，那座島就像某種聖地，曾經還有座神廟，妳也看到了，現在成了廢墟。他們什麼東西都會扯上宗教，噢，還有文學、詩歌、傳說、歷史什麼的，又編了一首那個國家的王后會唱的歌，當然是首外國歌，從那國的語言翻譯過來。他們還翻譯了一部分，講有個王后被關在廢墟裡，就是那座神廟。我忘了原因，她可能是要被獻祭吧。要把她的心臟活生生挖出來，還是要做什麼可怕的事情之類的。總之一切都很複雜，很浮誇。不過妳想，要編出這些情節要花多少力氣啊，那個創造力之豐富的。那個年輕小伙子是個藝術家，我相信他自以為是藝術家吧。事實上我不知道她怎麼找到他的，她人脈很廣。他就靠這一類工作維生吧，我猜。他做得很好，會安裝管線，這類的都會，那時他每天都來，做完了當天的進度就進來喝茶，和她說話。嗯，在我看來，他們喝的不只是茶。就我所知，不只是茶而已，他會帶點東西來加，兩人還會一起抽菸。我告訴過瑪雅，她應該把這些全寫下來。

「不過妳知道嗎，他一完工就走了耶。一走了之。我不知道怎麼回事，他大概找到其他工作了吧。對我來說我好像不該過問，但我的確覺得，如果他真的找到其他工作，他也可以偶爾回來看看她吧。如果他是去哪裡旅行，也可以寫信給她啊。我想他至少可以做到這點吧。我對他的期望也就這樣，又不會少塊肉，至少我覺得不會。假如他是個好人，至少可以不讓她覺得——他從頭到尾不過就是她雇來的朋友。」

雷蒙淺淺笑著，這笑容他抑不住，或根本渾然不覺。

「因為她最後的結論想必就是這樣。他們兩人相處那麼愉快，一起編故事，還相互慫恿，最後卻變成這樣。她一定很失望，一定的。就算到了她人生的最後階段，這種事對她還是很重要。妳我都知道，喬琪亞，這件事對她很重要。他本可以對她更用心一點的，反正也不需要太久。」他說。

瑪雅去年過世，秋天走的，但喬琪亞直到聖誕節才知道，還是希爾妲的聖誕問候信上寫的。希爾妲是哈維的前妻，如今嫁的也是醫生，現居卑詩省內陸一個小鎮。一年前她和喬琪亞各自去溫哥華旅遊，在街上巧遇，自此兩人便偶爾會通信。

希爾妲寫道：「當然，妳比我更了解瑪雅。但我實在很常想到她，連我自己都驚訝。我一直都在想我們這群人，真的，大概十五年前的我們是什麼樣子。我想，某種程度，我們就和那些嗑藥後輕飄飄的小鬼頭一樣脆弱。嗑藥後的迷幻應該足以對人留下一輩子的影響。我們不都受到影響了嗎——我們每個人不都搞砸了婚姻，各自出外尋求冒險奇遇？當然，瑪雅沒有搞砸婚姻；我們之中只有她堅守位置。所以我想我現在寫的這些應該沒什麼道理吧。但對我來說，瑪雅似乎是我們之中最容易受傷的，她那麼有才華，那麼敏感。我記得她撥開頭髮的時候，太陽穴上那根血管好明顯，我都不忍心看。」

希爾妲會寫這樣的信還真是奇怪，喬琪亞心想。她還記得希爾妲的昂貴粉彩格紋開襟洋裝，她那俐落的淡色短髮，還有她的好教養。難道希爾妲當真覺得壞了自己的婚姻，在大麻、搖滾樂和叛逆衣著的影響之下，出外尋求冒險奇遇？喬琪亞的印象是，希爾妲一發現哈維在外面的荒唐事（或是其中幾件荒唐事）就離開了他，到了內陸的小鎮。她很明智地開始重操舊業，當起護理師，又及時地嫁了另一個應是更可信的醫生。瑪雅和喬琪亞從不認為希爾妲和她們是同一種女人，再說，希爾妲與瑪雅過去也不親近——她們關係如此，自有特殊因素。但這麼多年來，是希爾妲始終留意大家的動態，她知道瑪雅的死訊，還寫了這麼些溫馨的話。要不是希爾妲，喬琪亞根本不會知道，仍想著某天她說不定會寫信給瑪雅，總有一天她倆的友誼會重修舊好。

班和喬琪亞去瑪雅家作客的第一天，哈維和希爾妲也在。瑪雅為這兩對夫妻在自家辦了個晚餐派對。那時喬琪亞和班才剛搬到維多利亞，班打電話給他學生時期的好友雷蒙。班從未見過瑪雅，但他告訴喬琪亞，聽說瑪雅非常聰明，個性很怪。大家都說她個性古怪，但她很有錢——繼承了家產——所以個性怪也無所謂了。

喬琪亞一聽說瑪雅很有錢，就哼了一聲。而她一看到瑪雅與雷蒙的房子（石砌大宅、階梯式草皮、修剪整齊的樹叢、環形車道），再哼了一聲。

喬琪亞和班來自安大略同一個小鎮，家庭背景相似。班之所以能念良好的私立學校，是天上掉下來的好運，某位姑婆願意出錢供他去念。她十幾歲成為班的女友就已頗為自豪，而當他邀她去學校舞會時，她便裝得更加得意。但即使在那個年齡，她對那個學校的女孩們就沒什麼好評。她認為千金小姐都嬌生慣養，沒大腦，叫她們笨蛋。她自認是那種不怎麼喜歡女性同類的女孩（後來這兩字則換成女人）。她稱呼其他海軍女眷為海軍**夫人**。班有時被她對他人的看法逗得很樂；有時則問她，真的有必要這麼愛批評人嗎。

他那時隱約覺得，她會喜歡瑪雅的。他這麼說，不代表瑪雅一定會喜歡喬琪亞。結果班說中了，他那時很高興，一來是自己終於拿得出像瑪雅這樣的人來討喬琪亞歡心，二來是他終於找到他和喬琪亞都樂於結交的夫妻檔。「交些海軍以外的朋友，對我們有好處。」他這麼說。「有個沒那麼嚴肅古板的太太，可以和妳一起到處走走看看。妳總不能說瑪雅是個古板的人吧。」

喬琪亞自然不會這麼說。那棟房子和她原先預想差不多——她很快就會知道瑪雅叫它「你那親切的社區堡壘」。但瑪雅，實在是不按牌理出牌。她親自來開門，打著赤腳，身穿寬鬆的褐色粗布長袍，像麻袋用的粗麻布。她的秀髮既長且直，大旁分髮型撩得很高，與她的長袍幾乎是一樣的灰褐色。她沒搽口紅，皮膚粗糙蒼白，顴骨上有些許斑點，如鳥兒在沙上的淺淺足印。這般缺乏色彩，這般粗糙質感，似乎正襯出了她脫俗出眾的品質。她那雙赤腳、沒上色的指甲、怪異的長袍，都令她顯得無比淡漠，無比高傲又淡漠。她臉上唯一的妝，只有把眉毛塗成藍色——事實上她把眉毛全拔了，再把那塊皮膚塗成藍色，她也沒塗成弧線，只是在兩眼上方輕輕抹上一點藍，像浮起的青筋。

喬琪亞自己則是梳蓬了一頭黑髮，化著當時最流行的眼妝，雙峰凸顯，風情萬種；她感到尷尬不安，卻又不禁讚嘆。

喬琪亞那晚印象深刻的另一人就是哈維。他個子矮，肩膀厚，肚子有點凸，藍色眼睛浮腫，臉上掛著好鬥的神情。他家鄉在蘭開夏郡。他的一頭灰髮頂上稀疏，兩側卻留得很長——他梳整齊蓋住耳朵，看起來有點藝術家，反倒不像外科醫生。散會後，喬琪亞對班說：「他甚至不像外科醫生那樣乾乾淨淨的。你不覺得他看起來還比較像雕刻家嗎？你看他指甲又乾又粗。我想他對女人一定很壞。」她回想起他打量她胸部的樣子。「雷蒙就不一樣。雷蒙尊敬瑪雅，幾乎是崇拜了，整個人又乾淨得不得了。」她說。

（那次晚餐派對過後幾週，瑪雅對喬琪亞說，雷蒙的長相是所有媽媽最中意的那一型，還真是精確。）

瑪雅那晚做的晚餐與一般家常晚餐差不多，用餐的銀製叉子很重，還有點斑駁。不過雷蒙拿來待客的酒很好，他原本想聊聊這酒的，但又不想打斷哈維的滔滔不絕。哈維不停說著醫院的八卦祕辛，還肆無忌憚大談戀屍癖與手淫等等。飯後眾人移到客廳，主人夫妻倆照著某種程序為客人準備咖啡，雷蒙用土耳其咖啡機磨豆，吸引了所有人的目光，又說起芳香精油有多重要。哈維說到一半的八卦被打斷，因此只是在一旁看著，臉上掛著毫不友善的假笑。希爾妲則是耐心地注意聽著，保持客人的禮貌。全心全意支持丈夫的則是瑪雅，在他身邊像個助手似打轉，溫順優雅地協助。她把咖啡倒進美麗的土耳其小咖啡杯，端給客人。咖啡杯是她和雷蒙在舊金山的店裡與磨豆機一起買的。她端莊嫻靜地聽雷蒙描述那間店，神情彷彿是在回憶其他的度假樂事。

哈維和希爾妲率先告辭。瑪雅搭著雷蒙的肩膀，向他們道別。但他們前腳一走，她後腳就立刻滑開，拋下原本流利的優雅和賢妻的舉止，伸個懶腰後隨意往沙發一倒，模樣有點尷尬：「你們先別走啊。只要哈維在，沒人有半點機會說話——你們只好等他走了再聊囉。」

於是喬琪亞懂了怎麼回事。她懂，瑪雅不想和自己丈夫獨處。她先前這般故作殷勤，撩起了他的性致（無論原因為何）。她懂，在今天的晚餐派對散場之際，瑪雅傷心消沉，那種心情是喬琪亞也熟悉的。而雷蒙很是高興，他在沙發另一端坐下，雙手抬起瑪雅不想移開的腳，揉起其中一隻。

「看看這人多野蠻。這女人連鞋也不穿。」雷蒙說。

「來點白蘭地吧！」瑪雅跳起來喊。「我就知道你找人來晚餐派對還想要幹什麼，你想喝白蘭地！」

「他愛她，可是她不愛他。」喬琪亞談論了雷蒙對瑪雅有多崇拜，人也十分乾淨之後，對班這麼說。不過班大概沒怎麼認真聽，還以為她在談哈維和希爾妲。

「不，不，不，他們的話，我認為倒相反。你很難看得出英國人在想什麼。瑪雅在他們面前只是裝腔作勢，至於原因嘛，我倒是有個想法。」她說。

「妳對什麼事都有想法。」班答道。

喬琪亞和瑪雅可說是兩種層面的朋友，第一種是同為妻子，第二種則是出於她們自己的意願。以妻子身分來往時，雙方會到對方家晚餐，聽著兩人的丈夫聊起學生時代，說過的笑話、打過的架、祕密策畫過的詭計、闖過的大禍、仗勢欺人的人、被欺負的人、恐怖的同學和老師、可憐的同學和老師、嘗過的甜頭、受過的羞辱。瑪雅問道，這些事確定不是從哪本書看來的嗎？「聽起來就像書裡的故事嘛，那種男孩在學校裡的故事。」她說。

她們的丈夫都說，這些書講的就是他們的學校生活。他們聊學校聊夠了之後，便開始聊電影、政治、公眾人物、旅行過的地方、想去旅行的地方。如果瑪雅和喬琪亞想聊，可以加入他們。班和雷蒙都不相信「男人說話，女人別插嘴」那一套，他們相信女人就和男人一樣聰明。

兩人單獨來往時，喬琪亞和瑪雅會去對方家廚房喝咖啡聊天，或是去城裡午餐。有兩個地方瑪雅很喜歡，她也只去這兩個地方。一是「蒙兀兒院」——陰森的大型鐵路飯店裡，有間宏偉、浮誇又破舊的酒吧。蒙兀兒院的南瓜色天鵝絨窗簾被蟲蛀過，擺放的蕨類盆栽已經乾枯，服務生還纏著包頭巾。瑪雅去那裡總是盛裝打扮，穿著垂墜的絲質洋裝，帶點汙痕的白手套，還有她在二手商店發現的美麗帽子。她把自己喬裝成某人的遺孀，在丈夫生前和他一起待過幾個大英帝國海外前哨站。她會用柔軟清澈的嗓音，問一旁臭臉的服務生：「能不能勞駕你……」然後再告訴他們，你們人真是太好、太好了。

她和喬琪亞編好「大英帝國遺孀人生故事」之後，喬琪亞就加入了陣容，扮演遺孀雇用的隨從，脾氣暴躁的艾咪·莒克斯小姐，同時也是地下社會主義者。遺孀則是艾勒格拉·佛布斯—巴利亞夫人。亡夫為奈吉爾·佛布斯—巴利亞。有時他被稱為奈吉爾爵士。就在某個下雨的午後，兩個女人花了大把時間坐在蒙兀兒院裡，共同編出佛布斯—巴利亞夫婦在威爾斯某間陰溼旅館的蜜月驚魂記。

瑪雅喜歡的另一個地方，是布蘭沙街上的嬉皮餐廳。店家在樹樁上綁了骯髒的長毛絨布坐墊充當座位，菜色有糙米飯配黏糊的蔬菜，飲料是混濁的蘋果酒。（在蒙兀兒院，瑪雅和喬琪亞只喝琴酒。）她們在嬉皮餐廳午餐時，會穿便宜的美麗印度棉長洋裝，佯裝是某個嬉皮地方公社的難民。裡面有個名叫比爾・彭斯的民謠歌手，她倆都是他的侍女或小妾。她們還幫這個比爾・彭斯編了幾首歌（用大多數藍眼白人會喜歡的調調），溫和輕柔又慵懶，與他貪婪又放蕩的作風簡直天差地遠。比爾・彭斯的個人癖好相當奇特。

她倆不玩這些遊戲時，就毫無顧忌地談論自己的生活、童年、煩惱和丈夫。

「那可真是個恐怖的地方。」瑪雅說。「那個學校。」

喬琪亞也有同感。

「他們是貴族學校裡的窮小孩，所以得更加努力，一定要給家裡爭光。」瑪雅說。

喬琪亞不覺得班的家境貧困，但她知道這種事可以從各種不同的角度看待。

瑪雅說只要家裡有客人來晚餐，或只是傍晚來坐一下，雷蒙都會預先挑好他認為適合的唱片，還依照他認為適合的順序播放。「我想，說不定哪天他還會在門口發給每個人該聊的話題呢。」

喬琪亞洩漏的則是，班每週都會寫一封信給那位資助他上學的姑婆。

「寫得很感人嗎？」瑪雅問。

「是啊。噢，當然，很感人。」

兩人黯然地互看一眼，笑了出來。然後她們才敢公開說——不如說是坦承——真正壓在她們心上的是什麼。那就是她們的丈夫都太單純無邪了——那種衷心、正派、肯定、心滿意足的單純。這樣的特質非常令人厭倦，最終讓人心灰意冷。親密關係因此成了例行的苦差事。

「但我們這樣聊天，妳會感覺很差嗎？」喬琪亞問。

「當然會。」瑪雅回道，露齒一笑，展現她潔白整齊的貝齒——那是在她能自主決定自己的外貌前，花大錢找牙醫的成果。她繼續說：「我感覺差還有別的原因。但我不知道我是不是真的感覺很糟。是，也不是。」

「我懂。」喬琪亞回答。但她直到說出口的這一刻，依然不太確定自己是否真的懂了。

「妳好聰明。要不然就是我太好懂了。妳覺得他怎麼樣？」瑪雅說。

「很難搞。」喬琪亞謹慎地回答。她很滿意自己的答案，既不會讓瑪雅看出她為了這番掏心話感到多麼榮幸，也不會被瑪雅發覺這麼聊，她有多陶醉其中。

「妳滿厲害的嘛。」瑪雅說，接著告訴喬琪亞她墮過胎。「我會跟他分手，隨時都可能。」瑪雅說。

但她還是繼續和哈維見面。她與喬琪亞共進午餐時，會講起哈維某些令她幻滅的事，接著又說她得走了，她和他約在峽谷路的某間汽車旅館，或是在他遠景湖的小屋碰面。

「那小屋真該好好打掃了。」她說。

她曾離開過雷蒙一次，不是為了哈維，是和一個音樂家私奔（或是說，去投奔他）。他是鋼琴家，挪威人，看起來總是睡眼惺忪，脾氣很壞。那時瑪雅還是社交名媛，他們在某個慈善音樂會認識的。她跟著他四處巡迴了五週，最後他把她拋在一間辛辛那提的旅館裡。她膽戰心驚，胸口劇痛，正好配上她碎裂的心，結果劇痛的其實是膽囊，她請人通知雷蒙過來，他也果真帶她出院。回家前兩人還去墨西哥小小度假了一番。

「我的部分，就這樣了。」瑪雅說。「那麼真實又鋌而走險的愛，就這麼一次，不會再有了。」

那，哈維算什麼？

「練身體吧。」瑪雅回答。

喬琪亞在書店找了份兼職工作，每週工作幾個晚上。班循例去了一年一度的巡航。西岸這年夏天反常地熱，豔陽高燒。喬琪亞梳整頭髮，不大化妝，買了幾件露背短洋裝，坐在書店櫃檯的高腳凳上，露出光裸的棕色肩膀和強健的腿，像個大學女生，聰明，充滿活力和大膽的想法。上門的客人都喜歡喬琪亞這樣的女孩（或說女人）扮相，喜歡和她說話，大部分客人都是一個人來，他們不見得是寂寞，但沒有一個可以聊書的人。喬琪亞用櫃檯後方的電熱水壺燒熱水，用馬克杯泡覆盆子茶給客人喝，有些熟客甚至會帶自己的馬克杯來。瑪雅來店裡時都靜靜躲在人群裡，表情滿是俏皮與羨慕。

「妳知道妳在什麼地方工作嗎？」她對喬琪亞說。「妳這裡是間沙龍啊！噢，我真想有妳這樣的工作！我甚至想在一間普通的店找份普通的工作，折點東西，幫客人找商品，找零，說謝謝惠顧，說今天外面好像更冷了，會下雨嗎？」

「妳是可以找一份這樣的工作啊。」喬琪亞說。

「不，我不行啦。我這人沒規矩，父母沒把我教好。要是沒有漢納太太、鄭太太和莎蒂，我根本沒辦法打理家務。」

這倒是真的，以一個現代女性的標準而言，瑪雅請過的傭人還真不少。雖然她們上班的時段不同，各自分工也不同，模樣也不像傳統家僕。就連她晚餐派對的菜色都是傭人做的，彷彿更凸顯了她淡漠的特質。

傍晚，瑪雅通常在忙，這正合喬琪亞的意，因為她實在不希望瑪雅來書店時，隨意編幾個離奇的書名，問有沒有這本書。這等於是取笑喬琪亞的工作。喬琪亞可是鄭重看待這間書店，抱持著慎重又不為人知的好感，連她自己也說不清原因。這是間長窄型的店面，有老派的漏斗狀入口，夾在兩面呈現斜角的展示窗之間。喬琪亞坐在櫃檯後的高腳凳上，可以看見一面櫥窗的影像反射在另一面櫥窗上。這條街並沒有為招攬遊客而刻意修飾，是條寬闊的東西向街道，傍晚時分灑滿了淡黃色的燈光，燈光反射在不太高的淺色灰泥建築上。樸素的店面，幾乎空無一人的人行道。喬琪亞發覺，比起橡樹灣蜿蜒曲折的陰涼街道、鮮花盛開的庭院與爬滿藤蔓的窗框，這種平淡無奇的感覺更令她舒暢自在。就是在這裡，這間店的書才有了自己的價值；如果是放在郊區更「藝術」、裝潢更吸引人的書店裡，只怕永遠無人問津。這裡的平裝書擺成長排（當時大多數企鵝出版社的平裝書封面仍是橙白或藍白雙色，沒什麼設計或圖片，書名也很樸素，沒特別向讀者說明什麼）。這間店是通往寶山的大道，給人貌似可信的承諾。店裡的某些書，喬琪亞從未讀過，可能永遠也不會讀，對她來說卻很重要，因為光看書名就可感覺到莊嚴或神祕。《愚人頌》、《偶然的本質》、《新英格蘭群英》、《思想與整合》[1]。

有時她會站起身來，用更嚴謹的順序整理書籍。小說區按照作者姓氏的字母順序擺放，是很明智沒錯，卻不太有趣。歷史、哲學和心理學以及其他科學書籍，則是根據某些繁複而有趣的規則（與時間順序和內容相關）來排列的——喬琪亞立即掌握了規則，甚至還進一步發揚光大。一本書，她不需要讀多少就能掌握重點，她輕易掌握住了所謂的書感，幾乎易如反掌，彷彿是聞一聞就能懂。

有時店裡空無一人，她無比平靜，此時甚至連書都不重要了。她僅是坐在高腳凳上，望著街道——耐住性子，心懷期盼，孤身一人，懷著懸念處於微妙的平衡中。

在她看見邁爾斯之前，她先看到他的倒影。他戴著安全帽，模糊、難以捉摸，正忙著將摩托車停在路邊。她相信自己早就注意到他英挺的外表，他的蒼白，他滿是灰塵的紅髮（他摘下安全帽，甩了甩頭髮才走進店裡）。還有，在櫥窗倒影中就能看見他步伐迅速，低頭垂肩，卻依然一副桀驁不馴大搖大擺的架勢。

他很快就開始找她攀談，這一點也不稀奇，就像其他客人一樣。他告訴她，他是個潛水員，專門尋找船骸、失蹤的飛機和屍體。維多利亞的一對富豪夫妻策畫了一次尋寶之旅，正在招兵買馬，雇用了他。他們的姓名、目的地都是機密。尋寶可是件瘋狂的大事，他做過，因此很懂。他家在西雅圖，他太太和年幼的女兒都住在那裡。

他告訴她的一切，都很可能只是謊言。

他拿書給她看——上頭有照片、繪畫，都是些軟體動物、水母、僧帽水母、馬尾藻、加勒比海飛魚、櫛水母等等。他還指給她看哪些畫是對的，哪些是假的。然後他就走開了，不再搭理她，甚至趁她忙著接待客人時溜出店門，一點道別的意思都沒有。但有天傍晚他又來了，告訴她有個男人溺水，被卡在船艙裡，透過滿水的小窗戶，饒富興致地望向窗外。他有時注意她，有時又迴避她，距離靠得很近，談話內容卻輕描淡寫。他漫不經心地徘徊，不帶笑意的灰色眼睛久久凝視著她，他很快就讓喬琪亞心煩意亂，但她並不討厭。他連續兩個晚上沒出現，後來終於現身，突然就開口問她，要不要坐他的摩托車回家。

喬琪亞說好。她這輩子沒坐過摩托車。她的車還在停車場。她知道接下來必定會發生什麼。她說了她的住處：「離海灘往上再幾條街而已。」

「那我們去海灘吧，可以坐在木頭上。」

他們果真去了。在木頭上坐了一會兒，接著，儘管海邊的天色還沒全暗，海灘上也還有人，他們就在不太茂密的矮樹叢間做愛。喬琪亞走路回家，整個人精力充沛，煥然一新，她一丁點戀愛的感覺也沒有，倒是覺得受到宇宙眷愛。

「我的車發不動。」事後她對保母說（住在同一條街上的老太太）。「只好一路走回家了。」

1 【編註】書名分別為 *In Praise of Folly. The Roots of Coincidence. The Flowering of New England. Ideas and Integrities.*

很不錯，我是說走路，很好。我走得很開心。」

她的頭髮亂七八糟，嘴唇腫了，衣服上全是沙。

她的生活瀰漫著這種謊言。她會把車停在偏遠的海灘、停在靠近城市的運木道路上、停在薩尼奇半島蜿蜒曲折的鄉間小路上。她腦海中記憶的城市地圖，原先只有商店、工作地點與朋友家的路線，如今被另一張地圖覆蓋了。那是在恐懼（而非羞愧）和興奮中遵循的迂迴路線，有不牢靠的隱蔽之處，有臨時的藏身之處。她和邁爾斯會在這些地方做愛，而這些地點往往就在路經車輛、健行遊客或家庭野餐的人們能聽到的範圍內。至於喬琪亞自己，當她望著她的孩子玩旋轉木馬，或者在超市感受握在掌中的檸檬的完美形狀，此時喬琪亞體內還蘊藏著另一個女人。這女人幾小時前還在蕨叢中、沙灘上、光禿禿的地面上，暴雨時就在她自己的車裡——呻吟、扭動。她已經鬼迷心竅，失去控制，卻仍能收拾好自己，神智清楚地回家去。大家對這種事是不是習以為常了？喬琪亞在超市瞄了一下別的女人，找尋各種跡象——臉上如夢似幻的神情，得意洋洋的炫耀感，穿著打扮間流露的蛛絲馬跡，舉手投足間的特殊韻律。

到底有多少人？她問瑪雅。

「天知道。」瑪雅回答。「做個問卷調查吧。」

或許，麻煩就在他們坦承愛上對方開始了。他們何必如此呢——何必要定義、誇大、模糊自己感受到的（不管那是什麼）？但是，似乎就是必得這麼發展下去——就像做愛也必須變化，得換個花樣，精心計畫，就是得這麼發展下去。那是種更進一步的方式。於是他們相互表白，那晚喬琪亞失眠了。她不後悔說出口的話，也不覺得那是謊言，儘管她心知肚明說出來實在荒唐。她想起邁爾斯做愛時總是試著讓她直視他的眼睛，而班顯然不會這麼做——她想起了邁爾斯的眼睛，起初既明且亮，充滿挑釁意味，後來光芒淡去，逐漸變得沉著、陰鬱。她相信那時的他——也只有那個時候。她想起讓人帶上船，航向灰暗、深邃、險惡、壯觀的海洋。愛。

「我不知道事情會變成這樣。」隔天她在瑪雅家廚房邊喝咖啡邊說。那日天氣和暖，但她得穿上毛衣，縮成一團。她震驚不已，一副唯命是從的樣子。

「當然。這種事沒人知道。」瑪雅毫不客氣地答道。「他也說了嗎？說他也愛妳？」

對，喬琪亞說，他說了，當然。

「那妳要小心了，尤其是下次見面。男人說了那句話的下次見面，總是特別棘手。」

果真如此。下次見面，兩人之間出現了一道裂縫。起初他們只是測試，看看彼此間是否真有裂痕，就像一種新的消遣。但裂縫愈加寬大，他們都還來不及說什麼足以證明兩人間有嫌隙的話，喬琪亞就已經冷冷地感覺到那裂縫逐漸擴大，即使她是如此絕望地期待能癒合。他也有同樣的感受嗎？她無從得知。他似乎同樣冷淡，臉色蒼白，一派深思熟慮，像是又生出了什麼新的惡意謀算，滿臉神采奕奕。

深夜，他倆坐在喬琪亞的車內（明知這樣很魯莽），車外是柯洛弗岬角上成雙成對的情侶。

「車外的每個人，和我們做著一樣的事。」邁爾斯曾這麼說過。「這有沒有讓妳很興奮？」

上次見面時，兩人在氣氛的驅使下情不自禁、吞吞吐吐、正色莊重地向對方坦白愛意；他這句話就是在那一刻說的。

「妳想過嗎？我是說，我們可以和班還有蘿拉一起。妳有沒有想過我和妳，再加上班和蘿拉都在一起的情況？」他問。

蘿拉是他的妻子，人在西雅圖的家裡。除了她的名字之外，過去他從沒和喬琪亞提過她的事。他倒是提過班，喬琪亞雖然不喜歡他這樣，但也就睜隻眼閉隻眼。

他當時是這麼問的：「班在海上逍遙自在的時候，他以為妳都怎麼找樂子？

「班回來之後，你們通常會大做一場嗎？

「班有像我這麼喜歡妳這樣打扮嗎？」

他說得好像他和班在某種程度上是朋友，或至少是什麼事業夥伴、合夥人之類。

「妳和我和班還有蘿拉。」他說。喬琪亞聽著那語氣像是刻意耍無賴，充斥著慾念似地大肆嘲諷。「快樂要與好朋友分享。」

他想撫弄她，故意無視她聽了這些話有多想推拒、多麼憤怒、多麼受打擊。他繼續形容他們四人都在床上，能多麼大方地彼此「交流」。他問這樣會不會讓她興奮，她說才不會，你有夠下流。哎，妳明明就覺得很刺激，只是還不願意投降，他說。他的聲音、他的撫摸變得更加粗暴了。妳有哪裡特別嗎，他輕聲又輕蔑地問，還狠狠捏了她乳房一把。喬琪亞，妳憑什麼以為自己是女王？

「你這樣很殘忍，而且你也知道自己很殘忍。」喬琪亞拉扯他的雙手。「你為什麼要這樣？」

「親愛的，我哪有殘忍。」邁爾斯假意嬉皮笑臉地說。「我就是想要，我就是又想要了嘛。」他又開始恣意擺弄喬琪亞，準備胡作非為一番。她叫他滾下車去。

「假正經。」他還是那副刻意嫌惡又溫柔的語氣說話，彷彿是在狂熱地舔著自己厭惡的東西。「妳這個假正經的小賤人。」

喬琪亞說，假如他再不停手，她就要按喇叭，假如他再不下車，她真的會按。她會大叫找人來報警。兩人扭打之時，她真的壓到了喇叭。他把她推開，嘴裡還嘀咕了幾句髒話。她聽過他講，不過那時的意思和現在完全不同。他下車了。

她不敢相信兩人居然會爆發這麼強烈的敵意。事態驚人地一百八十度大轉變。她後來想起此事（過了好長一段日子才想起），她認為他或許是良心不安，為了蘿拉，必須讓她出局。或者，他想讓上次的告白一了百了。他嚇壞了，只好給她難堪。或許吧。又或者是，這一切對他而言只是做愛的更進一步發展，而且（他認為）確實很好玩。

她很想找瑪雅好好談談，但兩人聊一聊的可能已經消失殆盡。她倆的友誼，已經乍然劃下句點。

在柯洛弗岬角鬧了一場後的隔天晚上，喬琪亞坐在客廳地上和兒子們玩睡前的紙牌遊戲。電話響了，她很確定是邁爾斯打來的。她一整天都在想他應該會打來，解釋自己那晚的行為，請求她原諒，說自己某種程度上只是在測試她，或者他是一時因為某些她不清楚的原因而精神錯亂了。她當然不會立刻原諒他，但也不會掛他電話。

結果打來的是瑪雅。

瑪雅說：「猜猜發生了什麼怪事。邁爾斯打給我。就是妳那個邁爾斯。沒關係，雷蒙不在家。他怎麼會知道我的名字？」

「我不知道。」喬琪亞回答。

當然，是她告訴邁爾斯的。她曾把放浪不羈的瑪雅拿來當笑料講給他聽，或者拿瑪雅當作對照，指出喬琪亞自己在這遊戲中是多麼懵懂單純——對邁爾斯來說，更是個相對純潔的獎賞。

「他說想來和我聊聊。」瑪雅說。「妳覺得呢？他怎麼了？你們吵架了？……是吧？噢，好吧，他大概是希望我勸妳跟他和好吧。我得說他可真會挑時間。雷蒙今晚在醫院，有個肚子特大的女人要生了，他可能得留院幫她剖腹。我再打給妳跟妳說談得怎樣，好嗎？」

幾個小時過去，孩子們早已熟睡，喬琪亞開始等瑪雅的電話。她看了電視新聞，好轉移注意力。她又拿起話筒，確認真的有撥號音。看完新聞她關掉電視，又打開電視，開始看起電影。連續三個廣告時段，她都專心看著螢幕，沒起身到廚房看時鐘。

午夜過後半小時，她出門，開車，一路開到瑪雅家。她不知道自己來這裡幹什麼，而她的確也沒做什麼。她關掉車燈，沿著環形車道轉圈，屋裡是暗的，車庫門是開的，雷蒙的車不在裡面，也不見摩托車。

她把自己的孩子單獨留在家，門也沒鎖。什麼事也沒發生，他們沒半夜醒來，發現她的失職，回家途中沒有小偷、沒有可疑人物徘徊、也沒有殺人犯跑出來嚇她。算她走運，但她一點也不為此慶幸。她離去時大門敞開，燈也亮著，回來時儘管她立刻關上大門，關掉幾盞燈，躺到客廳沙發上，對於自己居然幹出這種蠢事還是難以置信。她睡不著，只是躺著，就連最細微的挪動都彷彿會加深她的苦痛。她躺著直至天色漸亮，聽見鳥兒逐一醒來。她的四肢僵硬，起身到電話旁，又聽了一次撥號音，接著僵直地走到廚房，開始燒開水，對自己說了幾個字：「悲痛欲絕」。

悲痛欲絕。她想到了什麼？假如她其中一個孩子死了，這就會是她的感受，她會用這個詞彙來形容。「悲痛」是用來形容嚴肅的事態，重大的喪失。她當然知道。要是拿她孩子一小時的性命換取昨晚十點電話鈴響，聽見瑪雅說：「喬琪亞，他很絕望。他一直道歉，他其實很愛妳。」她也不要。

她不要。但這通電話會給她某種快樂，而那種快樂是無論她孩子露出什麼表情、說什麼話都無法給她的。無論什麼都再也無法給她那樣的快樂了。

快九點時，她打電話給瑪雅，撥號時她想著，或許還有其他的可能，她要為此祈禱。瑪雅的電話可能暫時壞了，瑪雅昨晚可能身體不舒服，也或許雷蒙從醫院回家的路上發生了車禍。

她一聽見瑪雅的聲音，所有的可能霎時間煙消雲散。瑪雅的聲音聽起來很睏（還是裝出來的？）而且圓滑到像是在哄她。「喬琪亞？是喬琪亞嗎？噢，我還以為是雷蒙呢。他得待在醫院以防那個可憐的女人需要剖腹，他本來要打給我——」

「妳昨天晚上說過了。」喬琪亞答道。

「他本來要打給我——噢，喬琪亞，我本來要打給妳的！現在我想起來了，對，我本來要打給妳。但後來我想時間可能太晚了，我擔心電話會把孩子吵醒。所以我後來就想，噢，早上再打比較好！」

「太晚是什麼時候？」

「也不算太晚啦。我就是擔心。」

「發生什麼事了？」

「什麼『什麼事？』」瑪雅笑著，像愚蠢舞臺劇裡的女角。「喬琪亞，妳生氣了嗎？」

「發生什麼事了？」

「噢，喬琪亞。」瑪雅回答，寬容大方地哎了一聲，像是在為喬琪亞著想，聲調裡卻透露出一絲緊張。「喬琪亞，對不起，什麼事都沒有。真的什麼事都沒有。我喝醉了，但我不是故意的。我給他喝啤酒。有人騎摩托車到妳家來，這不就是基本的待客之道嗎？妳會給他一瓶啤酒嘛。不過後來他就大刺刺地說他只喝威士忌，還說我陪他喝他才要喝。我想說，這人很會擺架子嘛，端什麼臭架子。不過我做這些都是為了妳呀，喬琪亞——我想知道他腦袋裡到底在想些什麼，所以我叫他把車停到車庫後面，我帶他到後院去坐，這樣萬一我聽到雷蒙的車回來，就可以叫他從後門走，他只要沿著車道把車牽走就好了。現在這個時機，我沒有打算在雷蒙那邊多鬧點什麼事。昨晚就是這樣，我們之間什麼都沒有。」

喬琪亞的牙齒不停打顫，她倏地掛上電話。她再也不要和瑪雅說話了。當然，才過沒多久，瑪雅就出現在家門口。孩子們正在院子裡玩，喬琪亞只得讓她進門。瑪雅滿臉懺悔在廚房桌邊坐下，問能不能抽菸。喬琪亞沒回答。瑪雅說不管，我就抽囉，沒關係吧。喬琪亞就假裝瑪雅根本不在似地，瑪雅抽菸時，她清理爐子，把爐子每個零件一一拆下洗淨再裝回去。她又擦了流理臺，擦亮水龍頭，整理放餐具的抽屜。她還繞著瑪雅的腿拖了地板，做得又快又徹底，而且根本沒看瑪雅一眼。起初喬琪亞還不確定自己能否不看她、不理她，但竟愈來愈容易了。瑪雅的態度愈誠懇（她先是理智地抗議，然後逐漸開始用半開玩笑的方式自白，最後是真實且心懷恐懼的懺悔），喬琪亞的決心就愈堅定，愈發對心裡那股冷酷的快意感到心滿意足。不過，她當然努力不要露出陰冷的神情，輕快地在廚房裡穿梭來去，幾乎要哼起歌來。

爐臺邊的流理臺磁磚上有一層油垢，她拿了把刀刮掉。她已經讓事態走向難以收拾的局面。瑪雅的菸抽了一根又一根，把菸蒂用力捻熄在她自己從碗櫥拿來的小碟裡。她開口：「喬琪亞，這樣太蠢了，我可以告訴妳，他不值得。根本什麼也沒有，一切就只是蘇格蘭威士忌加上湊巧而已。」

她又說：「我很對不起，真的對不起，我知道妳不相信我，我要怎麼說妳才會信？」

然後是：「聽著，喬琪亞，妳現在是在羞辱我。好，好，也許我就是活該。我自作自受。不過等妳羞辱我夠了，我們可以回過頭來繼續當朋友，以後再繼續笑這件事。等我們都老了，我發誓我們一定會覺得這很好笑。以後我們甚至連他的名字都不會記得，只會叫他機車王子之類的，真的啦。」

接著：「喬琪亞，妳想要我怎麼樣？妳希望我整個人撲到地上又哭又鬧嗎？反正我也準備好了。我一直叫自己不要哭哭啼啼的，但我做不到。我現在就在哭了，喬琪亞，妳看嘛？」

她說著說著就哭起來。喬琪亞戴上橡膠手套，開始清理烤箱。

「妳贏了。」瑪雅說。「我把菸收一收就回家。」

她又打了幾通電話過來，都被喬琪亞掛斷了。邁爾斯也打來，喬琪亞照樣掛掉。她覺得他的聲音聽起來小心謹慎，卻還是有點自鳴得意的味道。他又打來一次，聲音顫抖，彷彿要盡力展現坦率與謙遜，赤裸裸的愛。喬琪亞立刻就掛斷了。她感覺受到侵犯，坐立難安。

瑪雅寫信來，有幾句是這樣的：「我想妳也許知道邁爾斯要回西雅圖了，回去那個他還算有在顧的家。尋寶的事好像沒下文，但妳肯定知道他遲早要走的，到時妳一定會很難過，所以現在妳等於是提早過這關。這樣難道不好嗎？我這樣說不是幫自己找藉口，我知道自己很軟弱，是個爛人，但難道我們不能忘記這件事，就這樣算了嗎？」

她又寫道，她和雷蒙早就計畫要去希臘與土耳其度假，現在終於要出發了。她很希望能在出發前收到喬琪亞的回信，就算只是張便箋也好。但要是她沒收到隻字片語，她也能試著理解喬琪亞的意思，今後不會再寫信打擾。

她說話算話，真的沒再寫信來。不過她從土耳其寄來了一塊漂亮的條紋布，大到足以當桌巾使用。喬琪亞只是把布折起來收好。幾個月後她搬出去，沒把布帶走，班才發現有這塊布。

「我很幸福。」雷蒙告訴喬琪亞。「真的很幸福，因為我算是個普通人，過著普通的安定生活，我很滿足了。對異性，我不想追求什麼重大發現、戲劇化的情節，也不想要什麼人來解救我。我不會到處尋找，想方設法讓生活更有趣。我可以坦白跟妳說，我覺得瑪雅錯了。我不是說她沒才華、不聰明、沒創意之類的，而是她一直在找某些東西——說不定根本就不存在。而且她又很看不起自己本來就有的，真的。她明明可以好好享受生活，她偏不要。好比說我們去旅行，她不想住舒舒服服的飯店，偏要去健行，騎那種又可憐又可悲的驢子，喝酸奶當早餐。這樣講好像我是很古板的人，嗯，我想我就是這麼保守吧。再說，妳知道她有很漂亮的銀器吧，品質特別好的銀器，是她家的傳家之寶。她卻懶得擦，也不請傭人擦一下，只是拿塑膠袋包著藏起來。她把銀器藏起來耶——妳會以為那是什麼不可告人的東西。妳覺得她把自己想成什麼樣的人？可能是某種嬉皮？自由自在的人？她根本不懂是因為她有錢，她才能這樣自由自在。坦白告訴妳，某些在這間房子裡進進出出，所謂自由自在的人，要是沒有錢，在她身邊根本待不久。

「我能做的都做了。我沒有忽然就離開她，拍拍屁股走人，就像她那個什麼奇幻國的王子一樣。」

與瑪雅絕交，喬琪亞有種復仇的快意，很滿意自己處理得這麼有分寸。她的絕招就是置若罔聞，她很驚訝可以控制到這種地步，用這種方式徹徹底底懲罰瑪雅、盡可能地懲罰邁爾斯。她知道她不得不做的事，就是把自己硬生生扯開，連根拔起對於這兩個奇人的癮頭。邁爾斯和瑪雅，一樣狡猾、一樣耀眼——愛說謊、到處勾引、惡意欺瞞。而你以為在經歷這一切折磨之後，她會急忙跑回婚姻的牢籠，鎖好門，為自己擁有的一切前所未有地感激涕零。

結果卻不是這樣。她和班分手，一年之內她就離開了。她分手的方式之冷酷，簡直是在折磨彼此。她告訴他邁爾斯的事，不過也為自己留了面子，沒說出邁爾斯和瑪雅那一段。她沒再掩飾自己的無情（也毫無掩飾的意願），在等待瑪雅打來的那晚，某種怨憤的騷動進入了她的心，她眼中的自己，已經被假象包圍，她依賴假象生活。出軌這麼一段時間，她的婚姻已成假象。她這麼快就離婚了，離得遠遠地，這也是種假象。她現在像瑪雅那樣過生活，但她恐懼萬分，這一切開始之前，她從前的生活，同樣令她恐懼萬分。她無能為力，只能毀滅一切。這股強大冷酷的能量在她體內累積，強大到她非得親手毀掉自己的家不可。

她和班都還十分年輕的時候，兩人攜手步入的是一個充滿禮節、安穩、表象、躲躲藏藏的世界。美好的外表，也不只是外表，還有美好的機巧。（她以為她離開那個充滿假象的世界之後，就再也用不著這種機巧了。）在那個世界，她的快樂時有時無。她惱怒、焦躁、迷茫、快樂。但她憤懣地說，從來沒有，從來沒有，我從來沒有快樂過。

人都會這麼說。

人都會做出影響重大的轉變，卻不是自己想像中的改變。

同樣地，喬琪亞知道自己用這種方式過上另一種人生，她有悔恨，但她的悔意並不真心誠意。她確實悔恨，但不全然真誠。聽了雷蒙這一番話，她知道無論她之前做過什麼，她肯定會做出同樣的決定。假設她必須堅持自我的原則，那她肯定會重蹈覆徹。

雷蒙不想讓喬琪亞走，不想和她分開。他提議開車載她回市中心，要是她走了，他就沒伴可以聊瑪雅的事了。安妮很可能告訴過他，她不想再聽到瑪雅的話題了。

「謝謝妳來看我。」他在門口臺階上說。「真的不要我送妳嗎？不留下來吃晚餐？」

喬琪亞只好再次提醒他，她要搭公車還有最後一班渡輪。她說不用、不用，她真的想走走，只有一、兩哩路而已，接近傍晚的時刻很舒服，維多利亞這麼美，她都忘了。

雷蒙又說了一次：「謝謝妳來看我。」

「謝謝你的酒。」喬琪亞答道。「也謝謝你。我猜我們都不相信自己有一天會死吧。」

「唉，好啦，不要這樣說。」雷蒙回答。

「不是，我是指我們表現的樣子——我們表現得好像從來都不相信自己有一天會死。」

雷蒙的笑意逐漸加深，手搭在她肩上，問道：「那我們該怎麼表現？」

「變得和以前不一樣就好了吧。」喬琪亞回答，還開玩笑似地刻意加重語氣，意思是她知道這回答毫無說服力，只能當笑話聽聽。

雷蒙抱住她，接著給了她一個長長又冰涼的吻。他想藉此表露哀慟，卻不怎麼使她信服。至於為何要如此佯裝深情，其中含義他們當然不會深究。

她穿過幾條黃葉覆蓋的街道，走回鎮上，街上洋溢著秋日的氣息與沉靜。這段路上，她沒想起剛才和雷蒙的事。經過柯洛弗岬角時，懸崖上布滿了矮樹叢，水面的對岸就是連綿起伏的群山。奧林匹克半島上的群山在眼前展開，像大方攤開的布景，用彩虹皺紋紙剪出的圖樣。她沒想到雷蒙、邁爾斯、瑪雅，甚至是班。

她想到的是傍晚時分坐在書店裡，街上的燈光，窗戶上交錯反映的倒影。那偶然的清晰。

戴假髮的時間

安妮塔的母親躺在瓦利醫院，氣息奄奄，她因而回家照顧母親——雖然她現在已經不當護理師了。某天她在醫院走廊忽然被一個女人攔下；女人身材矮壯，寬肩，下盤也頗穩固，一頭整齊的灰褐色短髮。

「聽說妳回來了呀，安妮塔。」女人笑著說，笑聲中帶著強勢與尷尬。「別這樣，看妳都嚇壞了！」

是瑪格。安妮塔三十幾年沒見的人。

「來我家坐坐。出來透透氣吧，快來。」瑪格說。

因此安妮塔讓自己放了一天假，去看瑪格。瑪格和丈夫蓋的新屋，正好在可以俯瞰港口的位置。那塊地從前什麼都沒有，只有低矮的灌木叢和孩子們的祕密通道。房子是用灰磚蓋成的，既長且矮。雖說矮，但也夠高，套句安妮塔的話說——高到足夠讓對街某些鄰居的鼻子都氣歪了。那些鄰居都住在豪華的百年老宅裡，窗外景色美不勝收。

「這些該死的傢伙，他們弄了個反對我們的連署，還告到委員會那裡去咧。」瑪格說。

不過瑪格的丈夫早就搞定委員會了。

瑪格的丈夫生意做得不錯，安妮塔早就聽聞。他開巴士公司，有個車隊負責載學童上下學，花季載銀髮族去尼加拉瀑布賞花，秋季則去哈利波頓賞紅葉。公司有時會接單身旅遊團和度假的旅客們，安排一些比較刺激的行程——去到納什維爾或拉斯維加斯。

瑪格帶安妮塔參觀房子，廚房是杏仁色（安妮塔誤稱為奶油色），配上水鴨綠和奶油黃的飾條。瑪格說所謂的自然原木風格已經退流行了。客廳裡鋪著玫瑰花地毯，擺著幾張絲質條紋布座椅，垂著一重重的淡綠花紋窗簾。不過她們沒進到客廳，就只是站在門口欣賞——這一切的精緻、朦朧、完好。主臥室和裡頭的浴室則以白色、金色與罌粟紅為主調，還有按摩浴缸和三溫暖。

「我自己可能更偏好沒這麼鮮明的顏色。只是總不能叫一個大男人睡在一屋子柔柔的粉彩裡吧。」瑪格說。

安妮塔問她有沒有想過找份工作。

瑪格甩了甩頭，笑著哼了聲：「妳在開玩笑嗎？喔，我是有工作沒錯啦，我家有幾頭豬要餵，妳看到就知道了，再說這房子也不會自己發功轉起來啊。」

她從冰箱拿了壺桑格莉亞水果酒，再取了兩個一樣的杯子，一起放在托盤上。「妳喜歡這玩意嗎？很好，我們坐在外面露臺上喝吧。」

瑪格穿著綠色花朵短褲，與之搭配的上衣。她厚實的大腿爬著浮腫的靜脈，上臂的皮膚凹凸不平，褐色皮膚長滿斑點，長期日曬使得肌膚變得粗韌。「妳怎麼還是這麼瘦？」她很訝異，順手撥了一下安妮塔的頭髮。「妳怎麼都沒有白頭髮？藥房是不是有什麼祕方？妳還真漂亮。」她的話裡毫無妒意，彷彿她說話的對象比她年輕許多，未經世事，青澀懵懂。

她掛念的一切，能令她驕傲的所有事物，彷彿都孤注一擲在這棟房子了。

瑪格和安妮塔都在艾許菲爾德區的農場長大。安妮塔家是棟不太穩固的磚造房子，縫隙總是有風吹入，二十年沒換新壁紙和亞麻油地板了，不過起居室的爐子還點得著，她可以舒服安靜地坐在那裡寫作業。瑪格則得坐在床上寫作業，那張床是她和兩個妹妹一起睡的。安妮塔很少去瑪格家，因為實在太擁擠了，人多到簡直一團混亂，而且瑪格的父親脾氣又壞。有一次她去，他們家正忙著宰鴨，清理乾淨內臟，準備拿去市場賣，羽毛飄得到處都是，有些飄進牛奶壺，有些飄進火爐，燒羽毛的氣味真是可怕的惡臭，鋪著油布的餐桌上積了一灘血，還一滴滴落到地板上。

瑪格也很少去安妮塔家；安妮塔的母親其實不喜歡女兒和瑪格交朋友，只是沒明說罷了。安妮塔的母親看著瑪格時，眼神就像是在一一數落瑪格家糟糕的地方——鴨血、羽毛、火爐管子穿過廚房屋頂、瑪格的父親總大喊著要打誰誰的屁股。

但她倆每天早上都相約一起上學，兩人拚命把頭壓低，好抵擋從休倫湖颳來的風雪，或是盡可能走快一點。此時黎明尚未來臨，天地一片雪白，沼澤結冰，天際泛著粉紅，星辰逐漸隱沒，嚴寒空氣令人感到窒息。結冰的湖面再過去，可見一道緞帶寬的開放水域，依照著光線不同變換成墨水藍或知更鳥蛋的藍綠色。她倆把筆記本、課本與作業簿緊緊抱在胸前往前走，身上的裙子、襯衫和毛衣都是好不容易才得來的（瑪格那一身則是耍了點花招加吹牛才弄到的），全都得花上許多心思保養。兩人佩戴著瓦利高中（她們的目的地）校徽，一見到對方，都不禁鬆了一口氣。她們同樣在冷冰冰的房間摸黑起床，窗上凍結了一層白霜。她們都知道如何不脫睡衣就能穿上內衣。這時廚房裡的爐蓋砰砰作響，爐子的風門已關，弟弟妹妹在樓下急急忙忙換衣服。瑪格和她母親輪流出去到穀倉擠牛奶、耙乾草，父親則總是叫家人做這個、做那個，瑪格說要是他早餐前沒揍人，他們肯定會覺得他病了。安妮塔認為自己稱得上幸運，她哥哥和弟弟會去穀倉忙活，父親也不常揍人。然而在這樣的早晨，她還是覺得自己彷彿得涉過漆黑的水面，才得以與瑪格見面。

「想想咖啡吧。」她們一邊努力朝公路上的小店走去，一邊相互打氣。那小店雖然破舊不堪，卻是避風港般的存在。兩人在家喝飲料都是喝濃茶，而且要把茶葉浸到顏色很深才喝，鄉下地方的習慣。

小店的老闆娘泰瑞莎·高特八點前就會開門讓她們進來。她們會把臉湊近店門口，細看裡頭的動靜：日光燈管一一亮起，藍光從燈管兩端射出，閃閃爍爍、時明時暗，幾乎要熄滅時，忽然又轉為耀眼的白光。泰瑞莎臉上帶著老闆娘的微笑走過來，小步繞過收銀檯，緊抓住她那縫有襯芯的櫻桃紅緞子睡袍領口護住脖子，彷彿這樣開門時就能抵擋凍人的寒風。她的兩道眉用眉筆畫成一雙黑翅膀，另一支筆（紅色的）則拿來勾唇線。她勾唇線的方式，讓上唇的微凹處看起來像是用剪刀稍微劃過一樣。

那時，走進店內的燈光下，聞著煤油暖爐的氣味，將懷裡的書放到櫃檯上，脫下連指手套搓揉凍到發痛的手指，是多麼安心、多麼快樂的事。她們接著彎腰搓腿——雙腿大概有一吋裸露在外，已經凍到麻木失去知覺，只差一點就要凍壞了。她們沒穿長襪，因為當時不流行，只在靴子裡套上及踝的短襪（皮鞋則是留在學校，到了才換）。裙子雖然長（那是一九四八、四九年的冬天），但腿上還是有一塊露在外面。有些鄉下女孩會先穿長襪再套短襪，有些人甚至會先穿滑雪褲再穿裙子，全部拉上之後，襯衫下塞住的一團衣服顯得非常笨重。瑪格和安妮塔絕不會那樣穿，她們寧可冒著凍僵的風險，也不願被取笑穿得土氣。

泰瑞莎幫她們端來咖啡，熱騰騰的黑咖啡滋味極為甜濃。天氣這麼寒冷，這兩個女孩依然堅持出門上學，如此勇敢，她很是驚訝。她用手指稍微碰了她們的臉頰和手，立刻小聲驚呼，打個冷顫：「像冰一樣！簡直像冰一樣！」對她而言，在加拿大的冬天出門就足夠令人詫異了，更何況是在這種天氣走上一哩路。她們每天為了上學這麼跋涉，在她眼裡既像是英雄又古怪，還有點詭異。

正因為她們是女生，這種行徑才特別古怪。她想知道身體暴露在寒風中，會不會影響她們的月事。「這樣卵子不會凍起來嗎？」她實際上是這麼問的。瑪格和安妮塔理解她在問什麼之後，便決定提醒彼此，小心別讓卵子凍結了。泰瑞莎不是說話粗俗——她這麼說話，只因為她是外國人。勒烏爾在國外（亞爾薩斯—洛林）認識她，而後娶了她。他先回國；她再和一群二戰新娘一起坐船來。這年瑪格和安妮塔十七歲，就讀十二年級。開校車的正是勒烏爾，校車起點就是高特夫婦的商店和加油站。店面與加油站位於金卡丁公路上，能看見湖景。

泰瑞莎告訴她們，她曾兩度流產，第一次發生在瓦利，那時他們還沒搬到這裡，也還沒買車。勒烏爾雙手一把將她抱起就往醫院跑。（想到能讓勒烏爾一把抱起，安妮塔感到一陣快意的電流竄過全身。即使泰瑞莎說那次經驗非常痛苦，但為了能有所體驗，安妮塔幾乎願意忍受這痛苦了。）第二次則是發生在這間店，勒烏爾在修車廠裡工作，沒聽見倒在自己血泊裡的泰瑞莎正微弱地哭喊，後來是一個進店的客人發現她倒在地上。感謝主，泰瑞莎說，這感謝主要是因為勒烏爾，而不是她自己。要是她有什麼閃失，勒烏爾不會原諒自己。她提到勒烏爾和她的婚姻生活時，眼皮顫動，眼睛忽然虔誠地往下垂。

泰瑞莎說話時，勒烏爾就在店裡忙進忙出，他先出去發動校車巴士的引擎，預熱車子，再回到他們住的地方。店裡頭的人，他一概不打招呼，連泰瑞莎的話都不回。她倒是會停下原先的滔滔不絕，時不時問他有沒有忘記帶香菸、要不要再來點咖啡、是不是戴厚一點的手套比較好。他用力跺腳，踏掉靴子上的雪，但那種踏法比較像是宣告他人在這裡，而不是顧慮地板可能毀壞。他很高，步伐很大，走進屋裡會帶進一股冷空氣。敞開的毛皮風雪大衣下擺總是掃到某些東西——幾盒果凍、玉米罐頭之類。泰瑞莎原本陳列得很精美，但他弄倒後連轉身看一眼都沒有。

泰瑞莎對外說她二十八歲，與勒烏爾一樣。大家都認為她年紀比較大——最多大了十歲吧。瑪格和安妮塔仔細打量過她，認為比較能形容她的字眼是「焦掉了」。她的膚況很怪，尤其是髮際線、唇邊和眼周，像是在烤箱裡烤太久的派，沒烤得乾黑，但周圍已經留下一圈深褐色的痕跡。她的髮量稀疏，約莫是曾經脫水或發燒的緣故，髮色也太深——她們很肯定那是染出來的。她個子矮，骨架也小，手腕和雙腳細細的，腰部以下卻像吹氣球一樣脹起來，可能是在兩次短暫又悲慘的孕期之後，她始終沒有真正康復。她身上的氣味像是在熬煮什麼甜甜的東西——加了很多香料的果醬吧。

她什麼都敢問，也什麼都敢講。她問瑪格和安妮塔有沒有和男生出去過。

「哎唷，為什麼不行？妳們的爸爸不讓妳們去？我十四歲時就有很多男生喜歡我啦，但我爸爸不讓我和他們出去。他們會來我窗戶下吹口哨，我爸趕走了他們。妳們應該拔拔眉毛的，兩個都要，會變得漂亮噢。男生就喜歡女生把自己打扮得漂漂亮亮，這點我永遠不會忘記。我和那一批太太坐船過大西洋來的時候，我把所有時間都拿來為我先生打扮。有的太太就只是坐在那裡玩牌而已，我才不會那樣子！我會洗頭髮，擦一種很好的油嫩膚。我還用石頭一直搓腳，搓掉腳上粗粗的地方。我忘記妳們是怎麼說的——就是腳的皮膚上粗粗的地方？我塗指甲油、拔眉毛，把自己打扮得像是什麼獎品！都只為了到哈利法克斯見我老公。別人就只會坐著玩牌，聊別人的八卦聊個不停。」

她們早聽過泰瑞莎第二次流產的另一個說法。似乎是勒烏爾受不了她，叫她回去歐洲。她絕望之際朝桌子用力撞過去，孩子就這樣沒了。

勒烏爾會在路邊和農場門口停下，讓學童上車。他們等校車的時候，不是為了保持溫暖而不停跺腳，就是在路邊的雪堆裡扭打成一團。與瑪格、安妮塔同年級的女生，那年都沒搭校車，車上的女生只有她倆，其他大多是九、十年級的男生。這些小男生本來應該很難管教，但勒烏爾居然有辦法從他們踏上車的那一刻起，就把他們管得服服貼貼。

「別鬧了，快一點，想上車就趕快給我上來。」

要是誰敢在車上喧嘩打架、起鬨、亂抓亂打，甚至只是換個位子，笑得太厲害，聊得太大聲，勒烏爾就會大吼：「不想下車走路就給我乖一點！對，就是你——我就是在說你！」某次有個男生在車上抽菸，他就在距離瓦利還有好幾哩遠的地方把對方轟下車。勒烏爾自己倒是個老菸槍，他在儀表板上放了個美乃滋罐的蓋子，當作菸灰缸，不管他做什麼，都沒人敢質疑他。他的壞脾氣出了名。不過看他一頭紅髮，也難怪他脾氣壞。

人人都說他是紅髮，但瑪格和安妮塔認為，他只有鬍子和耳朵正上方的部分頭髮算是紅色。至於其他部分，他兩邊太陽穴旁的髮絲有點稀疏，除此之外都是茂密的鬈髮，尤其是後腦杓，這是她們最常看到的部位——他的髮色應該是黃褐色，就像她們某天早上看到一隻狐狸穿過白雪覆蓋的道路，牠的毛皮就是那個顏色。還有他那兩道濃密的眉毛，手臂和手背上的體毛，顏色就淡多了，不過只要在光下看就會閃著亮光。他的小鬍子怎麼會這麼火紅？她們聊過這件事，他的一切她們都很冷靜地討論過。他算帥還是不帥？他的皮膚是紅髮人特有的那種，發紅且有斑點，額頭又高又飽滿，淺色的眼睛看似很凶，實則漠然。兩人最後的結論是「不算帥」，實際上還有點古怪。

不過只要他在身邊，安妮塔的皮膚底下就會泛起某種強忍的渴求，就像有個噴嚏要打出來，只是距離噴發的瞬間還要好一陣子。這感覺在她不得不下車，而他又站在臺階旁時尤其強烈。當她從他身邊走過時，那股張力之強大到能從她的前胸穿透至後背。這件事她從沒和瑪格說，因為她覺得比起自己，瑪格對男人更為蔑視。瑪格家的孩子都很害怕父親的拳打腳踢，瑪格的母親則是害怕先生做愛的方式。某次她不想做，竟在穀倉睡了一整夜，還栓上了門。瑪格把做愛稱為「來一下」，還態度鄙夷地說起泰瑞莎和勒烏爾的「來一下」。不過安妮塔後來想到，也許正是瑪格這種輕視的態度，悶悶不樂，一臉鄙夷，才讓男人覺得很有魅力。或許瑪格不討人喜歡的地方，就是她的魅力所在。這與長得漂不漂亮無關，安妮塔認為她是兩人之中比較漂亮的，但顯然泰瑞莎給她倆打的分數都不高。重點是瑪格行為舉止之間展現出一種大膽的慵懶；她寬大的臀部，已然顯現女人味曲線的腹部，還有她褐色大眼裡閃現的神情——同時展現出叛逆與無助，與安妮塔聽她說過的話完全不搭調。

到了瓦利，天色已經全亮了，看不見半顆星星，也不見半痕粉彩。鎮上的建築、街道，被校車打斷的日常規律，讓瓦利就像一道屏障，抵擋她倆醒來時那個狂風暴雪的冰凍世界。當然她們的家也是種屏障，剛才等車的小店也是，但與這小鎮一比根本不算什麼。瓦利自有一方天地，彷彿鄉間不曾存在似地。路上碩大的雪堆，林間肆虐咆哮的狂風——都不存在。在鎮上，你得表現得就像是本地人。現在高中校園旁邊的街道上滿滿都是住在鎮上的學生，他們過著優渥又舒適的生活，家裡的臥室和浴室都有暖氣，還可以睡到八點再起床（其實事實並不盡然如此，但瑪格和安妮塔相信就是這樣）。鎮上多數學生都不知道你叫什麼名字，卻覺得你理應知道他們叫什麼，而你居然也真的知道。

那所高中就像一座堡壘，窄窄的窗戶，暗紅色磚塊砌成的裝飾用高牆，長長的臺階，令人卻步的門扉，有顆石頭上還刻著拉丁文：「*Scientia Atque Probitas.*」（知識與誠實）。她們在八點四十五分左右走進學校大門時，已經離家很遙遠了。家，以及離家路上所經歷的一切，都變得好不真實。此時咖啡的效力退去了，在禮堂刺眼的燈光下，她們開始緊張地打起呵欠。一樣樣等在眼前的是當天該做的事：拉丁文、英文、幾何學、化學、歷史、法文、地理、體育。下課鐘聲在整點前十分鐘響起，她們能夠短暫休息。她們緊抓住書本和墨水瓶，在樓梯間焦急地跑上跑下，頭頂上是吊燈、皇室成員的肖像、已故教育家的照片。壁板每年夏天都會上一次光，就和校長的眼鏡一樣閃著無情的光芒。她們身邊處處是即將丟臉難堪的危機，早晨慢慢過去，她們的胃隱隱作痛，餓得飢腸轆轆，她們怕腋下出汗，怕經血沾到裙子，要去上英文與幾何學時兩人就開始發抖，倒不是她們表現不好（事實上她們每科都出色），而是擔心老師在課堂上叫她們站起來朗讀、背詩，當著全班的面到黑板前解題。**當著全班的面**——這幾個字她們聽到就怕。

體育課一週要上三次——這對瑪格而言特別麻煩，因為她沒辦法從父親那裡拿到買體育服的錢，只好推說把衣服忘在家裡，不然就是向那天不必上體育課的女孩借來穿。不過一旦她買到了體育服，便如脫韁野馬般在體育館裡跑來跑去，樂在其中，大喊著要別人把籃球傳給她。而在體育課總是僵硬彆扭的安妮塔，總是默默忍受別人拿球砸她的頭。

一堆倒霉事之間偶有好事，中午時間，她們會走到鎮上的鬧區，去專賣婚紗與晚禮服的店，透過櫥窗看鋪了地毯的店裡有什麼美麗的商品陳列。安妮塔計畫自己要在春天舉辦婚禮，伴娘群要穿粉綠相間的絲質禮服，外罩白色透明硬紗。瑪格的婚禮則在秋天，伴娘們都穿杏桃色天鵝絨禮服。她們會去伍爾沃斯平價商店看唇膏和耳環，還會衝進藥妝店，試噴一堆古龍水。如果她們母親有給錢，讓她們買點日用必需品，她們就會拿零錢買點櫻桃可樂或是海綿太妃糖。她們始終保持開朗，因為她們相信生命中註定會有非凡的好事降臨，她們會成為女主角，某種愛與權力必定在哪裡等候著。

等她倆放學回來，泰瑞莎同樣熱情歡迎，端出咖啡或加了鮮奶油的熱巧克力。她會拿店裡的包裝餅乾招待她們，有無花果夾心餅，或撒上彩色椰子粉的棉花糖泡芙。她還會看一下她們的課本，問問當天的功課。不管她們提到哪個科目，她都念過。她在每一堂課上都是模範生。

「英文——我英文都滿分的！但我那時哪知道我會談戀愛，還跑到加拿大來啊。加拿大！我以為加拿大只有北極熊！」

勒烏爾應該加入談話的，但他沒有。他不是在瞎弄巴士的事，就是在修車廠裡東摸西摸。不過她們上車的時候，他心情通常滿好的。「要上車的都上車了嗎？」他會大喊。「綁好安全帶！調整氧氣面罩！禱告吧！我們要上公路囉！」在前往校園的路上，混著巴士轟隆隆的吵雜聲，他會開始自己哼哼唱唱，到了家附近，他的情緒就會恢復成早上那樣，冷漠中帶有隱隱約約的輕蔑。趁著她們下車，他或許會說：「小姐們，到啦——完美的一天到此結束。」或者他什麼也不會說。進門後，泰瑞莎就開始聊個不停，學期中，她總是談著戰時歷險的話題：有次她在花園裡遇到藏身的德國士兵，她拿了一小碗甘藍菜湯給他；她第一次看到一群美國人（都是黑人）開著坦克來，她腦中幻想出一幅荒謬又絕妙的景象，感覺坦克和男人不知怎麼就合而為一。還有她在戰時穿的結婚小禮服，是用她母親的蕾絲桌巾改成的，她那天的髮飾就是幾朵粉紅玫瑰。遺憾的是那襲婚紗後來被撕成碎片，淪為修車場用的抹布。勒烏爾哪知道那是婚紗？

有時泰瑞莎和客人聊得正起勁，那時她們就沒點心和熱飲可享用了——只看見泰瑞莎隨意揮了一下手，彷彿她乘坐著什麼典禮的馬車，駛過她們身邊。她們也聽到同一則故事的片段，德國士兵、黑人美軍、某個炸得支離破碎的德國士兵，他的腿（還套著靴子）就這麼掉在教堂門口，而且一直躺在那裡，路過的人都會看上一眼。還有船上的新娘，泰瑞莎很驚訝從哈利法克斯坐火車到這裡居然要那麼久。當然，還有兩度流產的事。

她們聽到的是，勒烏爾很怕她再生孩子。

「所以他現在都會用保護措施。」

有些人說他們永遠都不會再踏進那家店一步，因為你永遠都不知道會被逼著聽什麼故事，也不知道何時才能脫身。

到了瑪格和安妮塔不得不各自回家的地點，除非天氣太糟，否則她們總是要逗留好一陣子，盡可能再多留一下，多聊一點，聊什麼都可以。地理老師留小鬍子比較好看，還是不留？泰瑞莎和勒烏爾是否真如泰瑞莎所暗示的，有繼續「來一下」？兩人無話不談，什麼都聊，看似親密無間，其實各有沒說出口的心事。

安妮塔有兩個志願沒說出口，她沒告訴任何人。其中一個是當考古學家——這太怪了；另一個則是當時裝模特兒，這又太驕傲自大。瑪格倒是說了她的志願，她想當護理師；念護校不像念大學，不用花一毛錢就能去。而且一畢業，無論到哪裡都能找工作，紐約市、夏威夷——想走多遠就走多遠。

安妮塔認為瑪格沒說的是，在家和她父親相處，到底是什麼感覺？根據瑪格的說法，還滿像喜劇電影裡演的。她父親就像差勁的喜劇演員，暴躁起來就追著她到處跑（但瑪格跑得快，還邊跑邊嘲弄他，他老是追不上），抓住鎖上的門猛搖（例如穀倉門），大吼撂著狠話，手邊有什麼能拿來揮舞的就拿——椅子、手斧、柴薪。結果他往往被自己的腳絆倒，狠狠跌了一大跤，連自己之前罵了什麼都忘了。不管他做了什麼，瑪格都會放聲大笑，她笑他，看不起他，總是搶在他前面先發制人，她從來、從來沒流過一滴淚，或嚇得放聲大哭。不像我媽。她是這麼說的。

安妮塔從護校畢業後，去了加拿大西北的育空工作。她在那裡認識了一個醫生，結了婚。按照瓦利當地人的標準，這本該是她人生的結局，而且是個很好的結局，但她卻離了婚，放下過去，過回自己的日子。她又開始上班、存錢、去卑詩省大學念人類學。她搬回家照顧母親時才剛念完博士。她沒生孩子。

「妳現在念完博士了，再來要幹麼？」瑪格問。

認同安妮塔人生選擇的人，泰半會這麼問。年紀大一點的女人往往會說：「真厲害！」或是「我年輕還想四處闖蕩的時候，如果有像妳這麼勇敢就好了。」有時給予肯定的，竟是她覺得不大可能肯定她的人。當然了，不是誰都能接受她這麼特立獨行。安妮塔的母親就不認同，這也是安妮塔多年沒回家的原因。即使她母親如今跌入谷底，神智不清，她依然能認出女兒，用盡全身力氣含糊擠出一句：「可惜了。」

安妮塔彎身向母親靠近了些。

「**這輩子啊**，真是**可惜**了。」她母親說。

不過倒有一次，安妮塔幫母親身上的瘡敷好藥之後，她說的是：「幸好啊，幸好有個——**女兒**。」

瑪格問起這件事的語氣，說不上是認同還是不認同，看起來似乎是很納悶，就懶懶地隨便問一問。安妮塔說起自己將來的計畫，但老是有什麼打斷她們的談話。瑪格的兒子們帶了朋友回來，她幾個兒子都是高個子，紅髮，只是紅得不太一致。其中兩人在念高中，一個在念大學，剛回來。還有個更大的兒子已經結婚了，住在西部，瑪格已經當奶奶了。這幾個兒子不停喊著，問瑪格他們的衣服在哪、家裡有哪些吃的、有哪幾種啤酒和汽水果汁、家裡哪幾部車有誰要用、什麼時候要用等等。然後他們全都跑去屋旁的游泳池游泳，瑪格大喊：「要下水就不准給我塗防曬乳！」

有個兒子喊回來：「沒有人塗啦！」話語裡充滿了疲憊與忍耐。

「哼，有人昨天就塗了才下水，是吧。我猜大概是有誰從沙灘偷跑進來吧？」瑪格回道。

她女兒黛比這時上完舞蹈課回家了，還把表演要穿的舞衣秀給她們看（她的舞蹈班之後在購物中心有個表演），她要扮成蜻蜓。十歲的她一頭褐髮，健壯又結實，像瑪格。

「好重的蜻蜓喔。」瑪格懶洋洋地倒回露臺椅背。她女兒不像她兒子，可以讓瑪格振奮起來準備作戰。黛比想喝一小口桑格莉亞，瑪格一拍手把她趕跑。

「自己去冰箱找東西喝。」她說。「聽著，我們有客人，別來吵我們，好嗎？妳去打電話給羅莎莉聊天怎麼樣？」

黛比走了，邊走邊碎碎念：「如果不是**粉紅**檸檬水就好了。妳為什麼老是做**粉紅**檸檬水？」

瑪格站起身來，關上廚房的拉門。「總算安靜了。多喝點，等一下我再做點三明治來吃。」她說。

安大略省那一區的春天總是匆匆就來了，水面上的冰裂成好幾大塊，在水流之中磨耗、推擠，有的漂在河面上，有的堆在湖岸邊，有的滑到池塘水面下，染綠了池水。雪融後小溪暴漲，很快地，人們出門就會不自覺地敞開外套，把圍巾和連指手套往口袋裡塞。黑蠅紛紛出來活動，春播的小麥也冒出新芽。林木間仍有雪意。

泰瑞莎對春天的感覺就和冬天一樣，一點好感也沒有。湖太大，田太寬，公路上的車開太快。現在早晨變得暖和了，瑪格和安妮塔不用跑進小店避寒，她們都受不了泰瑞莎。安妮塔在雜誌上讀到，喝咖啡會讓皮膚變色，她們還討論流產是否會讓大腦起什麼化學變化。兩人站在小店外，想著該不該出於禮貌進去一下。泰瑞莎走到門邊向她們招手，好像在玩躲貓貓一樣。她們也朝她揮手，就只是輕輕揮一下，像勒烏爾每天早上回應她那樣——他把校車開上公路前的短暫片刻，從方向盤上抬起一隻手示意，僅此而已。

一天下午，所有學生都下車了，車上只剩這兩個女孩。勒烏爾開始唱起歌來：「他知道世界是圓的～喔。可以找『嗯嗯』來樂樂～喔。」

第二句某個字，他唱得很小聲，她們聽不清楚。他當然是故意要逗她們。他又唱了一遍，聲音洪亮清楚，她們絕對不可能聽錯。

「他知道世界是圓的～喔。
可以找小妞來樂樂～喔。」

她們聽了沒有面面相覷，只是不發一語。兩人一直到下了車走上公路，瑪格才開口：「他好大的膽子，居然在我們面前唱那種歌。好大的膽子。」她啐道，像是在蘋果裡吃到蟲一樣，嫌惡地吐出去。

可是才隔天而已，在校車快要抵達終點時，瑪格居然自己開始哼起這首歌，還戳了戳安妮塔的身側，使了個眼色，邀她一起。兩人就這樣哼起了勒烏爾唱過的那首歌的旋律，再加入歌詞。先是模糊帶過了某些字，下個字再清楚地唱出來。最後她們終於鼓起勇氣唱出完整的兩句，態度平和，聲音甜美，就像在唱〈耶穌愛我〉。

「他知道世界是圓的～喔。
可以找小妞來樂樂～喔。」

勒烏爾什麼也沒說，也沒看她們。他在她們之前走下車，沒像平常一樣在門邊等。可是不到一小時前，她們還在學校車道上的時候，他分明還很親切。那時有個司機看了一下瑪格和安妮塔，說：「你載的貨很不錯啊。」勒烏爾回答：「好好開車吧你，老兄。」又把巴士開到對方看不見她們上車的地方。

隔天早上，校車從商店出發之前，他先講了一番話。「我希望我的車上今天載的是幾位淑女，不像昨天，有些話女生講和男人講，就是不一樣。同樣的道理，女人喝醉和男人喝醉也不一樣。如果看到女生喝醉或講話粗俗，你馬上就知道這女生有問題。妳們自己好好反省一下。」

安妮塔納悶，她們是不是太笨了，做得太過分？不僅讓勒烏爾不開心，說不定還讓他厭惡，所以他才不想看到她們，就像他受不了泰瑞莎一樣。她又羞愧又後悔，同時也覺得勒烏爾很不公平。她朝瑪格扮個鬼臉，嘴角往下撇，表示自己很不高興。但瑪格沒注意到，她正敲著指尖，看似端莊（其實心裡滿是憤世嫉俗），望著勒烏爾的後腦杓。

半夜裡一陣劇痛襲來，把安妮塔給痛醒了，她起先以為出了什麼大事（像是樹倒了壓垮房子，或是木地板底下竄出火焰之類）。那時學年快要結束，她傍晚之前就覺得身體不太舒服，但家裡每個人都在抱怨身體不舒服，一定是油漆和松節油的味道害的。那時安妮塔的母親在粉刷亞麻油地板，每年此時的例行工作。

安妮塔還沒徹底清醒就已經痛到大喊，頓時家裡每個人都醒了過來。父親覺得天還沒亮就打電話給醫生不太好，但母親還是撥了通電話過去。醫生要他們直接帶安妮塔去瓦利的醫院。他在醫院幫安妮塔動手術，切除破裂的盲腸。要是再晚幾個小時，她恐怕就性命難保。手術後安妮塔大病多日，還得住院將近三週。只有她母親能來看她，直到出院前幾天才開放訪客探視。

這對他們家而言是天大的事，安妮塔的父親沒錢付手術費和住院費，只好賣掉一片糖楓。安妮塔的母親毫無疑問地成了拯救女兒性命的最大功臣，這輩子老愛把這件事掛在嘴邊，還經常補上一句：她當初可是違背了丈夫的命令，堅持要打電話給醫生呢（其實她只是不管他的建議罷了）。那陣子她母親的獨立自主與自尊高漲，多年沒開車的她又重回駕駛座，每天下午她都開車去看安妮塔，把家裡最新的大小事都一五一十說給女兒聽。她已經粉刷完亞麻油地板，地面是深綠色，花樣是她用海綿蘸著白、黃兩色畫出來的，遠看頗像草地上開滿小花。檢驗牛奶品質的檢驗員留下吃晚餐時，還稱讚她畫得好。小溪對岸有隻母牛生了小牛，沒人清楚那隻母牛是怎麼過溪的。籬笆裡的忍冬綻放，她帶了一束給安妮塔，還硬是從護理師那裡要了一個花瓶。安妮塔從未見過母親為了家裡任何一人，變得如此活躍、善於社交。

安妮塔即使身體虛弱，病痛折磨，卻還是很快樂。她的病勞師動眾，眾人大費周章，只為保住她的性命，就連她父親得賣掉楓林都讓她開心，她自覺獨一無二，被當成珍寶捧在手心。身邊諸人對她親切體貼而且一無所求，她接受了這些好意，也對周遭的人將心比心，因而原諒了她所能想到的每個人——眼鏡裡閃著寒光的校長、校車上臭烘烘的男生、差別待遇雙重標準的勒烏爾、聊個不停的泰瑞莎、穿著高檔羔羊毛衣的富家千金、她自己的家人，還有瑪格的父親（他暴跳如雷時心裡一定也很痛苦）。她可以整天看著泛黃的薄窗簾、從窗簾縫隙透出來的樹枝和樹幹，一點都不厭煩。那是棵榿樹，樹皮的筆直條紋像燈芯絨。隨著夏日來臨，薄嫩如花瓣的樹葉逐漸退去脆弱的春日綠意，葉片更加堅韌，顏色也隨之加深。萬事萬物，無論是經人工製成，或是經自然化育成長，在她眼中都值得歡慶。

她後來覺得，這種心情可能是吃止痛藥導致的，不過或許也不盡然如此。

她當時病得極重，所以醫院安排她住在單人病房。（她父親曾要母親去問院方是否收取額外費用，但她母親認為不會加收，因為他們並沒有主動要求單人房。）護理師帶給她許多雜誌，她只是大略看一看，並未細讀。有這麼多人照顧她，還能住在這麼舒適的地方養病，她樂得暈頭轉向，難以專注了，連時間過得是快是慢都不清楚，不過她也不在乎。有時她會夢到（或是幻想）

勒烏爾來探望她。他神色陰鬱卻溫柔，淡漠中洋溢著熱情。他撫摸她的髮絲，他愛她，卻選擇放手。

她出院回家前幾天已是盛夏時節。母親頂著被豔陽曬紅的臉進入病房，像是剛從什麼混亂中脫身。她站在安妮塔的病床床尾，說：「我一直都知道，妳認為我有偏見。」

在此之前，安妮塔原先滿漲的幸福已經破了幾個小洞。先是她幾個弟弟來探望，但他們居然繞著病床打打鬧鬧；然後是她父親，她想親親他，他卻一副很驚訝的樣子；再來是她阿姨，說動過這種手術一定會變胖。而此時母親的臉、母親的聲音朝她步步進襲，那力道像是能穿透包著傷口紗布的拳頭。

她母親是在說瑪格，安妮塔一看見母親抽動的嘴角，立刻心裡有數。

「妳一直認為我對妳朋友瑪格不怎麼公允，我對這個女生的確不怎麼關心，妳就認為我有偏見。我知道妳有。結果現在好啦，事實證明我沒怎麼看錯人啊，這種事我從她年紀小的時候就看出來了，我看得出來，但妳看不出來。她個性就是鬼鬼祟祟的，而且滿腦子都是那檔事。」

她母親每句話都斬釘截鐵，滿不在乎地大聲宣告。安妮塔沒看著她的眼睛，只是盯著她一邊鼻孔下方的一顆褐色小痣，這痣怎麼愈看愈討厭呢。

她母親稍微冷靜一點之後，才說起勒烏爾在學期最後一天下班前，開校車把瑪格帶去金卡丁。當然，從安妮塔生病以來，每天校車剛出發和抵達終站前，車上就只有他們兩人。兩人說，他們在金卡丁只是吃個炸薯條而已。好大的膽子！居然用校車去遠足、偷雞摸狗。他們當天傍晚就回來了，瑪格卻沒回家，而且她直到現在都沒回去。瑪格的父親跑到商店來討人，砸壞了加油幫浦，玻璃碎片四散到公路上。他報警稱瑪格被誘拐了，勒烏爾也報警說他砸壞幫浦，警察是勒烏爾的朋友，所以現在瑪格的父親有責任維持和平，得保證不再去鬧。瑪格則始終躲在店裡，大概是想逃過一頓毒打。

「那麼，就這樣了嗎。什麼該死的爛八卦。」安妮塔說。

事情可不是這樣，可不是，還有別在我面前講髒話，小姐。

她母親說，她刻意不讓安妮塔知道這些事，即使發生了這麼多事，她還是一個字也沒說，她想著在水落石出之前，先別急著定論。但後來真相大白，先是傳出泰瑞莎試圖服毒自盡卻未遂的消息，後來雖然痊癒了，小店卻關了起來。泰瑞莎還是住在小店那裡，勒烏爾卻帶著瑪格一起搬來瓦利了。兩人一起住在他朋友家後面的一個房間。他們同居了，但勒烏爾還是每天去原先那間小店旁的修車廠工作，這等同他現在和兩個女人一起生活。校方以後還會讓他開校車嗎？不太可能。人人都說瑪格一定懷孕了。而泰瑞莎想自盡時，喝的是漂白水。

「瑪格從來沒跟妳說過真心話吧。妳住院這麼久，她都沒寫個便箋還是什麼的，還覺得是妳朋友呢。」安妮塔的母親說。

安妮塔有種感覺，她母親氣她，不只是她和瑪格這種不自愛的女孩交朋友，還有其他的原因。她感覺得到，她母親發現的，她自己也發現了——與安妮塔意見相左、對她置之不理、不聞不問的，除了瑪格，還有人生。安妮塔不是那個雀屏中選的女生，不是這場風暴的中心，沒有從女孩變成女人，沒有因為人生劇變被掃地出門，她母親難道一點也不憤怒失望？當然母親絕對不會承認，安妮塔也不會承認自己失敗得徹徹底底。她是個什麼也不懂的孩子；而瑪格居然懂得那麼多，還背叛了她。她悶悶不樂地說：「我講得累了。」然後假裝沉沉睡去，這樣她母親才會離開。

之後她躺著，整夜沒睡。隔天早上護理師來看她，說：「哎唷，妳怎麼一副要死了的樣子？傷口在痛嗎？要不要我去問一下，看能不能再給妳吃止痛藥？」

「我討厭這裡。」安妮塔回答。

「是嗎？哎，妳只要再待一天就能出院啦。」

「我不是指醫院。」安妮塔說。「我是指**這地方**。我想搬到別的地方住。」

護理師看起來並不驚訝，她問：「妳念完十二年級了嗎？好，那妳可以去念護校，受訓當護理師。妳只要花錢買自己的東西就好。因為妳受訓時是拿不到薪水的。念完之後，不管妳去哪裡都有工作，全世界都有。」

瑪格也說過這樣的話，而現在會成為護理師的是安妮塔，不是瑪格。安妮塔那天就下定決心，但她覺得這麼選是第二順位。她寧可當被選擇的那個，寧可有個男人狠狠壓住她，任由他的慾望和他為她安排的命運擺布，她寧可成為醜聞的主角。

「妳想知道嗎？」瑪格問。「妳真的想知道我怎麼買到這房子？其實啊，要是我們沒那個錢，我也不敢想啊。但妳也知道，男人嘛——總有些別的事需要優先考慮。我之前可是在垃圾堆裡住了好多年。我們住過一個地方，整間都是那東西，妳知道，就是翻開地毯，地板上鋪的那東西？咖啡色毛毛的，像野獸的毛皮，光是看著就覺得有東西在身上爬。我那時正懷著喬，整天都不舒服。那間房子就在豐田汽車後面，只是那時還不是豐田汽車。勒烏爾認識房東，當然，所以我們買得便宜。」

可是有一天，大約五年前，瑪格說，那時黛比還沒上小學，六月某一天，勒烏爾那個週末要出遠門，去北安大略釣魚，遠至北安大略的法國河那裡。瑪格當天接到一通電話，不過這件事她誰也沒說。

「是高特太太嗎？」

瑪格回答：「是」。

「是勒烏爾．高特的太太嗎？」

是，瑪格回答。電話那頭的聲音——是女人，或是少女，聲音聽起來模糊不清，輕聲嬌笑。那人問她想不想知道她先生週末可能會去哪裡。

「妳說呢。」瑪格回她。

「妳何不到喬治亞松林來看看？」

「好。在哪裡？」瑪格問。

「噢，那裡是露營區。」女聲說。「很棒的地方，妳不知道嗎？就在瓦沙加沙灘。妳來看一下就對了。」

開車去那裡要一百哩路，瑪格決定週日出發，預先做了許多安排，她得先幫黛比找保母，但她平常請的保母拉娜沒辦法來，拉娜週末要和高中樂團的朋友去多倫多玩。所以她找來了拉娜的朋友（不是樂團的）。她很高興就這樣找到了保母，因為她擔心去找勒烏爾時，碰見的會是拉娜的母親桃樂絲．史洛特。桃樂絲．史洛特幫勒烏爾管帳，已經離了婚，關於她的風流豔史在瓦利算是家喻戶曉，連高中男生開車經過她旁邊時都會喊著：「桃樂絲，好想淫！」有時別人乾脆就叫她「好想淫」。瑪格私下為拉娜難過——所以才雇了她來照顧黛比。即使將來拉娜長大了，也不會像她母親那麼美，再加上她個性害羞，腦袋也不是太聰明。聖誕節時瑪格總會送點小禮物給她。

瑪格週六下午開車去金卡丁，她只離開幾小時，所以她讓喬和他女友帶黛比去沙灘玩。到了金卡丁她先租車——最後租了一輛小貨車，像只藍色老燉鍋，嬉皮會開的那種。她又買了幾件廉價衣物，與一頂效果逼真的昂貴假髮。她把這些道具通通留在小貨車內，再把車停在一間超市後方的停車場。週日早上，她把自己的車一路開到那個停車場，停好車之後坐進小貨車，換衣服、戴假髮，又化了點妝，然後一路往北開。

那頂淺褐色假髮很好看，頭頂蓬蓬的，順著頭型下來是長直髮。她穿著緊身粉紅牛仔褲，粉白條紋的上衣。那時的瑪格雖然不算瘦，但還是比現在苗條，她踩著露趾厚底涼鞋，還戴上搖搖晃晃的耳環，搭配超大粉紅色太陽眼鏡。全套整裝齊全。

「能做的我都做了喔。我把眼妝化得有點像是埃及艷后，連我家小孩都認不出是我。不過褲子倒是買錯了——太緊，穿起來太熱。褲子加上假髮真是熱得要死，那天真的有夠熱。而且我之前沒開過小貨車，所以不太會停車。不過除了這些之外，一切順利。」瑪格說。

她開上二十一號公路，俗稱的藍水公路，搖下車窗，讓湖畔的涼風吹進車內，長髮在風中飛揚，她又把小貨車的收音機轉到搖滾樂頻道，轉換心情以便進入狀況。進入什麼狀況？她自己也不知道。她的菸抽了一根又一根，試著穩定下來，開車經過她身邊的男人不停朝她按喇叭。六月的週日這麼熱，公路上當然車很多，瓦沙加沙灘當然擠滿了人，快到海灘處，車速慢得像在爬行，薯條和午餐烤肉的味道鋪天蓋地而來，她花了一陣子才總算找到露營區，付了整天的停車費後開了進去。她繞著停車場一直轉圈，想找到勒烏爾的車，但沒找到，然後她忽然想起，這停車場是給當日遊客的，她便找了位子停好車。

現在她要靠自己的一雙腿勘查整個露營區，她先走過一遍營地，到處都是兩截式拖車、帳篷，坐在拖車和帳篷外的遊客喝著啤酒、玩牌、烤肉當午餐——差不多就是這些人在家會做的事。營區中央有個遊樂場，鞦韆和溜滑梯上滿滿都是兒童，有小孩在丟飛盤，沙坑裡則是年紀更小的嬰兒。瑪格在販賣飲料零食的小攤子買了可樂，她緊張到什麼也吃不下。她人在全家大小出遊的場所，卻不屬於其中任何一個家庭，感覺十分怪異。

沒人對她吹口哨或是品頭論足、指指點點，這裡的長髮女孩多得是，比她引人注目的也更多。還必須承認，這些女孩確實更有展露身材的本錢。

她遠離拖車區，沿著松樹下的沙灘小徑走，來到一區像是舊式度假村的地方，或許在有人發明兩截式拖車之前，這地方就已經建好了。松樹巨大的樹蔭讓她放鬆了下來，樹蔭下的地面滿是褐色松針，把硬土化為柔軟蓬鬆的地面。這裡有雙間小屋和獨棟小屋，都漆成深綠色，旁邊擺著野餐桌，石頭砌成的火爐，盛開的盆花，景色優美。

幾棟小屋旁停了車，但沒看見勒烏爾的車，她在這沒看見什麼人——或許小屋的房客都喜歡往海邊去。馬路對面有張長椅、飲水機和垃圾桶。她坐在長椅上稍作休息。

然後他就出現了，勒烏爾。他從她正對面的小屋裡走出來，就在她眼前。他穿著泳褲，肩上掛著兩條毛巾，低頭垂肩、無精打采地走著，一圈白色肥肉垂在泳褲腰際。「你至少也抬頭挺胸吧！」瑪格想對他大吼。他這副無精打采的樣子，是自覺偷偷摸摸、慚愧丟人嗎？或是床上運動讓他樂到太累了？還是他經年累月地彎腰駝背，但她根本沒注意到？他那高大強壯的身體，如今已化為一灘卡士達。

他鑽進停在小屋旁的車，她知道他是要去拿菸，她知道，因為在同一時間她也伸手在包裡摸索她的菸。她想，如果這是電影——如果這一切只是電影，他會拿著打火機雀躍地過馬路，熱心地來幫逃家的辣妹點火。他完全認不出她，而觀眾屏住呼吸看著，霎時間他發現她的真實身分，頓時驚恐萬分——難以置信又驚駭。而她，他的妻子，只是神色自若地坐在那裡，深深吸了口菸。但這一切都沒發生，當然不會，他根本沒看馬路對面一眼。她的牛仔褲裡汗水涔涔，她的手不停顫抖，只得捻熄了菸。

那不是他的車。好想溼．史洛特開的是哪種車？

說不定他是跟別人來，某個瑪格根本不認識的陌生人。像他的妻子一樣，某個自以為懂他的陌生人。

不對。不對。不是不認識。不是陌生人。絕對不是陌生人。小屋的門又開了，是拉娜．史洛特。拉娜應該要在多倫多和朋友一起玩，她不能來照顧黛比。瑪格一直心疼她，對她親切體貼，因為她覺得這女孩有點孤單，或說，不幸吧。瑪格看拉娜那副樣子，主要是被年老的祖父母帶大的，個性很古板，過於早熟，一本正經卻不聰明，身體也不太好，好像她只能靠沒營養的東西過活，例如汽水、果汁、裹了糖的早餐穀片、糊狀的罐頭玉米、炒薯塊和起司通心粉這類老人家拿來當晚餐的東西。她重感冒時會併發氣喘，皮膚黯淡蒼白，不過她倒是有副豐滿迷人的好身材，前凸後翹，笑起來臉頰會像花栗鼠般鼓起來，還有一頭絲滑直順的天生金髮。她溫順到連黛比都可以輕易指使她，男生們只把她當笑話看。

拉娜穿著泳裝，或許是她奶奶幫忙挑的，抽褶有鬆緊帶的上衣，蓋住她突出的小乳房，下半身是花朵圖案的裙子。短短胖胖的腿是未曬過太陽的白，她站在臺階上的模樣，像是很怕出門似地——不知道是怕穿泳裝出門，還是整個人都不想被看見。勒烏爾必須走回小屋，充滿愛意地在她的小屁股上輕拍一下，她才要前進。他的手又在她身上游移輕拍許久，才在她肩上圍了一條毛巾。他的臉頰貼在她那一頭長直的金髮旁，又把鼻子埋進她的髮絲之間摩擦，更不忘大口吸進她幼嫩的體香。這一切瑪格都盡收眼底。

兩人沿著馬路走向沙灘，而且謹守分寸地保持著距離，像父親帶著孩子。

現在瑪格發現他們的車是租來的，從沃克頓某個地方租的。多可笑啊，她想，萬一他們是在金卡丁，與她租小貨卡的是同一個地方，那不是很可笑嗎？她想放張字條在那台車的擋風玻璃雨刷底下，卻沒有帶紙。她有筆但沒紙。這時她瞥見垃圾桶旁邊的草地上有個肯德基紙袋，上面沒什麼油漬。她把紙袋撕成好幾小片，在碎紙片上分別寫下幾行字（或者說，用像是印刷體的大寫字母一字字寫下）：

你最好小心點
你可能搞到坐牢

．

你如果不小心點
警察就會找上你

．

邪僻之人尋不著好處

．

有其母必有其女

．

最好趕快把那東西丟回法國河，它還沒長好

．丟臉

．丟臉

她又拿了張碎紙，寫下「死肥仔和你那娃娃臉蠢蛋」，但立刻又撕掉——她不喜歡這句話的語調，太歇斯底里了。她把這些碎紙片塞在他們絕對會發現的地方——擋風玻璃雨刷下、門縫裡面、用石頭壓在野餐桌上，接著快速離去，心臟狂跳。上車後她簡直是橫衝直撞，從停車場出來前差點壓死一隻狗。她覺得就這樣開上高速公路不太好，所以走鄉間小路回去，一路都是碎石，期間還不斷提醒自己要開慢一點。其實她多想急速飛馳，多想就這麼撒手不管，掉頭就走。她感到自己就快要爆炸，炸成碎片，這感覺究竟是好，還是壞？她說不出來，只覺得有人讓她掙脫了束縛，一切都無所謂了，她就像一片草葉那樣輕盈。

但她最後還是來到了金卡丁，換掉衣服，拿掉假髮，擦去眼妝。她把衣服和假髮都留在超市的垃圾箱（多少覺得可惜），還了小貨車。她想找間飯店的酒吧喝一杯，卻怕喝了酒不能開車，也怕如果真去了酒吧，有男人看她獨自喝酒，會上前說什麼不堪入耳的話。即使他只是說「天氣真熱啊」，她也可能會對他尖叫，可能還會把他的臉抓得花亂。

回到家，見了孩子，付錢給保母，拉娜的朋友。她會是那個打電話來的人嗎？叫外送當晚餐。叫披薩，不要肯德基。她永遠沒辦法把肯德基和這件事分開了。夜深之後，她就是坐著，等著。喝了幾杯酒，幾個念頭在她的腦子裡反覆出現，找律師，離婚，懲罰。諸如此類的念頭在她腦中如銅鑼般狂響，但該怎麼付諸實行，她又一點頭緒也沒有。她最先該做什麼？然後接著要做什麼？她的人生該怎麼過下去？孩子們都有各自的安排了，兒子們暑假要打工，黛比即將要動個耳朵的小手術。她不能帶他們走，要走她得自己走，獨自面對眾人的閒言閒語——她之前已經聽夠了。而且，她和勒烏爾下週末還要出席一個大型週年慶祝會，她得準備禮物帶去。還有水電工會來看排水管。

勒烏爾很晚才回家，晚到她開始害怕他是不是出了車禍。當然，他還得先去奧倫吉維一趟，載拉娜回她阿姨家；他還得假裝成高中老師，送樂團成員回家。（同時那位真正的老師以為，是拉娜的阿姨病了，拉娜去奧倫吉維照顧她。）當然了，勒烏爾發現那些紙條後感到反胃，他坐在廚房桌邊嚼胃藥，喝牛奶。瑪格煮了咖啡讓思緒清楚，準備好好吵一架。

勒烏爾說他們之間清清白白。只是帶那女孩去戶外走走。就像瑪格一樣，他也覺得那女孩滿可憐的。清清白白。

這番說詞讓瑪格不屑地冷笑，如今她又說起這件事，放聲大笑。

「我跟他說，『清清白白！我知道你說的清清白白是什麼意思！你以為你在跟誰說話』，我問他，『你以為我是泰瑞莎？』然後他回：『誰？』是真的，有好一陣子他看起來一臉茫然，接著才想起來。他反問我『誰？』耶。」

瑪格那時想，要懲罰他什麼？為誰而懲罰？她想，他說不定會娶那個女孩，生一堆小孩，很快他們就會沒錢了。

吵了一夜，天都亮了，兩人就寢之前，她得到了一棟勒烏爾承諾的房子。

「因為到了某些時候，男人真的不想那麼麻煩，他們寧願把責任都推掉。我就和他談條件談到底，最後我想要的差不多都拿到了。要是他以後有哪件事不肯聽我的，我就只要說『假髮時間！』我把整件事都告訴他了——買假髮、租小貨車、當時我坐在哪裡，總之一切都說了。我會在孩子和別人面前用這個字當暗號，他們都不知道我在說什麼。但他知道！勒烏爾當然知道。**假髮時間**！我偶爾就會說一下，只要我覺得該說就會說。」

她從玻璃杯裡撈出一片柳橙吸吮，又嚼了嚼。「我這調酒，除了葡萄酒還放了點別的東西。我還放了點伏特加，喝出來了嗎？」她說。

她在陽光下伸展四肢。

「不管什麼時候，只要我覺得——該講。」

安妮塔認為，瑪格說不定已經放棄了表面的虛榮，但可能還沒放棄性事。或許瑪格認為性事與好看的胴體無關，也和你儂我儂的甜蜜無關，而是健康又帶點粗暴的床上角力。

那麼勒烏爾呢——他放棄了什麼？瑪格的談判之所以強悍，不過只是衝著一點：勒烏爾究竟有沒有準備好要放棄。

談判。協商，計算，房子和錢。安妮塔無法想像，要怎麼把愛和背叛轉換成實物？她反而選擇的是聚散來去，是讓情緒沸騰到達頂點，忠於一種感覺，相當於對這種感覺以外的一切不忠。

「現在換妳啦。」瑪格心滿意足地說。「我跟妳說了這些，現在換妳告訴我啦。跟我說妳是怎麼決定離開妳先生的。」

安妮塔告訴她在卑詩省某個餐廳發生的事。那時安妮塔和她先生在度假，走進路邊一間餐廳，她看見有個男人長得像她好多年前曾經愛過的——喔，不是這樣說，應該說迷戀過的人。餐廳裡的那男人皮膚白皙，濃眉大眼，捉摸不定的神情帶著輕蔑，是她愛戀過的男人的憂鬱版本。那雙長腿也是那男人的翻版，只是餐廳裡的這人無精打采地。夫妻倆用完餐該離開時，安妮塔卻在座位上無法動彈，總算懂了那個說法的意思——她感到自己正在把座位上的自己一點一點撕開，好不容易鬆開後，已經破成了千萬片。從溫哥華島公路一路往北開的途中，在成排高大濃密的冷杉與雲杉之間，在航向魯伯特王子港的渡輪上，她都感到因為別離而生的荒唐的疼痛。她決定，如果她還能感到疼痛，如果她對某個幻象的感覺，比對這段婚姻的感受還要強烈，她還是離開比較好。

所以她就這麼告訴瑪格。當然，現在說起來比當時做起來要簡單多了，而且當時的感覺也沒現在清楚。

「那妳後來有去找當年那個人嗎？」

「沒有，那只是我單戀。我沒辦法去。」

「後來還有別人嗎？」

「後來有，然後又換了人。」安妮塔微笑著說。有一晚她坐在母親床邊，等著給母親打針時，她曾把這些男人都想過一遍。就像有時為了消磨時間，你會開始背誦世上有幾大河、國家首都、維多利亞女王有幾個孩子之類的。其中有幾人她覺得遺憾，卻並不悔恨。老實說，想起這可觀的成績，反而讓她心底泛起絲絲暖意。經年累月的稱心愉悅。

「嗯，這也是種方法。」瑪格很堅定。「但這對我來說很怪，真的。我的意思是——如果妳不打算跟他們結婚，我不知道跟他們交往有什麼意義。」她停頓了一下。「妳知道我有時候會做什麼嗎？」她迅速起身，走到拉門邊，凝神傾聽，然後拉開門探了一下頭，再回來坐下。

「我只是在看黛比有沒有偷聽。男生啊，你在他們面前說多可怕的私事都沒關係，講印度語都可以，因為他們都沒在聽。但女生就會聽。黛比會聽……

「我跟妳說我會做什麼。我會去看泰瑞莎。」

「她還在那裡？泰瑞莎還住在那間店裡？」安妮塔非常驚訝。

「什麼店？」瑪格問。「噢，不是，不是啦，那間店早就沒了，加油站也早就沒了。幾年前拆除了。泰瑞莎人在郡立安養院。院內現在設置了精神病房。奇怪的是，她在那邊工作好幾年了，就是端盤子、打掃、做這做那的。然後她自己也開始變得怪怪的。她現在有時候在那裡上班，有時候就只是**待在那邊**，妳懂我意思吧。她發作時不會造成什麼麻煩，只是腦袋糊塗得很嚴重，嘰哩呱啦說個不停。她之前就很愛說話，現在更嚴重了。她唯一想做的就是不停說說說，還有打扮自己。如果妳去看她，她一定會要妳幫她帶一些沐浴油、香水或化妝品之類的。上次我去看她，帶給她一些挑染頭髮的東西，我想這樣有點冒險，因為對她來說那東西用起來有點複雜。但她看了說明書，用得滿好的，沒弄得一團亂。我說她腦袋糊塗，是指她認為自己還在船上，就是那艘載了二戰新娘，把她們載到加拿大的船。」

「二戰新娘。」安妮塔回道。她見過這些女子帽上綴著白色羽毛，令人望之卻步，不染纖塵，她想到印地安人的羽毛戰冠。

她無須再見到他，這麼多年來她一點見他的念想都沒有。男人，經年累月侵蝕妳的生活，妳完全無法控制時間長短。然後有一天，什麼都沒了，他原先在的地方空留一個大洞，無從解釋。

「妳知道現在我的腦袋裡閃過什麼嗎？」瑪格問。「就是那間店早上的樣子，還有我們走進去，凍個半死的樣子。我們那時過得很苦，自己卻不知道。」

我們有種力量，安妮塔想著。那是種徹底蛻變的力量，當整個人充滿了恐懼與渴望，妳生命中再小的事，對未來也事關重大。妳從未想過會失去那種力量，因為妳從不知道自己擁有它。

「她以前會來捶門。」瑪格壓低聲音說，一副難以置信的語氣。「就在外面，在外面那裡，勒烏爾和我在房間裡面。好恐怖。我不知道，不知道——妳覺得那是愛嗎？」

從她們坐的露臺上俯瞰，兩道狹長的防波堤看起來像是漂浮的火柴棒。鹽礦的高塔、金字塔形的鹽堆、運送機帶有如大型的漂浮玩具。湖面如鋁箔一般閃著粼粼波光。一切似乎如此明亮、清晰、不致傷害，像是被下了咒語。

「我們都在那艘船上。」瑪格說。「她以為我們都在那艘船上，但勒烏爾在哈利法克斯等著見的人，是她。她還真幸運。」

瑪格和安妮塔聊了很多，都沒有要停下來的意思。她們愉快非常。

木馬文學 91

年少友人
Friend of My Youth

作者	艾莉絲・孟若（Alice Munro）
譯者	林巧棠
社長	陳蕙慧
副社長	陳瀅如
總編輯	戴偉傑
責任編輯	丁維瑀（二版）
行銷總監	陳雅雯
行銷企劃	趙鴻祐
封面設計	鄭婷之／之一設計
排版	宸遠彩藝工作室
出版	木馬文化事業股份有限公司
發行	遠足文化事業股份有限公司（讀書共和國出版集團）
地址	231 新北市新店區民權路 108-3 號 8 樓
電話	(02) 2218-1417
傳真	(02) 2218-0727
E-mail	service@bookrep.com.tw
郵撥帳號	19588272 木馬文化事業股份有限公司
客服專線	0800-221-029
法律顧問	華陽法律事務所　蘇文生 律師
印刷	前進彩藝有限公司
初版	2015 年 5 月
二版一刷	2023 年 11 月
定價	400 元
ISBN	978-626-314-543-6
EISBN	9786263145429（EPUB）、9786263145412（PDF）

國家圖書館出版品預行編目

年少友人 / 艾莉絲 . 孟若 (Alice Munro) 著 ; 林巧棠譯 . -- 二版 . -- 新北市 : 木馬文化事業股份有限公司出版 : 遠足文化事業股份有限公司發行 , 2023.11
320 面 ; 14.8x21　公分 . -- (木馬文學 91)
譯自 : Friend of my youth.
ISBN 978-626-314-543-6(平裝)

885.357　　112018584